염
상
섭
문
학

홍염 · 사선

| 일러두기 |

1. 「홍염」과 「사선」은 ≪자유세계≫에 연재된 것을 저본으로 삼았다. 「홍염」은 1952년 1
   월부터 1953년 1월까지 총 8회(1952년 1월, 3월, 4월, 5월, 8·9월, 10월, 12월 및
   1953년 1·2월) 연재되었으며, 「사선」은 1956년 10월부터 1957년 4월까지 총 4회
   (1956년 10월, 11월, 12월 및 1957년 3·4월) 연재되었으나 완결되지 못했다.
2. 현행 한글맞춤법을 원칙으로 현대의 어휘에 맞추어 읽기 쉽게 수정하였으며, 작품 분위
   기에 영향을 주는 것은 원본 그대로 두었다. 대화체, 방언의 경우 당시의 표현을 존중
   하였으며, 다만 당시의 명백한 오자는 바로잡았다.
3. 원본에서 한자를 병기하여 쓴 경우, 문맥상 이해가 되지 않는 것을 제외하고는 한글로
   만 표기하였다.
4. 외래어표기법을 따랐으나 작품의 분위기에 영향을 주는 것은 원본 그대로 두었다.
5. 문장부호의 경우 읽기에 좋도록 정리하였으며 특히 반복되는 줄표, 쉼표 등의 경우에는
   대체로 생략하였다.
6. 판독이 불가능하거나 탈락된 부분은 '□'로 표기하였으며 짐작할 수 있는 조사 등의
   경우에는 적절하게 넣었다.
7. 대화에 사용된 『 』, 「 」 등은 각각 " ", ' '로 고쳐 적었으며 강조 표현 등은 ' '로
   통일하였다.

염상섭 장편소설

홍염·사선

해설 이종호(성균관대)

「여보! 저기 오는군.」

호남이의 소리에 선우는 무의식하게 물

영감은 입가의 웃음이 스미쳐 왔다.

의순이는 고개를 떠러드리고 저 발끝만 보며 딱
아온다.

「아ー니.」

「어머니 잘적녀오?」

잔잔 받을 심혔다.

「왜?」

「진지 잡순 뒤예요. 석정이 나셨어요.」

의순이는 호남이의 눈질을 지향면서 어머니를 회
지어다 보았다.

「무러밤에. 그머시면?」

선우의의 열골에는 불안한 빛이 약간 떠 올랐다.

「어서 가거라.」

의순이가 잠자로 섰으니까 되어졌다.

호남이는 지나는 집에 한참한 이웃경 저상결을 기
웃기면서 겨우 한병을 구해 들였다. 계발풀에 몸
주기가 있는데 영감이 혀정이 났다너 비 손으로 품
여가자가 어떡워서 그런 것이었다. 무어, 할다 마주
자는 수작이 아녀다. 노릇 배경해서 취로 삼아 술
학잔이다도 매경할겠다는 그만 성쇠는 있었던 것이
다.

「응, 자비 여떻게 왔나? 난 볼를며 갔을 알았
지.」

영감은 마구다는 겹칩하면 보지도 않고 호남에게
빨간 얼굴은 좀 못마막한듯이 눈은 지머서 몸고다
이 보며 니르는 스멀물 한다.

「아, 진작 곳와뵈서 최송합니다. 그메우 자미를 잡
오시는 건 전주 움최야 할진에 하루 서두
는 바람에 그만……」

운 마시는 대두가 헛이 덤덤이 앉았다. 그머나 영감
선우이가 안마주 지주 움치야 할진에 하루 서두
하고 불치오너가, 나은 말도 보고 주
않았다던 호남이가
일마님한테 인사모
하고 빗나주 같에 잔간 거댓을 해드리죠.」

「자르보, 약주를 한잔 들어라. 별명을 눈으로 가
미웠어.

「아, 난 술 안말어요. 인제 끌터갈지 모르는데 승이
쉬해.」

영감은 재째러 느티낃을 하였다.

앉아서 붙어앉은거나 다름없는 영잔은 은 종일을
누웠다 앉았다하며 마구나마 오지않나 하고 어머니
기가리는, 어린에처럼 표미비롯 하다가, 선우이가 딱
플어서면 반세율 하며 내다보면 영잔이 오늘은 무

차례

홍염

전야 / 9

취홍과 연정 / 32

급전 / 56

방관과 공포 / 96

피난 / 119

침입자 / 149

사선

풍비박산 / 183

폭격 밑에서 / 227

자수서 / 252

해설 _ 이종호(성균관대)

　　냉전체제하의 한국전쟁을 응시하는 복안(複眼) / 271

홍염

전야

1

아침결에는 부유스름하면서도 햇발이 간간히 보이더니, 밥상을 치우고 나서는 두꺼운 구름이 축 처지고 후덥지근하여졌다.

단오가 며칠 안 남았으니 인제는 활짝 여름빛이 짙었다. 안방문은 방긋이 열린 채 또드락소리 하나 없이 어느 틈에 주인아씨도 나갔는지? 머리를 빗는지? 오늘은 사랑채마저 텅 비어서 더구나 안팎이 괴괴하다. 학교 가는 딸 형제를 내보내 놓고 나면 육간대청에는 흰 보를 덮은 테이블 위의 은재털이와 서창 사이로 길게 느즈러진 체경만이 눈을 뜨고 집을 지키는 것처럼 어른거리고, 안방에서 흘러나오는 시계소리나 깨어 있는 듯이 졸음이 올 만치 조용한 집안이지마는, 그래도 방에서 일을 아니하면, 아침결 한나절은 마루로 뜰로 재바르게 사죽을 놀리며 치우고 돌아다니는 주인아씨가, 오늘은 어디가 아픈지 아침상을 물려 내놓고는 방으로 들어가서 가뭇같이 소리가 없으니, 주인영감이 입원한 뒤로는 가뜩이나 쓸쓸한 집이 한층 더 따분하다.

부엌에서 설거지를 해치우고 아랫방 자기 터전으로 들어가서 머리를 빗고 난 귀순 어머니는 뜰로 내려와서 장독대 옆으로 박힌 시멘트 수채 앞의 물고동을 틀려니까 물이 아니 나온다. 하는 수 없이 떠 놓았던 독의 물을 퍼서 손을 씻고 마루로 올라가 방긋이 열린 문틈으로 안방을 들여다보니, 주인아씨는 인사정신 없이 코를 골고 잔다. 베개에서 떨어진 머리를 보고서, 귀순 어머니는,

"아, 참, 어제 아침에 파마를 하였지!"

하는 생각이 났다. 아까 머리를 빗고 있나? 하는 짐작을 했던 것이 잘못이라는 생각이 든 것이다. 베개에서 떨어진 곱슬머리가 어푸수수히 흐트러지고 쭉 뻗은 두 가랑이가 쩍 벌려져서 몸에 착 휘감긴 뉴똥치맛자락 위로 두툼히 올라온 넓적다리의 뚜렷한 윤곽, 팔은 하나는 방바닥에 척 늘어뜨려 놓고 한 팔은 나비춤 추듯이 머리께로 올려 놓았다.

귀순 어머니는 좀 의외였다. 이 여자가 이렇게 헤갈을 하고 자는 꼴을 본 일도 없거니와 아침결인데 이게 웬일인가 싶었다.

'며칠 밤을 샜나?'

남의 집 사는 사람의 버릇으로 속으로 코웃음을 치며, 귀순 어머니는 소리를 내려다가, 별로 할 말도 없는데 깰 것까지는 없다고 그대로 슬그머니 돌쳐섰다. 그러나 귀순 어머니는 자기 방에까지 내려와서도 고개를 외로 꼬며,

'그 이상하다! 무에 그리 고단한구?'

하고 멀거니 생각에 팔려 앉았었다. 파마한 머리에 파묻힌 얼굴이 천정

을 바라보고 누운 얼굴이니까 마주 보는 것과 달라서도 그렇겠지마는, 전에 없이 어여쁘도 보였고, 방긋이 벌린 입가에 침이 반지레하게 번지고 무슨 좋은 꿈이나 꾸는 듯이 웃음기를 띠었던 것 역시 주인아씨에게서 이때까지 보지 못하던 화려한 표정이었었다. 마음을 탁 놓고 느긋이 푸근하게 한바탕 기죽을 펴고 자는 잠이었다.

자기보다는 열 살이나 위건마는 그 자는 양이 삼십 전 색시같이 귀여워 보이는 것이 부럽기도 하고 까닭 없이 샘도 나서, 귀순 어머니는 발딱 일어나더니 두껍닫이에 걸린 석경에 얼굴을 비춰 보았다. 이맛살이 좁고 오종종하니, 처녀 적이나 지금이나 활짝 피어 보지 못한 얼굴이, 봄 내 걸어서 감숭히 타기는 했으나 대록거리는 눈에는 정기가 돌고 콧날이 상큼히 선 양이 삼십에 과수로 그대로 늙히기는 아깝다.

귀순 어머니는 거울을 빤히 들여다보다가, 시집가서는 크림도 날마다 바르고 분화장도 하던 생각이 나서 얼굴이 저절로 흐려지면서 거울 앞에서 떨어져 펄썩 주저앉으며 바느질 소쿠리를 끌어당겼다. 바늘이나 붙들어야 모든 것을 잊겠기 때문이다. 주인아씨가 아침 전부터 고단해 못 이기는 듯이 잔다는 것과는 아무 아랑곳도 없는 일이건마는, 귀순 어머니는 어쩐지 마음이 뒤숭숭하고 심란하였다. 비가 오려는지 날씨는 침침한데 후덥지근하여 전신이 끈적끈적하고 가만히 앉아도 공연히 헛힘이 쥐어지는 듯싶어, 무슨 힘드는 벅찬 일이나 획획 해치웠으면 마음이 시원하겠고 뻑적지근한 몸이 거뜬히 풀릴 것만 같다.

그래도 금방 거울 속에 비추어 본 자기 얼굴이 감숭히 타기는 하였으나, 포동포동히 살기가 오르고, 윤이 흐르는 두 볼은 말할 것도 없고,

눈귀께에도 아직 잔주름 하나 아니 보이는 것을 생각하고는 귀순 어머니의 입귀에 웃음기가 살며시 피어올랐다. 동시에 두 뺨이 발그레해지면서 혼자 눈웃음이 어리어졌다. 어제 저녁에 주인아씨가 사랑채의 최 선생이 혼자 심심해 할 것이라고, 모과통을 떼어서 한 접시 담아 주며 내다가 두라기에 가지고 나갔더니, 라디오를 틀고 소리를 들으며 앉았던 최 선생이, 올라와 놀다가 가라고 권할 제, 얼굴이 발끈 취해 오르던 그때 생각이 머리에 떠오른 것이다.

혼자 있는 젊은 사내가 올라와 놀다 가란다고 성큼 방으로 뛰어 들어갈 자기도 아니지마는, 그리 무슨 거레를 하고 있었던 것도 아닌데, 주인아씨가 "귀순 어머니"를 부르며 쫓아 나오는 바람에 질겁을 해 뛰어들어 왔었지마는, 최 선생과 간혹 말을 건네는 것조차 무심히 보지 않는 듯한 주인아씨가 우습기도 한 것이었다. 그것은 고사하고, 최 선생의 작은마누라가 어머니 제사를 지내러 절에 나가고 없으니, 한집안 식구같이 드나드는 영감의 부하로 저녁때면 가끔 안방에 불러들여 영감과 술도 먹고 밥도 먹고 하는 터이라, 아침 한 끼쯤 차려서 대접하는 것도 예사이기는 하나, 오늘은 신새벽에 일어나서 손수 장을 보아 오고 부엌에 내려와서 고기를 쟁인다 생선찌개를 정성껏 끓인다 무슨 잔치나 하듯이 법석을 하여서 아이들부터 먹여 학교에 보낸 뒤에, 최 선생을 안방으로 불러들여 손수 시중을 들어 대접하고 나서 자기도 그 상을 물려 놓고 아침을 먹고는 저렇게 자는 것이다. 영감이 있으면야 무슨 대수로운 일도 아니겠지마는……그렇기로서니 상을 보아서 사랑채도 내보려니 하였더니, 안방으로 불러들여서 손수 시중을 들며 먹이는 것까지는 좀 어떨지? ……귀순 어머니의 생각은 차츰차츰 이리저리 번져 나갔다. ……

2

네모 번듯이 훤한 너른 마당에 부엌 옆으로 장독대가 높직이 채를 잡고 앉았고, 그 앞에 대청을 향하여 두어 평 길이로 화초밭이 한가운데 화분 판을 놓고 가지런히 벌려져 있다. 널판에 올려놓은 카네이션이니 늦게 피는 튤립, 서양앵두꽃 따위 화분을 중심으로 앞에는 분꽃이니, 국화니, 백일홍이니, 봉선화니, 맨 앞 땅바닥에 붙은 채송화까지 이것은 누구보다도 주인아씨가 정성껏 심어서 아침저녁으로 가꾸는 것이요, 화분 뒤로 쭉쭉 뻗어 오른 달리아 나무에 가리어 잘 보이지는 않으나, 광문 옆으로 난 야트막한 샛문이 사랑으로 통한 문이다. 안으로나 밖으로나 닫아 두는 법이 없으나, 늘 꼭 닫혀 있는 이 문을 밀치고 나가면 안방 두 칸, 건넌방, 마루, 부엌 매 한 칸의 조촐한 사랑이 안채를 등지고 앉았고, 펼쳐 한 칸인 널따란 툇마루도 길이 반질반질 들어 깨끗이 놓여 있다. 이 집 옆 골짜기로 난 사랑대문은, 예전에는 상노 방으로 쓰던 아랫방 옆으로 나서 출입은 안채를 통하지 않아도 좋다. 그러나 어제는 이 사랑채의 주인아씨가 친정어머니의 대상을 지내려, 안잠재기를 데리고 새절에를 나갔기 때문에 사랑대문은 안으로 잠겨있다. 날씨는 흐렸으나 하얀 나비가 한 두엇 한가로이 화초밭을 오락가락할 뿐이요, 아랫방에서는 창문을 열어 놓고 귀순 어머니가 주인아씨의 버선에 솜을 두기에 손길만 분주하지 역시 아무런 기척도 없다. 그러나 귀순 어머니의 머리는 점점 더 뒤숭숭하니 공상에 팔려 있다.

'……귓머리 맞푼 새도 아니요 어엿한 장모의 대상이면야 제사 참례두 했을지 몰라두 노는계집들이 모여서 술타령이나 하는 틈에 끼어 있기 싫으니까 빠져 왔겠지만……그럴 양이면 본집이 아현이라는데 오는 길목이니 그리루 들어갈 일이지, 아주 큰색시와는 발을 끊은 것두 아니요, 발을 끊기커녕 본마누라 정은 본마누라 정대루 사흘에 한 번씩은 제집에 가서 자는 모양인데……'

어제 저녁에 최 선생이 들어오면서, 절에는 같이 나가서 저녁밥까지 얻어먹었지만, 상집을 하다가 두고 나간 것이 있기에 먼저 들어왔다고, 주인아씨더러 변명 삼아 하던 말을 들을 때는, 그럴싸하게 여겼으나, 지금 다시 곰곰 생각하니 그런 것도 수상쩍지 않은 것이 아니었다.

최 선생의 큰댁이란 여자는, 이집에 서너 번 온 것을 귀순 어머니도 보았지마는, 인물은 보잘것없다기보다도 내외가 바꾸어 되었더면 좋았을 만치 몸집이 크고 걸걸하니 수다한 편이요, 인제야 스물일곱이라는데, 겉늙어서 서른이 훨씬 넘은 것 같은 수더분한 살림꾼이다. 거기다대면, 갓 서른이라기도 하고 서른다섯이라고도 하기는 하나, 토실토실한 살갗이라든지 홀싹하니 아울리는 몸맵시가 아직 서른 자가 붙기에는 먼 것 같은 최 선생과는 걸맞지 않는 내외이기도 하거니와, 그보다도 서른넷이니 마흔이 훨씬 넘었느니 하는 작은집이 어떻게 보면 더 젊어 보이는 것이었다.

서른이거나 마흔이거나, 귀순 어머니에게는 몸이 달아 알려고 들 일도 아니지마는, 언젠가 주인영감이 '언제 적 취원이라구 내 나쎄는 됐을

걸! 그런 타입의 여자란 고런 대루 늙다가 바스러지는 거지.' 하고 주인 아씨와 이야기하던 것을 들은 일도 있다. 이 집 영감의 나쎄라면 마흔 대여섯은 되었을 것이다. 취원이란 사랑채 아씨가 화류계에서 발을 씻고 나와서 행세하는 이름이다. 장취원(張翠園)은 마흔둘이요, 최 선생(요새, 흔한 것이 '선생'이라 집에서나 점방에서나 최 선생 하니까 귀순 어머니도 그렇게 부르는 것이지, 주인 선생만 한 나쎄면야 부족할 것이 없지만, 남척쯤 직한 노상 젊은 애를 선생님이라기는 좀 어색한 생각도 드는 것이나) 어쨌든 최 선생 즉 최호남(崔好男)이는 갓 서른이라는 것이 속임 없는 제 나이다. 자아, 그러고 보니 아무리 정분난 사이요 작은집이기로서니 남편이 열두 살이나 아래래서야 남 듣기에 창피하던지, 남자는 다섯 살을 덧거리질하고, 아내는 열 살을 깎아서 서로 걸맞게 행세를 하는 터이다. 그런 내막이야 근 이십 년 전 취원이 기생 노릇할 시절부터 알던, 이 집 주인영감이나 짐작하고 있는 비밀이다.

'……어느 편이 첩인지? ……어떻게 팔자를 타구나면 그런 남첩을 두구 호강을 할구……'

귀순 어머니는 이런 생각을 하면서 입가에 또 웃음이 저절로 피어올랐다. 그러나 비꼬는 웃음은 아니었다. 자기에게는 아랑곳도 없는 사람들이니 밉고 곱고가 없다. 아니, 여자 쳐 놓고서야 한 번 볼 것을 두 번 치어다볼 만큼 조촐히 괴임성 있게 잘생긴 남자면야 설혹 밉둥을 부려도 미운 줄을 모를 텐데, 아침저녁으로 마주치면 상냥스럽게 웃는 낯으로 말이라도 걸어 주니 까닭 없이 미워할 거야 무어 있나. 취원 아씨에 겐들 늙은 것이 젊은 서방을 끼구……하며, 입을 비쭉하거나 하는 생각은 조금도 없다. 몸을 화류계에 던진 여자로, 얼굴이 예쁘고 돈 있겠다, 그런 젊은 남자를 만나 살 팔자였더라면 자기 역시 그렇게 살았을지 누가 알겠느냐는 생각이 드는 것이다. 그러나 애초에 그런 것은 자기 분수 밖의 일이거니 하는 감불생심의 단념이 있어 그런지, 샘이 나지는 않는 것이었다. 그렇게 생각하니 엊저녁처럼 주인아씨가 생색내서 모과수 접시를 사랑채에 내보내 놓고는, 젊은 남자가 혼자 있는 데서 거레하는가 싶어 조바심이 나던지, 쫓아 나와서 불러들이고 한 것이 아무리 생각해도 불쾌하다. 그 역시 남의 집 식모살이는 할망정 젊은 과부거니 하는 고까운 생각이 앞을 서서 지나친 생각인지도 모를 것이요, 동리 집 젊은 사내를 놓고 주인아씨가 식모와 시새는 눈치래서야 들어도 웃을 노릇이지마는 어쨌든 요새로 주인아씨의 눈초리가 날카로워지고 무언지 감시를 하는 기색이니, 자연 이편도 관심이 그리로 가는 것이다. 최호남이와 무어 그리 친숙히 수작을 건넬 일도 없고, 혹시 뜰에서 마주치면 인사로 웃어 보이는 것쯤인데, 그것조차 예사로 여기지 않고 눈을 말뚱히 뜨고 무안스럽게 치어다보는 것이다. 그렇게 말하면 영감이 병원에 들어간 뒤로 주인아씨야말로 기분이 들먹들먹하여진 것이 완연하다. 첫째 아침저녁으로 물을 주고 손질을 하던 화초밭도 요새는 이틀사흘이 가야 잊어버린 듯이 모른 척을 하게 되었다. 하루 세 끼 병원에 식사를 해 보내느라고 바빠서 그렇다기도 하나, 낮이면 멀거니 시름을 잊고 마루 끝에 앉았다가 무슨 생각이 났는지 별안간 목욕 제구를 들고 나가곤 하는 때도 많아졌다. 전 같으면 일주일에 한 번, 토요일이면 아이들을 데리고 다니던 목욕인데 이틀에 한 번은 낮에 혼자 목욕을 다녀

와서 한 식경이나 경대 앞에 앉아서 또 한 번 저녁 화장을 하는 것이었다. 영감이 입원을 했을 첫 서슬에는 아침 한 끼는 오트밀이나 달걀죽을 끓이고 생선 지짐이를 만들어서 귀순 어머니에게 들려 가지고 병원으로 가서 시중을 들고 오는 것이 일과가 되었었는데 정성이 처음처럼 한결같을 수야 없겠지마는, 인제는 그것도 시들해져서 귀순 어머니만 보내고 벌써 이틀째 병 위문 가는 것을 보지 못하였다. 전 같으면 비단 옷은 아무리 빨게 된 것이라도, 집에서 입어 휘두르기는 아깝다고 몸에 대는 법이 없었는데, 어제오늘은 쑥색 뉴똥치마에 흰 수(繡) 겹저고리를 입고 부엌에도 내려오게 되었다. 하여간 요새로 무척 젊어졌다. 두어 달 전부터 간데온데없는 맏아들이 스물셋, 일 년 전에 육군사관학교에 들어간 둘째가 벌써 중위가 되었다는 그런 장성한 아들을 둔 어머니라고 누가 보랴.

"아씨 요새루 퍽 젊어지셨어. 사랑채 아씨를 따라가시는 게야."
하고 귀순 어머니가 웃으니까.

"영감님이 안 계신 덕에 한가로우니, 몸가축을 좀 하니까 그럴까?"
하고 마주 웃어 버렸으나, 한가롭다면서 오늘도, 그렇게 정성을 피우던 화초밭에는 손이 가지를 않았다. 얼굴과 머리가 화초밭을 대신 차지한 것이었다. 그것도 그렇지만 최 선생과 수작하는 낯빛도 달라진 것 같아졌다. 저녁때 책사에서 저녁 먹으러 들어올 때는 으레 여기에부터 들러서, 영감한테 한 차례 보고를 하고 그대로 영감님 밥상에 붙들려 앉아서 반주의 대작도 하곤 하는 터이니 영감이 없는 동안이라고 한집안 속에서 금시로 설면설면하게 발길이 멀어질 까닭은 없다. 더구나 들어오는 길에 병원에를 들르면, 요새는 아씨가 자주 가지 않기 때문에, 내일은 무슨 죽을 쑤어오라는 둥 무슨 옷을 보내라는 둥 전해야 할 분부가 있고 보니, 호남이는 전과 같이 옷도 벗기 전에 안문안부터 드리고 나가는 것이요, 또 전에는 영감이 대거리를 하니까 그저 수인사뿐이던 것이, 병구완이나 살림살이에 서로 의논을 하게 되니 자연 친숙하게 말을 주거니 받거니 하는 동안에 웃음소리로 들리는 것이나 귀순 어머니는 그럴 때마다 부엌 속에서 고개를 외로 꼬으고 입을 배쭉하였다. 머릿속에는 마룻전에서 생긋 웃으며 눈이 부신 듯이 한눈을 팔고 섰는 아씨와 여자처럼 방긋이 눈웃음을 머금으며 여자의 위아래를 살며시 훑어보고 섰는 남자의 모습이 떠오르면서도, 밥상에 행주질을 하고 있는 귀순 어머니의 앞에는 최호남이도 아니요, 죽은 남편도 아닌, 다만 남자가 딱 가로막고 섰는 듯한 그런 착각에 손끝이 떨리는 것 같고, 가슴이 답답하여지는 것이었다.

귀순 어머니는 혼자 분해서 입을 빼죽해 보기도 하고 실미지근한 웃음을 방싯이 띄우기도 하면서, 이 생각 저 생각에 팔려서도 어느덧 버선 다섯 켤레에 솜을 두어 놓고, 불을 받을 헝겊쪼가리를 뒤적거리면서 무심코 또다시 최 선생의 큰댁이 머리에 떠올랐다.

'……거기다 대면 큰여편네가 나이는 어려두 무던하다 할지? 점잖다 할지? ……아직 나이 어려서 어리배기인지도 모르겠지만…….'
하고 이 여자에게만은 동정이 갔다. 큰딸이 다섯 살이라든가 세 살 터울을 두고 남매가 있겠다, 살림에 걱정 없겠다, 남편은 사흘도리로 가서 자겠다, 남편만 붙들구 있으면 순가? 남편의 덕이라기보다도 취원이 덕에 집칸도 장만하고 풍성풍성히 먹고 입고 살아가니 그만이지, 하는 생각인 모양이다. 언젠가 저번에 애 어머니가 왔을 제 몇 번 만나는 동안에 낯이 익으니만큼 귀순 어머니가 웃음엣소리로,

"서방님이 그리워서 여길 또 오셨군요 나 같으면 길을 피해 다닐 텐데."

하고 놀리니까.

"하하하……, 무슨 원수졌다구 길을 피해 다닐라구요 오실 날짜에 오시지두 않구, 사모님두 뵐 겸 들렀죠"

하고 수더분히 웃는 것이었다. 사모님이란 주인아씨 말이다.

"그래두 서방님을 뺏어다가 자미다랗게 사는 꼴을 눈꼴이 틀려서 어떻게 보드란 말요!"

귀순 어머니는 이 여자가 취원 아씨 덕에 산다는 것으로 꿈쩍을 못하고 비릿비릿하게 찾아다니는 것이 못마땅하여 또 한 번 충동여 보았던 것이다.

"무어, 도송이째 뺏겼으면 몰라두 한 달에 반쯤 나누어서 자미껏 살아 보라죠."

하고, 최 선생 부인은 사내처럼 껄껄 웃는 것이었다. 사실 최호남이의 큰댁이 두 살짜리는 업고 다섯 살짜리 계집애는 양복을 입혀서 오고 온 양이, 귀순 어머니의 눈에는 가엾이 보이건마는 당자는 유산태평이요, 사랑채에 나가서도 취원이와 태연히 수작을 하는 숫기 좋은 여자이었다.

'부부란 그런 걸까? 아무래두 변태지. 돈이란 무섭기도 하지만…….'

귀순 어머니는 이런 생각을 하며 죽은 남편과는 어쩐둥 꿈속같이 살

19

앗지만, 자기가 그 처지였다면 어땠을꾸? 하는 생각을 하여 보는 것이었다.

'전생에 무슨 죄가 많아서, 팔자를 요 뽄새로 타고난 나야 말할 것두 없지만, 돈이 있는 취원 아씨나 돈이 없는 최 선생 댁이나, 모두가 돈 탓이라기로서니 이 집 쥔아씨는 그러면 무슨 탓이란 말인가? 팔자소관? ……모두 변태야. 그러나 대관절 부부란 뭐구? 남녀란 뭐구? 정욕이란 뭐구? ……'

에잇! 더러운 것! 하고 귀순 어머니는 침을 탁 뱉고 싶으면서도, 또 얼굴이 화끈하며 혼자 부끄럼을 느끼는 것이었다. 날씨는 금시로 비가 쏟아질 듯이 검은 구름이 더 나지막이 처지고, 인제는 훈훈한 기운을 바람이 스쳐간다. 안채는 여전히 종용하니, 방에서는 아씨가 그저 자는지 기척이 없다.

③

대문이 삐걱하는 소리가 난다, 귀순 어머니는 깜짝 놀라면서도 인기척에 반색을 하며 손에 바늘을 든 채 창문께까지 엉덩이로 밀고 나와서 밖을 내다보고 있다. 빗방울이 뚝뚝 듣는다. 이때껏 무심했더니, 열린 문틈으로 택시의 엔진소리가 우르를 들린다.

"에구 철이 할머니!"

귀순 어머니는 손에 든 바늘을 집던 버선짝에 꽂고 일어섰다. 큰 함지박을 낑낑 매며 들고 들어오는 것을 부리나케 내려가서 마주 들고 앞장을 섰다.

"제사, 안녕히 잡수셨에요?"

귀순 어머니는 결코 취원 아씨를 존경하는 마음은 없으나, 딱 마주치면 기가 눌려서 마음껏 인사를 하는 것이었다. 돈에 눌리는지 그 미모(美貌)에 눌리는지 저절로 고개가 수그러지는 것이었다.

"응! 잘 잤어."

동정을 단 옥양목 적삼에 모시 진솔치마를 입은 취원 아씨는, 고단해서 그런지 표정 없는 얼굴로 뒷치맛자락을 휩싸면서 우둑우둑 듣는 빗방울을 피하여 축대 위로 돌아 사랑채 문으로 두 식모의 뒤를 따라 들어간다.

잠이 부족해서 때문이기는 하나, 속눈썹이 부챗살처럼 뻗힌 야쁘장한 눈이 반짝하는 것을 보면, 원체 정기도 있거니와, 딴은 서른댓으로밖에 안 보일 아직 색시다. 훤한 넓은 이맛전을 파마한 머리로 감춘 아래로 상큼한 콧날이 얼굴을 길게 보일 듯하면서도 오목조목이 고운 선을 그리면서 끝이 약간 평퍼짐하게 자리를 잡고 앉은 예쁜 코를, 오동통한 두 볼이 좌우리로 웹싸주고 턱밑을 보프스름이 고였으니 길다기보다는 네모진 상판이다. 윤곽이 또렷한 얼굴인데 나이 사십이나 넘었으니 세상풍상을 알 만큼 알고 무서울 것이 없다는 듯한 당차고 이지적인 표정이다. 그러면서 그 지나치게 균제(均齊)된 선(線) 속에 어딘지 모르게 일말의 부드러운 정기가 돌아서 귀염성스럽고 다정해 보인다. 밤을 새 가며 손님을 겪느라고 지쳐서 그렇겠지만은, 무엇이 못마땅한지 몹시 신기가 좋지 않고, 한번 노하면 남자의 가슴을 비수로 찌를 듯는 살기가 뿜어 나올 것 같은 인상이면서도, 최호남이 같은 남자와 마주 앉아서 생글 마음껏 눈웃음을 치고 입에 함박 같은 꽃이 피어오르면 그대로 자기를 잃고 남자의 비위를 맞추기에 몸 괴로운 줄을 모르는 처녀로 돌아갈 그런 연삭삭한 얼굴판이다. 그런 점이 열 몇 살이나 아래인 젊은 남편을 어루만지면서도 남에게 넘보이지 않고 버젓이 행세를 하는 기골이 있는 까닭인가 보다.

하루 동안 비었던 집이건마는, 아니, 주인남자가 자고 나간 집인데 부엌문과 마루분합이 꼭꼭 닫히고 어느덧 주룩주룩 비는 소리를 내어 오니 집안이 쓸쓸하다. 철이 할머니가 분합을 열어 주는 대로 안방으로 들어온 주인댁은 옷을 벗는 소리가 나니, "응?" 하며 놀라는 소리를 치고, 또 한참 거레를 한 뒤에

"귀순 어머니, 어제 우리 집 선생님 오셨다 가십디까?"
하고 묻는다.

"네 어젯밤에 들어오세서 주무시구, 아침에 안에서 진지 잡숫구 나가셨는뎁쇼"

아마 방 눈치가 달라졌거나, 이부자리 싼 것이 이상하여서 묻는 것인가 보다 하면서, 귀순 어머니는 예사로 대꾸를 하였다.

"응, 아침 시중에 애 썼우."

속은 어쨌든지 인사성 있는 소리를 상냥스럽게 하고 마루로 나온 취원은, 함지박을 풀어놓고 탐스러운 음식을 들여다만 보고 앉았는 두 여자를 흘낏 보다가 찬장 위의 목판을 세 개나 내려서 철이 할머니에게 내주며,

"이것 훔쳐서 셋으루 나눠 놔요"

하고 분부를 하고 나서도, 자기 마음대로 할 것 같지 않아서 못 미더운지 음식그릇 앞으로 다가앉는다. 홈치어 놓는 목판에 편이랑, 약식이랑, 부침개질이며 숙과생실과, 마른 것까지 갖추갖추 차린 대로 받아 가지고 온 것을 솜씨 있게 세 목판에 칼질을 하여 가며 소담스럽게 담는 것을 보고, 귀순 어머니는 속으로 놀랬다. 음식이 굉장한 것이 아니라 하도 가짓수가 많아서 어디서부터 손을 대어야 좋을지 어리둥절한 판인데, 도마나 식칼과는 연이 먼 줄만 알았던 취원 아씨가 척척 솜씨 있게 다루어서 일매지게 세 목판에 담는 절차가 그럴듯한 데에 눈이 둥그레진 것이다.

"귀순 어머니, 이건 안댁에 갖다가 드리우. 그러구 비가 개건 철이 할머니 수고스럽지만 저 아현댁에 갔다 와야 하겠수. 뭘 전차 타구 가면 금방이지."

남자의 본집에 보낼 것을 잊지 않는 것이 취원 아씨답게 무던하다고 두 여자는 생각하였다. 취원 아씨는 남은 한 목판은 찬장에 넣어 두라고 분부하고, 방으로 들어가더니 보료 위에 쓰러지는 기척이었다.

철이 할머니는 남은 음식을 귀순 어머니에게 한몫 담아 주면서,

"서방님이 아현집으루나 가시는 줄 알았더니, 어째 이리 오셨던구?"
하고 수군수군 묻는다.

"글쎄……."

그밖에 귀순 어머니는 대꾸할 말도 없었다. 어제 절에서 서방님이 별안간 들어가 버린 뒤로 아씨의 신기가 좋지 않았는데, 이때까지 저렇게 풀리지를 않는다는 것이, 노파의 숙설거리는 설명이었다.

반기 목판을 들고 안으로 들어온 귀순 어머니는 안방 영창 밑에 놓으며,

　"아씨!"

하고 소리를 쳤다.

　"응, 왜 그래?"

　아씨는 인제야 부스스 일어나는 기척이었다. 깨어서도 추스르고 일어나기 싫어서 그대로 누웠던 모양이다.

　"사랑에서 반기가 왔는뎁쇼."

　"응 거기 둬요. 사랑아씨 오셨어?"

　다른 때 같으면 앞뒷집에서 오밤중에 고사떡을 가지고 왔대도, 벗었던 옷을 허둥지둥 입고 나와 보고 아이들을 일으켜서 더운 김에 먹여 보라고 하는 이 집 아씨인데, 그만치 생기가 발랄하고, 취원 아씨에 지지 않게 살림에 재바르다기보다도 무어나 새 일, 딴 일이 생겼다면 앞장을 서는 그런 팔팔한 성미니, 취원의 어머니 대상 반기가 왔다면 무엇을 차렸는가 하는 호기심으로도 단걸음에 나와서 구경이라도 하였을 텐데 내다보지도 않고, 거기 두라고 신푸녕스럽게 대답을 하는 것은 좀 의외이었다.

　귀순 어머니가 반기는 분합 안으로 들여놓고 자기 방으로 들어가려니까, 학교에서 비를 맞고 달겨든 끝의 딸 의경이가,

　"아이, 우장 좀 갖다 줄 일이지."

하고 역정을 낸다. 귀순 어머니도 아차 하는 생각이 들었지만, 누구보다도 방 안의 어머니가 무심하였던 것을 뉘우쳤다.

"내가 잠이 깜빡 들어 그랬지만……."

하며 변명을 하면서도 주인아씨는 '내가 정신이 나갔어.' 혼자 뉘우치고 자기를 속으로 나무랐다.

"응, 이거 제삿집 음식이로군. 나 이거 먹어요"

비에 젖은 윗저고리를 벗어던진 의경이는 반기로 달겨들어서 약식부터 들고 났다.

"가만있어, 언니하구 나눠 먹어야지. 어디 좀 보자."

주인아씨는 인제야 방에서 나와서 목판 앞에 앉는다. 비로소 생기가 도는 듯 주인아씨의 얼굴을 보고 귀순 어머니는 흐렸던 자기의 머릿속까지 개어진 듯이 좋았다. 한나절 시달리던 자기 혼자의 망상에서 벗어난 가벼운 기분이었다. 그러나 학교에서 올 큰딸 몫과 함께 음식을 나누어 주고, 자기도 귀순 어머니와 같이 떡 쪼가리를 입에 넣고 씹으며, 비가 주룩주룩 쏟아지는 마당을 내다보고 앉았는 아씨의 얼굴은 또다시 심란한 듯이 차차 흐려져 갔다. 아까 아침결에 화려하고 명랑하던 그 기분과는 딴판으로 무슨 깊은 생각에 팔려서 고민하는 빛이 멍한 눈에 어리었다. 그러면서도 이상한 것은, 입가에 눈에 띨 듯 말 듯한 미소가 소리 없이 기어오르는 것이었다. 마음이 욱신욱신하는 복받쳐 오르는 생기와 그것을 지그시 누르는 침울한 기분이 마음속에서 서로 복대기를 치며 싸우는 틈바구니에 끼어서 생리적으로 심리적으로 또 정신적으로 몹시 시달리는 듯한 그런 표정이었다.

"사랑아씨 뭘 하십디까? 파제삿날이라 고단해 자지나 않는지."

주인아씨는 취원이 해상을 하고 났으니 나가서 인사를 해야 하겠다는 생각이 든 것이다.

"아마 주무시나 봐요. 고단해 그런지 신기가 몹시 좋지 않으시던뎁쇼"

귀순 어머니의 말을 듣고, 웬일인지 주인아씨는 입가에 완연히 웃음이 떠오르다가 스러지며, 두 눈이 반짝하고 또렷해졌다. 이 주인아씨의 얼굴은 다만 희고 살갗이 곱다할 뿐이지, 그리 특장은 없는 동글납대대한 상판이다. 그 희다는 것도 가축을 잘하고 좋은 크림을 써서 그런 것이지, 선이 분명하고 건순이 진 듯한 입술이 검푸른 것을 보면 본바탕은 감숭한 상판이다. 다만 지금처럼 눈을 반짝 뜰 때의 맑고 정채가 도는 것을 보면 속이 살고 야무진 품이 취원 비슷한 데가 있고, 눈웃음을 치거나 입가에 미소를 띠울 때에는, 평시에 무표정하던 것과는 딴사람같이, 애교가 자연스럽게 얼굴 전체를 화려하게 꾸며 놓고 짓눌렀던 야성적 정열이 장마 때 구름 새로 반짝 드는 햇발처럼 보이다가는 혹 꺼지는 것이 특색이다.

취원의 해상(解喪)한 인사가 급한 것은 아니나, 신기가 좋지 않더란 말에, 그 원인이 무엇인지 대강 짐작도 되는 듯싶으면서 어쨌든 눈치도 보고 싶고, 최 선생을 아침에 밥 대접해서 내보냈다는 이야기도 할 겸 하여간 나가 보리라 하고 축대로 내려섰다.

그러나 축대 위에 서서도 아씨는 비를 걷는 듯이 비에 건들거리는 화초밭을 멀거니 바라보며 또 무슨 생각에 팔려 섰다가, 부엌에서 점심을 차리던 귀순 어머니가 흘낏 내다보는 눈과 마주치자 망설이던 것을 결단이나 한 듯이 획 아랫방 앞으로 축대를 돌아 나간다.

4

"주무시나요?"

방에서는, 자는지 아무 대답이 없다. 일부러 자는 체를 하지나 않는가 하는 고까운 생각도 들었다.

취원이 누웠는 양이 유리 구멍으로 희끗 떠우자, 한 환상이 머릿속에 자욱이 피어올랐다.

어제 일! 그것은 화려하고 싱싱한 꽃밭을 컴컴한 밤중에 방향 없이 헤매던 꿈이었다. 그 환상이 눈앞을 탁 가리우자, 주인아씨는 고개를 흔들어 쫓아 버리며

"퍽 고단하신 게로군!"

하고 또 한 번 기척을 냈다.

"네, 누구세요? 아 안방아씨 나오셨군."

취원은 소스라쳐 일어나 앉으며 미닫이를 연다.

"들어오세요"

취원은 천연하다. 곤히 들었던 잠이 깨니 눈은 더 때꾼하니 쌍꺼풀이 지었다.

"얼마나 고단하셔요? 인제는 정말 섭섭하구 망극하실 거요……."

주인아씨는 툇마루에 걸터앉았다.

"아, 왜 좀 들어오셔요"

"아니, 괜찮아요"

아랫방 마루 앞에는 고무신이 안 보이니 철이 할머니는 어디 간 모양이다.

"어젠, 서방님이 저녁에 들어오셨더군요. 그래 아침진지 해드렸는데……"

변명 삼아 주인아씨는 먼저 말을 꺼내지 않을 수 없었다.

"아, 참, 그러셨대죠. 미안합니다. 괜히 불쑥 들어와서……들어왔건 아현집으루나 가는 게 아니라."

이런 소리를 하며 취원은 살며시 안방아씨의 얼굴을 날카로운 눈으로 흘낏 치어다보는 것이었다. 그 시선을 얼굴에 받는 줄을 알면서도 안방아씨는 반사적으로 쏘듯이 돌려다 보며,

"상점 일을 해치우고 늦으니까, 병원 소식두 전할 겸 이리 들어오셨다나 봐요."

하고 내외간 오해를 풀어 주려는 듯이 남자의 변명을 하여 주었다. 거기에는 다시 대꾸가 없으니, 말은 뚝 끊고 잠깐 열적은 침묵이 지나갔다. 안방아씨는 어서 더 자라 하고 막 일어서려는데 사랑대문이 찌걱찌걱 흔들린다.

"누구세요?"

취원은 아까 절에서 들어오는 길에 책사에 전화를 걸어 놓았으니, 호남이일 줄은 알면서도 모른 척하니 안방아씨가 대꾸를 하였다.

"나예요"

목소리가 반가웠다. 안방아씨는 반사적으로 몸을 일으키며 휙 뜰을 건너가서 빗장을 벗겼다.

"허! 웬일이세요?"

호남이는 주춤하면서 가장 자연스러운 반기는 웃음에 하얀 이빨을

보였다. 여자는 눈으로 웃으며 입이 저절로 헤 벌어졌다. 전신의 세포가 모두 입을 벌리고 숨을 쉬는 한순간이 지나갔다. 안방아씨의 몸은 풍선같이 금시로 부풀어 올라서 떠오르는 듯한 한순간이었다.

마루 끝까지 나와 섰는 취원은, 남편의 얼굴 표정은 보았으나, 돌아선 안방아씨의 얼굴을 보지 못한 것이 안타까웠다. 자기가 나이 먹어서젊은 사내와 살며 마음껏 애무하느니만치, 동갑네인 주인부인이 늘 접촉이 있는 호남이에게 어떤 감정으로 어떻게 대하는가를 언제나 궁금히 생각하고 이리저리 공상해 보는 취원이었다. 약은 여자라 내색은 안보이면서도 감시의 눈을 게을리한 때는 이때껏 없었던 것이다. 그러나이 두 남녀는 그런 눈치에는 무심하였다.

"그래 잘 지내구 들어왔우? 어젠 내가 끼어 있어 괜히 쌩이질만 되는것 같기에 들어왔지만, 아현집에를 갔더니 들컹거리는 소리에 거기서두쫓겨나구……."

방으로 튀어 들어간 호남이는 으스스하다고, 겹바지저고리를 내놓으라 하며 양복을 훌훌 벗는다. 취원은 방으로 따라 들어가서 윗목에서양복을 벗는 사내를 모른 척하고 앉았다.

"아, 참 지금 선생님께 들었더니, 한 사날, 오래가야 일주일 안으로퇴원하시게 될 것 같다시드군요"

안방아씨가 호남이의 양복바지 벗는 것을 곁눈으로 흘낏 보고는 돌쳐서려는데 말을 거니, 다시 돌아설 수밖에 없었다. 호남이는 활짝 열린 방 안에서 사루마다 바람으로 횃대에 걸린 정명주 겹바지를 떼어서한 가랑이 꿰며 말을 거는 것이었다.

"네? ……네! ……곧 나오시게 된대요?"

입에서 무슨 소리가 나오는지 자기도 모르게, 눈길만은 남자의 보얀 포동포동한 넓적다리로 매끈히 쭉 뻗은 정강이로, 장딴지[어복의 곡선으로 감칠 듯이 더듬어 가는 것이었다. 최 아무개라는 남자가 아니라, 사십 평생에 어제까지도 보지 못하던 남편에게서도 발견치 못한 다만 남성의 육체미를 인제야 비로소 본 듯이 놀랄 새도 없이 그저 황홀하였다. 또 한 번 환상의 안개가 머릿속에 모락모락 끼었다. 안으로 들어오는 것을 보고 학교에서 온 둘째 딸이 마루에서

"어머니!"

하고 알은체를 하는 소리에 그 안개는 홀걱 걷히었다. 어느덧 비도 뜸하여졌다.

두 계집아이를 데리고 안방에 들어가 앉아서도 역시 머리에 떠오르는 것은 금방 보고 들어온 사랑채 일이다.

부엌에서 밥상을 올려다 놓고 나간 귀순 어머니는 그길로 쭈르르 사랑문께로 가는 눈치였다. 무엇을 엿듣고 섰는 양이 달리아나무 새로 보인다. 사랑에서는 취원의 퐁퐁 쏘는 소리가 간간히 들려온다.

안방아씨는 밥 생각이 없다고 아이들 먹는 것만 바라보며 멀거니 앉았다가, 사랑채의 싸움소리가 마음에 걸려서 마루로 나왔다. 냉소와 불안과 호기심이 섞인 그린 낯빛으로 눈을 똥그랗게 뜨고 귀를 마당 건너로 기울이고 마루 끝에 섰으려니까, 귀순 어머니는 그대로 엿듣고 있기가 안되어서, 웃으며 이리로 돌쳐온다.

"왜들 그래?"

"어제 아현집으루 간다더니 왜 이리 와서 자꾸 폐를 끼쳤느냐는 건데, 또 한 가지는, 아씨 보시는 데서 잠뱅이 바람으루 살을 내놓고 옷을 갈아입었다는 꾸지람인가 봐요. 그런데 무슨 소린지, 인젠 이 집을 내놔서 팔아 버리구 살림을 가르자구 야단인뎁쇼?"

하고 귀순 어머니는 해죽 웃으면서도 대관절 어떻게 된 갈피냐고 묻는 듯이 아씨를 빤히 치어다본다. 그러나 주인아씨는 퍽 어설픈 웃음만 웃어 보이고 아무 말 없이 방으로 들어가 버렸다.

'……일은 크게 벌어지려나 보다!'

안방에서와 부엌의 두 여자는 똑같은 생각에 시름없이 멀거니 앉았다.

"어머니 나 내일 학교에서 뚝섬으루 원족 가는데……. 비는 개겠지."

국민학교 일년인 의경이가 불쑥하는 소리였다.

"내일이 무슨 날이기에?"

"토요일예요."

"응? 벌써?"

모친은 날 가는 줄도 모르는 듯이 벽에 걸린 캘린더로 눈이 갔다. 내일이 이십사 일 토요, 모레가 빨간 글자로 이십오 일.

"유월도 벌써 다 갔구나!"

모친의 입에서는 아무 의미 없이 이런 소리가 나오면서 원족 가는데 벤또 반찬 마련과 과일 사 줄 것을 잠깐 생각하고 앉았다.

취흥과 연정

1

"어쨌든 원체 이 집이 나뻐! 한참 시세 좋을 제 팔아 버리는걸! ……"

한소끔, 남자의 뺨을 잡아 늘리고 넓적다리를 쥐어뜯고, 그럴 때마다 생글생글 웃으며 막아 내려고 쳐드는 손길을 낚아 잡아서 꼬집고 하는 동안에, 취원은 좀 마음이 후련하여졌는지, 한숨 돌리며 이런 소리를 하고는, 빨간 동그란 표가 있는 양담뱃갑에서 한 개를 꺼내 물고 라이터로 불을 붙인다. 발작적으로 일어나는 이런 애증에는 호남이도 인제는 단련이 되었고, 그 뒤에 올 것이 무엇인지를 잘 알기 때문에 여자가 덤벼들기만 기다리면서, 호남이는 가만히 앉았다. 담배를 하나 빼어 드니까, 취원이는 손에 든 라이터를 다시 켜서 눈을 흘기며 내민다. 호남이는 으레 그럴 줄 알았다는 듯이 웃으며 담배에 불을 붙이고 나서 정색으로,

"왜, 집이 뭐라던가!"

하고, 대꾸를 한다. 취원은 보료 위에 한가운데 앉았고, 호남이는 발치께로 비스듬히 물러앉은 꼴이 비굴한 생각이 들어서 덜 좋았으나 하는 수 없었다. 취원은 잠자코 담배연기만 뿜어내다가,

"이 방이 나빼! 이 방이!"

하고 이를 갈아 붙일 듯이 또 한 번 남자를 빈정거리었다. 호남이는 귀가 간지러웠다. 그러나 못 들은 척하고 담배를 긴 손톱을 무심히 들여다보고 앉았다……

지금 취원은 올 정초에 이 방에서 호남이를 국수 먹이던 일이 생각난 것이다. 그것은 화류계 생활 이십 년, 작년 겨울에 다섯 번째 영감을 여읠 때까지 남의 작은집 노릇으로 사십이 넘도록 남자의 손길, 남자의 품에서 반생을 늙힌 취원이로서도 일생에 잊혀지지 않는 화려한 꿈이었던 것이기 때문이다.

올 봄까지 취원은 이 집 안채에서 살았고, 호남이의 네 식구는 사랑채에 들었었다. 작년 초겨울에 시름시름 앓던 영감이 덜컥 죽고 나니까, 이 집 한 채에 현금 백만 원을 얹어서 자기 차례에 온 것이지마는, 사십여 간이나 되는 이 큰 집이 취원이에게는 과하고 내놓아 팔자니 김장을 해 넣은 뒤라, 내년 봄까지는 들어 있기로 하였으나, 부리던 식구도 줄이고 철이 할머니와 단둘이 들어엎겠자니 쓸쓸하고 적적한 판이었는데, 지금 안채를 차지하고 있는 박영선 영감이 진권해서 삼천 원 사글세로 온 사람이 최호남이었다. 박영선 영감이 집을 보이려고 호남이를 데리고 왔을 제 취원은 첫눈에 얼굴이 화끈해지며 마주 보지를 못하고 한눈을 팔며 수작을 하였다. 여자가 눈길을 피하며 수줍어하는 기

색에 남자는 득의만면하여 상긋상긋 웃으며 대거리를 하는 것이었다. 대개의 미남자는 여성적이요 자칫하면 잔망스럽거나 때가 흘러 얄미워 보이기 쉬운 것이나, 호남이는 치수가 짧은 체격도 아니거니와, 간살이 좁은 얼굴은 아니었다. 사랑채에서 물을 길러 들어온 호남이와, 취원이가 마주 서서 수작을 하는 것을, 철이 할머니가 물끄러미 보다가,

"오뉘랬으면 좋겠군요."

하고 웃듯이 얼굴판이 취원이처럼 갸름하고 선이 또렷하면서도 어딘지 모르게 부드럽고 귀염성스럽고 깨끗한 인상을 주는 것이었다. 취원은 이 남자와 한 지붕 밑에서 살게 된 것이 좋기도 하고, 자기 마음을 못 믿겠다는 듯이 불안도 느끼는 것이었다. 이때껏 돈 있는 영감을 골라잡는다든지, 언제나 남자 편에서 찧고 까불고 선손을 걸어오고 하는 것을 얼쯤얼쯤 받아내고 하던 그런 어리뻥뻥한 수작과는 딴판으로, 자기도 모르던 정열에 별안간 불이 확 붙은 듯이 눈이 번해지고 전신의 피가 소용돌이치는 것이었다.

더구나 호남이가 박영선 영감의 젊었을 적 모습과 비슷한 데가 있는 것이 마음을 끌었다. 부자나 형제랬으면 좋겠다는 생각이 드는 것이었다. 박영선 영감은 오십 줄에 들었어도 한참 활동할 나이요, 얌전한 지식층의 신사다. 이 박영선 영감이 스물대여섯쯤에, 종로에다 책사를 벌였을 때부터, 취원이가 취련이란 이름으로 한참 날릴 때 알게 되었으니 근 이십 년을 연이 안 끊인 것도 무던하지만, 물끄럼말끄럼 보며 같이 늙어온 셈이라. 내용 모르는 사람은 젊었을 그 당시에 벌써 정분이 났었더라느니, 지금도 아주 끊긴 것이 아닌가 보다느니 하고, 당장 영선

이의 부인도 아직까지 가다가다는 그런 의심을 내지마는, 실상은 아무 까닭도 없이 깨끗한 우정이랄까 은근한 정리를 피차에 지녀온 것도 이런 사회에서는 좀체 드문 일이었다. 그때 첫 서슬에는 요릿집에서 한두 번 만난 후로 얼마 동안은 취원이 편에서 영선이를 따르는 눈치가 완연하였고, 영선이도 마음이 끌리지 않던 것도 아니었지만, 친구가 대어주는 돈으로 간신히 서점을 벌이고 난 영선이는 제 분수를 못 차릴 사람도 아니었다. 더구나 또 한 가지 다행한 것은 그다지 야단스러운 연애는 아니었어도, 친구들이 연애결혼이라고 할 만한 정도로, 아까 사랑에 나왔던 부인인 이선옥 양을 맞아들여, 지금은 빨갱이가 되어 거처부지인 큰아들이 두 살이었고, 둘째놈이 태중이던, 단란한 가정이었으니, 그만한 유혹을 물리치기에는 그리 힘이 드는 터도 아니었다. 하여간 책사의 밑천을 대어 준 물주나 돈 있는 친구에게 끌려가는 요릿집 출입이라 그런 처지가 아니기로 화류계에 눈을 뜰 주제도 못 되었고, 이러니 하는 동안에 슬며시 영선이가 중매를 들다시피 하여, 취원이는 출자주인 친구와 한 이태 살게 되었으니, 더구나 두 사람의 사이는 흐지부지되고 말았던 것이다. 그런 것이 이 원남동 집을 물려주고 간 다섯 번째 영감과 사 년이나 사는 동안에, 우연히도 영선이가 그 영감과 자별히 지내는 터라, 사오 년 깊었던 교제가 다시 이어져서 오뉘 같은 정리가 새삼스러이 은근해진 것이었다. 취원이로 말하면 젊어서 마음에 있던 남자니만치 늙게 다시 만나도 깨끗하고 신선한 정회를 느끼는 것이었고, 영선이의 중매로 이태나 살다가 헤어진 첫 남편에 대한 인상도 좋았거니와, 그 덕에 오늘의 취원이가 될 생활의 토대도 한밑천 잡아

가지고 나오게 된 것을 생각할 때마다 영선이를 늘 고맙게 여기는 것이었다.

그런 잔사설은 어쨌든 간에, 박영선이가 앞에부터는 참한 사람이라니, 여덟 간이나 되는 사랑채를 삼천 원이라는 거저나 다름없는 월세로 내준 것이었다. 그러자 지난 이월 달에는 영선이 자신이, 이때껏 들어 있던 적산집을 부득이 내놓게 되자 역시 이리로 옮아앉게 된 것이다. 해방 후에 적산집이 걸리는 바람에 본집을 팔고 마음에 드는 집 한 채를 지을 작정이었는데, 갑자기 이렇게 되니 사정은 급하고, 취원은 이 집을 팔려고 내놓은 터이니 같은 값이면 자기가 사겠다고 나선 것이다. 취원은 잘되었다 하고 선금 백만 원을 영선이에게서 받아서 아현에다가 이 사랑채만 한 집 한 채를 사서 호남이 식구를 내보내고, 우선 자기는 사랑으로 나와 앉은 것이었다. 아현집 문서는 아직 취원이 잔뜩 쥐고 있지마는, 하여튼 그 사품에 집 한 채가 생긴 최호남이만 수가 난 셈이요, 어느 때 헤어지기로 설마 그 집문서야 떼우고 물러서랴 하는 배짱이다.

시가 오백만 원이 넘는 집을 사백오십만 원에 넘기기로 하고, 그것도 구두계약으로 백만 원만 먼저 받자, 부랴사랴 집을 비워준 것은 박영선이에게 대한 호의이겠지마는, 그 김에 최호남이의 처자를 얼른 배송을 내자는 구실도 좋고 기회도 좋아서 돈 아까운 줄 모르고 호남이가 해 달라는 대로 선뜻 아현집을 사 준 것이었다. 물론 이런 처자식을 길러야할 젊은 사나이를 독차지를 하자는 그런 깜냥 없는 생각에서 나온 것은 아니요, 다만 처가족의 눈에서 멀리 떨어져 살자는 욕심뿐이었다.

바깥채에 새파란 젊은 계집을 두고 눈을 기여 가며 틈틈이 만나거나, 이 핑계 저 핑계로 안방에 불러들여다가 돈거래의 셈도 따지게 하고, (취원은 저의 동무끼리 새에 들어서 하는 고리대금의 물주 노릇도 하고, 기생 퇴물로서 간판 없는 요릿집을 경영하는 친구와 동사도 하는 관계로 커다란 장부까지 놓고 매일 밤이면 회계 닦기에 분주한 것이다.) 그 끝에는 밤참으로 술상을 벌이고 놀다가 내보내곤 하던 터이니, 그것이 언제나 죄밑 같고 조마조마하던 것이었다. 하여간 이래저래 호남 식구를 따로 내고서 오붓이 마음 놓고 지내게 되어 인제는 흡족하기는 하나, 자, 그렇게 내놓고 보니, 또 새로운 불안이 점점 커 가고 공연한 질투가 머리를 들기 시작하는 것이었다. 처음에는 호남이가 이틀에 한 번 사흘에 한 번씩, 쉬쉬하고 자취 없이 다녀가는 것만으로도 만족하는 수밖에 없던 취원이, 한 달이 못 가서 큰집에를 이틀에 한 번씩만 보내게끔 되었건마는, 그래도 안심이 안 되어서 툭하면 짜증을 내고 호남이가 아현집에 나가 자고 들어오는 날이면 속으론 반가우면서도, 신기가 좋지 못해서 생트집을 걸어 가지고 말다툼이 되고 말곤 하는 것이었다. 돈에 부라퀴인 취원이도 호남이에게는 아까운 줄 몰랐다. 그 점으로 후회를 하거나 말다툼이 되는 것은 아니었다. 그러나 아무래도 나이 있고, 자기편에서 선손을 걸어서 날이 갈수록 허겁지겁 점점 더 깊어 가는 약점이 있느니만큼, 속아 넘어 가지는 않나 하는 불안과, 삼십 전의 노상 젊고 남편을 손아귀에 넣고 휘두를 듯한 큰댁네에 대한 질투가, 쉴 새 없이 타오르는 애욕과 함께 부풀어 나는 것이었다.

"어디가 제 집구석인지, 그래두 잊지 않구 찾아드는 것만 신통하군!

······."

이렇게 비양거리는 것이 시초가 되어 가지고, 삿대질을 하고 쥐어뜯고 손가락을 비틀고 한참 복대기를 치고 나서야, 비로소 제풀에 마음이 풀어지곤 하는 것이었다. 그러나 오늘은 좀 더 심하다. 헤어지자는 말까지 나오는 것을 들으니 겁도 나고, 무엇보다도 집문서가 여자의 수중에 그대로 있는 것이 안심이 아니 되었다. 그러나 아무려면 들어 있는 것을 내쫓기야 하랴 하고 혼자 속으로 코웃음도 치는 것이었다. 호남이도 이러한 부자연한 관계가 오래 갈 것도 아니요, 친구들 사이에 소문이 나면 창피하다는 생각이 없지 않지만, 마음씨 고운 박 선생이 알고도 모른 척하고 눈감아 주고, 또 여자가 지성껏 매달리니 어느덧 정이들어서 미루미루 끌려가는 것이요, 집 한 채라도 생기면 생겼지 해로울 것은 없다는 이해타산이 반은 차지한 것이지마는, 여자가 후회를 하는 눈치거나, 아까처럼 헤어지자는 말까지 나오면 마음이 뜨끔하여지는 것이었다.

2

"아무튼지 내가 미친년야."

취원의 머리에는 또다시 올 정월 초이튿날 저녁 일이 떠올라서 이런 소리를 하며 방 안에서 무슨 눈치를 찾아내려는 듯이 휘 둘러보는 것이었다.

"미쳤기에 그런 소리를 하지 성한 사람이면야······."

호남이는 슬쩍 둘러대며 픽 웃어 버렸다.

"아무튼지 당신이란 사람은 혼자 둬선 안 될 사람이야!"

하고, 취원은 또 새판으로, 발끈 살기가 올라서, 모가 지는 눈초리로 흘겨보며 손에 든 담뱃불을 남자의 인중에 데민다. 호남이는 귀찮기는 하면서도 여자의 암상을 떠는 얼굴이 예뻐 보였다.

"하구 보면 나라는 사람은 가둬 두거나 간수가 붙어 다녀야 하겠다는 말이군!"

하고 호남이는 야죽야죽 웃고만 앉았다.

"그러기에 이런 성이 가신 건 아주 죽어 버리겠다는 거야."

취원은 손가락 새에서 타는 담배를 탁 재떨이에 던지며 멱살께로 덤벼드는 것을, 호남이는 두 손끝을 꼭 잡아 버렸다. 나긋나긋한 다섯 손가락을 좌우로 몰아 두고 비벼 주었다. 취원은 어린애처럼 얼굴을 찡그리고 아야야 소리를 치며 뿌리치려고 몸을 비틀면서도 그 아픈 것이 은근히 좋기도 하여, 금시로 입가에 떠오르는 웃음을 참으려면서, 정욕적으로 치뜨는 눈에는 눈물이 글썽하여졌다.

"내, 설마 당신이 그럴 줄은 몰랐어!"

하고 취원의 덤비려던 기세가 풀어지며 한탄하듯이 이런 소리를 하는 것을 보고, 호남이도 쥐었던 손을 느꾸어서 정답게 주물러 주며

"글쎄, 내가 어쨌기에 그럴 줄 몰랐단 말예요?"

하고 타이르듯이, 달래듯이 혀를 찼다. 취원은 남자의 얼굴에서 또 무엇을 찾아내려도 말끔히 들려다 보며, 공연한 의심인가 하는 반성도 하는 것이었다. 그러나 사십이 넘어서 다시 눈을 뜬 애욕을 저도 주체를 못 하는 취원이요, 제가 반해서 제 손으로 나꿔 잡은 이 보배를 누가

손이나 건드릴세라고 겁을 벌벌 내며, 남자가 새파랗게 젊으니만치 딴 데 눈을 떠서, 속아 넘어갈까 보아 불안이 쉴 새 없는 취원이다. 더구나 요새로 와서는 안집댁네와 접촉이 잦은 것이 싫은 판인데, 혼자 자고 난 호남이를 안집에서 아침밥 대접을 하였다니, 예사 그럴 법한 일인 줄은 알면서도 의혹과 질투가 걷잡을 수 없이 치미는 것이다. 취원은 어젯밤과 정월 초이튿날 밤과를 혼동하여, 한 가지 환상에 날카로워진 신경을 점점 더 시달리게 하는 것이었다.

올 정월 초이튿날은 별 날이 아니라, 끼리끼리 몰려다니는 작은집 패와 유한마담 몇몇을 청해서 설놀이를 하였던 것이다. 남자는 물론 없었다. 물론 없었다는 말이 우습게 들릴지 모르지마는, 돈에 무서운 취원이라는 조명을 듣느니만큼이나 남자에게도 깔끔하다는 평판이 있는 취원이었다. 사실 영감을 만나서 삼 년 오 년 살면, 그동안은 정숙한 정실 부인 부럽지 않게 뜬소문 하나 없이 얌전히 살아 주는 취원이요, 도대체 눈이 높고 남자에게 쌀쌀한 편이었다. 더구나 나이 먹고 돈을 만지게 된 데다가, 혼잣몸이고 보니, 여간 몸조심을 하는 것이 아니었다. 남자와 어울리는 미장원이나 술좌석에 한만히 끼우는 법이 없었다. 그러기 때문에 이날도 널름거리는 중늙은이 패가 없는 것은 아니나, 일체 모른 척해 버리고 돈거래 있는 동무와 친한 새끼리만 모은 것이다. 또 사실 모인 축도 기껏 젊었어야 삼십 전후요 모두가 사십을 넘은 취원이 또랜데, 이런 세월이라 영감이나 애인을 가진 사람도 몇이 못 되거니와, 그나마 어엿이 이런 자리에 끌고 와서 놀 만한 젊은 축은 못 되니, 붙을 흥미도 아니 나는 것이었다. 그래도 취원은 호남이만은 한집에 있으니, 불러들여서 놀았으면 하는 생각이 없지 않았으나, 호남이를 여러 동무 앞에 공개해 내놓기가 싫기도 하였다. 호남이 같은 눈에 띄는 젊은 남자가 한집에 있다고 실없이라도 놀림감이 되지 않을까 하는 자격지심이 드는 한편에, 젊은 것들이 끼우는 좌석에 불러내기가 위험하다는 생각도 없지는 않았다. 그러나, 그러지 않아도 사랑채 식구들은 다례를 지내러 큰댁에 가서 과세를 하고 온다고 그믐날 아이들을 끌고 가더니 호남이조차, 초하루를 지나 초이틀인 오늘까지 감감무소식이다. 어차피 음식이 벌어진 끝이니 사랑에도 한상 차려 내보내고 호남이와 박영선 영감을 청해서 하루 저녁 놀리라는 생각은 있던 터이지마는, 한집안에 사는 터에 이렇게 사흘씩이나 눈에 아니 띄니 취원은 마음에 키우기도 하는 것이었다.

호남이가 첫눈에 마음에 들었다든지 박영선이의 심복이라든지 하는 것으로 턱 믿고 당장에 친숙해진 것만이 아니라, 이사를 오는 말에 영선이가, 자기가 중간에 들었다 하여 예전부터 좋아하는 대관원으로 끌고 가서 청요리를 한턱내고, 다음에는 호남이가 박 사장의 비위를 맞추어서 아서원을 셋이 갔었고, 취원도 그 대거리로 자기 집 안방에서 떡 벌어지게 한잔을 냈던 것이다. 이러는 동안에 호남이가 취원이더러 아주머니라고 부르는 것을,

"조카님이래서 밑질 것은 없어두, 아주머니는 좀 억울한데."

"그럼 누님이랠까? 하하하."

하는 정도로 둘의 사이는 나날이 가까워졌고, 아서원에 갔던 날은 택시를 타고 원남동 이 집 문전에 와서 내려 들어오며, 얼쩡한 김에 신기가

무척 좋은 취원이가,

"오래간만에 문밖놀이나 하구 오는 것 같구면. 요새로 한 십 년 젊어졌다 할까. 오빠 잘 얻은 덕에 호강했습니다!"

하고, 대청에서 흘러 내려오는 불빛에, 눈웃음을 쳐 보이던 눈이 대륙하고 동자가 똑바로 서며 면구스럽게 빤히 바라보던 것이었다. 이십이 넘자, 전쟁 통에 피해 다니느라고 세월을 보내고, 해방이 되던 해에는 장가를 들어 올가미를 잔뜩 쓰게 되어, 의외로 오입이니 계집이니 하는 것을 모르고 지낸 호남이에게는 취원의 그런 미태(媚態)가 강렬한 자극이었고 마음을 들쑤셔 놓기에 충분하였다.

"당신이 재산이 있었더라면 난봉께나 좋이 부리구, 계집자식을 얼마나 울렸을지……."

취원이와 그렇게 된 뒤로, 살림이 나아지고 집이 생기고 해서 그런지, 원체 자기와는 걸맞지 않는다는 생각에 눌려서 큰소리가 안 나와 그런지, 별로 시새는 눈치도 안 보이는 호남이댁이건마는, 가다가는 심사가 틀려서 이러한 소리를 뾰로통해서 하는 것이었다. 호남이는 사실, 자기 용모에 자신이라든지 중학생 시절부터 여자가 따르는 눈치를 모르는 것도 아니고, 또 그런 기회가 적지 않았건마는, 원체 여자에게는 겁이 많은 성격이었다. 매사에 뱃심이 없었다. 연애에도 돈이 드는 것을 그는 잘 알았다. 게다가 자수성가를 하여야 하겠으니, 돈을 벌어야 하겠고, 사업을 하겠다는 청년다운 역기에 눌려서 여자보다는 돈부터 먼저 눈에 띄는 것이었다. 그 점은 박영선 영감의 젊었을 때와 마찬가지고, 성격도 비슷한 데가 있지마는, 박영선이는 좀 기국(器局)이 큰 데 비하여 호남이는 어디까지나 사무가(事務家)의 유형이다. 그러기 때문에, 아니, 그런 점을 취원이도 벌써 알아차렸기 때문에 호남이를 마음대로 손아귀에 넣은 것이요, 또 호남이도 돈 있는 여자가 선손을 걸어왔기에, 마음 놓고 달겨든 것인지 모른다.

하여간 첫 서슬에 그렇게 만나 논 뒤로는 별로 만날 일이 없으니, 사랑문 하나를 격하여 얼마 동안은 뜸하였었다. 그러자 하루는 아침결에 취원이 마루 끝에서 세수를 하고 앉았으려니까, 바지저고리에 외투를 걸친 호남이가 물통을 들고 들어왔다. 오래간만이라, 일변 반갑기도 하고 깜짝 놀라서,

"아이, 과장님이 이게 웬일이세요? 철이 할머니, 물 좀 떠다 드류."
하고 소리를 치며 뛰어 내려와서 물고동을 틀어 주었다. 중앙서관(中央書館)의 회계고 보니 듣기 좋게 과장님이라고 부르는 것이었다. 살림하는 남편이 물을 좀 떠다 주기로 아내의 눈에는 예사로 보이겠지마는, 취원이에게는 이 남자가 물통을 들고 나서다니 눈 서투르고 딱해 보였다.

안의 수통물을 같이 쓰는 터인데, 애어머니가 감기로 누웠으니, 물이 나오는 시간에 받아는 놓아야 하겠고 세숫물도 자기 손으로 데워서 하고 나갈 판이라 한다.

"에그, 저걸 어찌나! 철이 할머니 좀 나가서 불을 지펴 드류. 뭘, 더운 물 있으니 세순 예서 하시구, ……아침두 못 자셨을 텐데 집에서 잡숫구 나가세요"

"뭘요 무슨 중병이 들었다구……밥 한 끼쯤 내 손으로 못 지어 먹는다구요"

하고 호남이가 웃으며 물이 통에 차기를 기다리고 섰자니까, 수건질을 부리나케 하고 난 취원이, 물통을 앞질러 반짝 들고 나섰다.

"아 이거 왜 이러세요"

하고 호남이는 물통을 뺏으려 하고, 안 뺏기려 하고 가벼운 웃음판이 벌어지는 것을 할멈이 부엌에서 뛰어나와서 맞아 들고 사랑으로 나갔다. 호남이는 이때처럼 행복감에 마음이 느긋한 때가 없었고, '여자'의 애정이 어떤 것이란 것을 비로소 맛본 듯이, 눈으로가 아니라 마음으로 황홀하였었다. 뒤미처 따라 나온 취원이, 유리 구멍으로 들여다보며,

"원숙 어머니 좀 어떠셔요? 혼잣손에 어려우시겠군. 뉘 계서요 할멈이 불은 지피니."

하고 정숙히 인사를 하였다.

"아이 고맙습니다. 인제 일어나죠"

하고 호남이댁은 자리 속에서 머리만 쳐들고 벌건 얼굴을 보일 뿐이었으나, 일어날 수는 없는 모양이었다.

"염려 마세요"

마음이 욱신욱신한 듯이 명랑한 웃음을 띠우며 호남이는 밖에 대고 대꾸를 하고, 아내더러는 일어나지 말라고 제지하며,

"내 곧 가서 할머니 오시랄게 가만히들 있어."

하고, 양복을 부등부등 입으면서 자리 속에 일어나 앉은 딸년에게 이르는 것이었다.

"그래두 세수는 하셔야지. 원숙 어머니, 집에 밥이 다 됐는데, 나가시는 길에 잠깐 들어와 잡숫구 가시게 하는 게 어때요?"

취원은 병 위문이 급한 것이 아니라, 이 청을 하러 나왔던 것이었다.

"아이, 미안하군요. 참 그렇게 해 주시면 고맙겠세요"

하고 아내는 밖에 섰는 취원에게 인사를 하고 남편더러,

"그럼 세숫물이라두 얻어 하시구 나가시구려."

하며 권하였다. 남편이 안에 가서 밥을 얻어먹는다는 것은 덜 좋으나, 이 집에 떠나오자마자 안에 들어가서 대접까지 받고 한 터요, 박 사장과 친한 취원이니 한편으로는 안심도 되고, 취원의 그만한 친절을 예사로 여긴 것이었다.

이날, 호남이는 안방에 끌려 올라가서 취원의 밥상을 마주 받고 앉아, 얼굴에서 웃음이 꺼질 새 없이 좋아하며 지성껏 권하는 취원의 시중으로 밥을 먹은 것 또, 호남이의 평생에 잊히지 않는 마음속의 자랑이요 행복이었지마는, 취원은 호남이가 오늘 아침에 안에서 아침밥 대접을 받았다는 말에 먼저 머리에 떠오르는 것이, 역시 그날 아침에 맞겹상으로 밥을 먹던 그 광경이요, 그때에 즐겁고 들먹거리던 그 마음을 생각하면, 박 선생 부인에게 대한 불같은 질투를 참을 수가 없는 것이다.

그것은 하여간에 그날, 취원은 앓는 사람과 아이들을 위하여도 사랑채에 아침상을 차려 내보내고, 낮에 호남이가 지어 들여보낸 약도 할멈을 시켜서 달여 가고 하는 통에 호남이댁까지 취원의 과분한 친절에 엎드러지게 되었던 것이다.

그 후부터 안채와 사랑채 사이에는 다만 물동이 왔다 갔다 할 뿐 아니라, 아침에는 할멈이 생선찌개를 예반에 받쳐 가지고 나와서 맛은 없으나마 잡숴 보시라는 전갈이요, 저녁에는 고기를 한 접시 구워서 김이

모락모락 나는 것을 식기 전에 잡수라 하고, 오늘은 닭을 고았습네, 떡볶이를 했습네 하고, 취원이 관계하는 요릿집에서 들어오는 것도 많겠지마는, 별식이라 하면 때 놓지 않고 매일같이 내보내는 것이었다. 딴여자가 자기 남편을 이렇게도 지성껏 공궤를 하나 싶어 호남이댁은 실쭉하면서도, 자기네 주제로는 엄두도 못 낼 맛있는 음식이니 아이들부터 반가워하고, 용돈 부족한데 거진 반찬을 대어 주다시피 하니 신세지는 것은 괴로우나, 살림의 한 부조도 되어 좋지 않은 것도 아니었다. 노파 하나 데리고 단 두 식구에 아씨 상물림만 해도 주체를 못할 테니 아마 그런가 보다고 눌러 생각하였다. 그러나 무어나 먹던 찌꺼기는 아니었다. 마음먹고 만든 것 아니면 숫것이었다. 김치를 새로 헐었으니 퍼다 먹어라, 깍두기 맛이 먹을 만하니 맛보아라 하고 내보내야 결코 웃걸음의 지치레기나, 밥이 아무리 밀려야 찬밥덩이를 주는 일은 없었다. 두 여자는 이 음식으로 정이 통하고, 호남이댁의 마음은 차츰차츰 관대하여져 갔던 것이다.

호남이가 이 집으로 떠나온 지 한 달쯤 되어, 양력 섣달그믐 미처에 취원이 금전출납의 결산을 혼자 하다가 계산이 알삽할 때마다, 밤중 장부를 끼고 나와서 호남이와 마주 앉아 주판질을 시킨 일도 서너 번 있었으나, 결코 안으로 불러들여서 부탁을 하거나 하는 일은 없었다. 그값으로 양력설에는 닭 한 자웅과 양담배 한 상자가 세찬으로 나왔다. 저번 음력설에는 호남이댁이, 취원의 상에 입는 저고리를 반숙이나 틈틈이 지어 주고, 설 떡을 하는데 거들어 주었다 해서 바느질삯 외에 모녀의 호박단 저고릿감 하나씩을 떠 주었다.

이러는 동안에 취원은 영감이 돌아간 뒤로는 가 본 일이 없던 미장원에도, 다시 자주 발을 들여놓게 되었다.

"벌써 또 영감이 생겼나? 인제 생기려는 차빈가? 과부댁이 깃것도 채 벗기 전에 왜 이 모양이야?"

미용원에 갔다가 오는 것을 보고 동무가 놀리면 취원은 생긋 웃기만 하는 것이었다. 마음에 드는 젊은 남자가 한집에 있으니 본능적으로 얼굴 갖추기나 몸치장에 마음이 더 씌우는 것이겠지마는,

"늙은 영감이 없어지니까 기죽을 펴서 그러냐? 넌 나이는 거꾸로 먹니? 점점 더 젊어져만 가는구나."
하고 놀리는 소리도 듣기에 싫지 않았다. 목욕 갔다 와서 엷게 화장을 살짝 하고, 제 색깔대로 볼그레하게 피어오른 토실토실한 얼굴을 비춰 보고는 나이도 잊어버리고, 만족한 미소와 함께 문득 떠오르는 공상에 멀거니 정신이 팔려 앉았곤 하였었다. 어쨌든 지난 정초는 취원이 오래간만에 스무남은적 같은 들썽들썽하고 화려한 기분으로 맞이하였던 것이다.

3

정월 초이튿날이었다. 오늘도 전등불이 있을 리 없으리라고 일찍 서둘러서, 서창에 지는 햇발이 환할 때부터 교자상을 들여놓고 일고여덟 여자 손들이 죽 둘러앉으니, 제 얼굴과 의논도 안 한 듯이 분홍저고리 연두저고리까지 섞인 가지각색의 저고리 빛깔과 그 위에서 제멋대로 간드락거리는 형형색색의 파마머리만 하여도 재즈의 호화판이었다. 그

가운데 빈틈없이 빽빽이, 그러나 소담스럽게 차려놓은 교자상을 보면, 한 걸음 문밖엘 나서면 사네 죽네 하는 이 쓰라린 세상에도, 하여튼 설 기분이 나는 듯싶다. 그러나 빨갛게 물들인 입술에서 흘러나오는 참새 볶는 소리도 이 조화를 잃은 식탁의 색채에 반주하는 재즈밖에 한 마디도 분명히 귀에 들어오는 것이 없다. 은주전자와 은잔이 위아래에서, 이 의미 없는 재즈에 맞추어, 장단 없는 춤을 추는 흰나비처럼 오락가락한다. 이윽고 어느 얼굴에나 저녁놀 빛이 발갛게 피어올랐다. 상 위의 음식은, 단장한 매무시를 풀듯이 차츰차츰 허크러져 갔다. 색채와 형용과 음향의 재즈는 지금이 한참 볶아치는 고비에 달하였다. 그러나 저 햇발이 넘어 가면 새빨간 노을빛도 재즈도 함께 스러질 것이다.

취원은 주인으로서 주간알선(酒間斡旋)을 하느라고 들락날락하며 바빴다. 그러나 날이 저물어 가니 마음도 바빠져 갔다. 취흥이 도도하여 노랫가락이 흘러나오고 젓가락장단이 나오고……한참 배반이 낭자한 속에서도, 취원은 술에도 흥에도 취하지 않고, 웬일인지 정신이 보송보송하여 좌석에 휩쌔지를 않고 자기만이 마음으로 배도는 것 같았다. 취원은 또 올 손님이나 기다리는 듯이 뜰에서 나는 발자취에 귀를 기울이고, 유리 구멍으로 저물도록 마당을 내다보곤 하였다. 물론 호남이를 청해 놓은 것도 아니요, 식구들을 우루루 몰고 오면 조용히 만나서 술 한 잔 먹을 수 있는 것도 아니나, 좌석이 엉정벙정하고 흥들이 나서 노는 양을 볼수록, 무엇을 놓친 것 같고 한구석이 텅 빈 것같이 공연히 기다려지는 것이었다. 이렇게 안 오고 조바심이 될 줄 알았다면, 미리 맞추어 두고 오늘 이 자리에 데려다가 같이 어울려 놀기나 할걸! 하는 후회도 났다.

젓가락장단에 어깻바람이 났던지, 어느 새에 젊은 축이 물방구리에 바가지를 엎어 놓아 들고 들어오더니, 제법 장구 소리를 내면서 유행가가 스러지고, 수심가를 뽑아낸다. 차차 주기가 도는 취원도 속으로 함께 꺾여 넘어 가며 장단을 맞추다가, 또다시 남자가 그리운 서러운 애욕이 봄날의 아지랑이처럼 가슴속에 포근히 모락모락 피어오르는 것을 깨달았다. 전신이 홧홧하여지며 혼곤히 따분한 기분에 잠겨 들어갔다. 그러자 밖에서,

"아, 왜, 인제 오세요 아씨는 어쩌시구 혼자 오세요?"

어쩌고 하는 철이 할머니의 목소리에, 취원은 깊어 가는 꿈에서 소스라쳐 깨어난 듯이 눈이 반짝하여지며 일어서려니까,

"네, 과세 안녕히 하셨에요? ……."

하는 남자의 목소리가 들린다. 취원은 그 목소리가 반가워서, 가슴이 설레해지며, 공연히 좌중의 눈치가 뵈어서 멈칫하다가, 살며시 마루로 나왔다. 그러나 벌써 뜰에는 남자의 그림자가 보이지 않았다.

"여기 봐요 술 좀 더 데워요"

취원은 김이 빠져서 말뚱히 사랑 쪽을 건너다보다가 허청 나오는 소리로 말을 붙이며 부엌으로 내려왔다.

"아씨, 사랑 서방님이 들어오셨는뎁쇼!"

철이 할머니는 주인아씨의 속을 짐작하는 듯이, 아니 이력 찬 노파라, 뻔해서 긴하게 보이려고 운자를 띄우는 것이었다.

"응!"

취원은 코대답만 하고, 자기가 나가서 불러들일까, 한 상 차려만 내보낼까, 속으로 망설이는 판인데, 철이 할머니가,

"국수라두 말아 내보내야죠?"

하고 묻는다.

"글쎄……아까 구자 한 틀 냄겨 두었지? 그거나 놓구, 술상 하나를 보우."

취원은 불러들이지는 않으리라고 결심을 하였던 것이다. 이 결심은 또 하나의 마음의 비밀이 낀 것이기 때문에 취원이와 같은 여자에게는 그다지 중대한 문제는 아니나, 다만 전신의 피가 쫙 퍼지는 듯한 생리적 비약을 일순간 쾌감과 함께 느낄 따름이었다. 안방에서 흘러나오는 노랫소리도 바가지장단도 취원의 귀에는 들리지 않았다. 불을 켜 놓고 혼자 우두커니 앉았을 남자의 모양만이 머리에 꽉 찼을 뿐이었다.

안방에서는 물방구리의 바가지장단도 뚝 끊기고 새판으로 술상으로들 덤벼들었다.

"웬 셈야? 넌, 오늘 술두 살살 꾀만 부리구, 소리두 안 하구……."

머리를 빗을 때마다 흰 털을 두셋씩은 뽑아내게 되었다고, 인제는 그 뚱뚱해 가는 몸집에 성화를 하던 것은 잊어버린 대신에 머리가 세기 시작한다고 노상 앓는 소리를 하는 소옥이가, 취원을 붙들어 앉히고 잔을 내어주었다.

"나, 얼말 먹었다구."

소옥이에게 붙들렸다가는 오늘 취하고 말겠기에 슬슬 피하던 판인데, 취원은 큰일 났다고 속으로 걱정을 하였다. 하지만 소옥이는 영업도 사

무원에게 쓸어맡겨 놓고, 오늘은 판 차리고 한잔 먹자고 음식을 반은 차려 가지고 온 터이니 웬만큼 대작을 아니하는 수도 없었다. 소옥이가 숨어 하는 요릿집에, 취원은 동사라기보다는 출자주였다. 지금 사랑에 내보내라고 한 구자도 소옥이가 만들어 가지고 온 세 틀에서 하나를 남겨 두었던 것이다.

"신년 새해에는, 이 소년과수댁이 젊은 영감이나 맞읍시다구!"

싸우듯이 하여 석 잔을 폭배를 시키며, 소옥이는 이런 축원을 하는 것이었다.

"애, 영감이라면 지긋지긋하더라."

취원은 포 조각에 잣을 얹어 입에 들이뜨리며 대꾸를 하였다. 그러면서도 속은 간질간질하는 것 같아서 웃음이 저절로 입귀에 기어올랐다.

"돈 있겠다, 배부른 수작한다마는 얼굴이 아깝지 않으냐. 대관절 넌 언제나 늙을 작정이냐?"

소옥이가 술잔을 들며 지지벌건 얼굴에 입을 딱 벌리고 남자처럼 호걸풍의 웃음을 터뜨려 놓았다. 젊은 축들도 깔깔댔다.

"흰 털을 한 번에 여남은 개씩 뽑아내려구, 왜 이래."

"아니, 나만 늙어 가니 분하지 않으냐."

"그래두 아주머니두 염려 없세요. 젊은 영감이 죽으루 따를 거니."

젊은 축에서 누가 이런 소리를 하니까, 눈짓들을 하면서도 또 깔깔댔다. 소옥이도 취원이 연장세이지마는, 대여섯 살 손아래인 사무원과 눈이 맞아 사는 것이었다. 커단 남포를 탁자와 등상에 받혀서, 위아래로 물이나 켜 놓고, 식탁에는 양촛불을 네 귀퉁이에 켜서 삼 칸 방이 눈이 부시게 환하니, 취해 가는 이자들의 얼굴은 한층 더 일년감처럼 빨갛게 익어 보이고, 구찌베니가 반 넘어 벗겨진 번지르르한 입술만이 부옇게 뒤둥그러진 게 유난히 눈에 띄운다. 그래도 삼십 전의 젊은 축이, 취안이 몽롱해서 실눈을 뜨고 깔깔대는 풍정은 볼 만하다 할지 간드러진 편이나, 늙은 축이 치마를 벗어젖히고 단속곳바람으로, 번지르르한 기름에 분이 져서 얼룩이 지고 감추었던 눈귀의 주름살과 아랫눈썹 밑이 푸르죽죽하게 꺼져 들어간 시뻘건 얼굴을 이래 대고 비쭉, 저리 대고 비쭉하며

"무어니 무어니 해두 늙는 것밖에 설은 것은 없더라."

고 한소리를 뇌까리고 앉았는 양은 게저분하니, 다만 음탕하여 보일 뿐이었다. 거기다 대면 여간 술잔은 얼굴에 내배지도 않고 언제나 옷맵시가 산뜻한 취원이는 예쁜 모습이 약간의 주기로 한층 더 간드러져 보이고 역시 아직 젊고 조촐하다.

"아씨!"

창밖에서 철이 할머니가 소리를 죽여 은근히 부르자 냉큼 일어서는 취원의 얼굴에는 살짝 긴장한 빛이 떠오르며 눈이 반짝하고 환해졌다. 사랑에 내보낼 상을 보아 놓거든 기별하라고 일러두었던 것이었다. 상을 들고 앞선 철이 할머니를 따라 나서며 취원은,

"식구들은 아직 안 왔어?"

하고 새삼스럽게 물어보았다.

"친정으로 바루 세배를 가서 내일이나 온다나 봐요"

취원은 사랑문을 밀치며 얼굴이 화끈 달아오르는 것을 깨달았다.

사랑에서 장국을 더 가지러 들어온 취원은 그 길에 안방에를 잠깐 들어갔었다. 아랫방에 손님이 왔다든지 아무렇게나 꾸며대려면 못 꾸며 댈 것은 아니지마는 그래도 마음에 꺼리어서 부엌에 있었던 체하고 시 치미 떼고 들어가 앉았었던 것이다.

"너, 왜 이렇게 개평을 떼려 다니는 거냐? 엉? 누가 온 게로구나?"

소옥이는 인제는 고주가 되어 욕소리는 들뜨고 눈동자가 제자국에 놓이지 않았다.

"하하하……개평이라니, 이 나쎄가 돼서두 제 버릇 개 못 주는구나!" 하고, 취원은 간간대소를 하면서도 금시로 새침하여졌다. 톡 건드리기 만 하여도 웃음이 복받쳐 나올 듯이 달뜬 기색이면서도, 그것을 꼭 봉 하고 있기가 힘겨운 것처럼 숨결이 높고, 무슨 중대한 난관이나 맞닥뜨 린 듯이 몹시 긴장하고 흥분하여 여러 사람의 눈치만 보면서 얼굴이 해 쓰륵이 질려 있었다. 그러나 금방 사랑에서 호남이와 대여섯 잔 대작도 하였지마는 충혈이 된 눈가가 발그스름히 인제야 주기가 오르는 모양 이었다.

엉덩이가 붙지 않는 취원이는, 소옥이에게 붙들릴까 보아 조마조마 하며 또 살며시 일어났다.

"우리 이쁜 마누라, 또 어딜 가는 거야? 풀방구리에 쥐 드나들 듯이."

소옥이가 소리를 꽥 지르는 바람에, '우리 이쁜 마누라'라는 말이 우 스워서 좌중에는 째그를 웃음소리가 떠올랐다. 그 사품에 취원은 무사 히 빠져나왔다.

주인아씨 찾아오라고 소옥이가 한바탕 법석을 하는 통에 바람같이 스르를 들어서는 취원의 얼굴은 주기가 더 올라서 그런지 활짝 발갛게 피어올라서, 사랑에 첫 번 나갔다가 들어왔을 때와 같은 옥조이고 조비비듯 해쓱이 실렸던 그 긴장한 기색은 간데없이, 입가에는 확 풀린 느긋한 화려한 웃음이 떠돌았고, 윤색이 도는 눈에서는 정채를 뿜어내는 듯하였다. 몸 전체가 새로운 생기에 팔딱팔딱 뛰는 것 같은 가뜬하고 신선한 기분을 자기 자신도 느끼는 것이었다.

"이건 너무 심하구나. 우리더런 어서 가란 말이지 이렇게두 축객이 심할 수야 있니."

소옥이가 유들유들하게 놀리니까,

"이거 무슨 딴소리야. 내 손 안 가구 안주가 들어오나. 자 한잔 달라구."

하며 취원은 소옥의 어깨를 탁 치고 생글 웃으며, 인제는 마음이 가라앉아서 판을 차리고 먹겠다는 기세이었다.

그 후로 벌써 다섯 달이나 되어 오건마는, 언제나 문득문득 그날 놀이가 머리에 떠오르면 남자가 새삼스럽게 알뜰히 귀여워지는 것이었다. 기생노릇 십 년, 영감을 갈기 다섯 번인 취원이는, 남자들을 처음 볼 때마다의 인상이 지금도 낱낱이 기억에 남아 있지마는 그것을 모두 남의 잔치에 불려가서 대접을 받았던 것이요, 안아 가니까 안겨 갔었던 것뿐이었다. 그러나 이번만은 자기가 차린 향연에 자기가 가서 청해 오고 자기 품에 안아온 손이니만치 저편의 대접을 바랄 것이 아니라, 이편에서 마음껏 극진히 대접하여야 하겠다는 것이며, 또 그만치 그 첫날밤이 언제나 전에 없이 아름답고 화려한 꿈으로 머리에 남아있는 것이다. 그러면서도 대관절 이 남자가 자기의 이 마음, 이 대접을 얼마나 진심으로 받아 주는가 그것이 알 수 없으니 안타까운 것이다. 늙어 가는 이 얼굴, 하치않은 돈푼, 대관절 이 남자가 무얼 보고 나를 따른다는 것인구? 이런 의혹에 혼자 자기를 시달리게 하는 것이다.

"여보, 어젯밤, 안에서 내온 술상에도 구자틀이 있습디까?"

취원은 혼잣환상에서 깨어나자, 웃지도 않고 불쑥 이런 듣기 싫은 소리로 또 한 번 꼬집어 주었다.

"예이, 미친 소리!"

호남이는 하는 수 없이 픽 웃어 버리며 외면을 하였다.

호남이집에 반기를 가지고 철이 할머니는 아직 아니 오고, 밖에서는 뜸하였던 비가 다시 보슬보슬 나리고, 촉촉하고 써늘한 날씨에 조용하니, 취원은 노곤한 몸이 풀려갈수록 잠이 폭폭 와서 가만히 일어나 자리를 깔기 시작하였다. 요를 펴면서도 유심히 눈여겨보는 것이 있었다. 혹시 여자의 머리카락이나 붙어있지 않는가 하고.

급전

⊡

박영선 부인 선옥 여사는 학교에 가는 아이들을 내보내 놓고 일찌감치 병원으로 나섰다. 그래도 오늘은 마음먹고 화장을 하느라고 좀 거레를 한 셈이었다.

오늘 토요일 뚝섬으로 원족 가는 끝엣년을 따라가 주었으면 하는 생각이었으나, 어제 호남이 편에 오늘 내일 새로 퇴원을 한다고 전갈을 해 보냈으니 모른 척하고 갈 수가 없었다. 더구나 그저께는 들렀어도 못 만났지만은 요새로 발이 멀어진 것같이 생각할까 보아서 애도 씌웠다.

비 온 끝의 날이 번쩍 들어서 볕발이 유난히 두꺼워지는 것 같으나 성글한 깨끼저고리 밑으로 스며드는 초여름의 산들바람이 알맞아 몸이 가뜬하고 쾌적하였다. 자기의 건강을 사지에 어깨에 전신으로 느끼었다. 그러나 선옥 여사는 마음 한구석이 여전히 찌뿌듯하였다. 왼편 뺨을 우리는 햇발이 가슴속에까지 스며드는 듯이 마음 한구석은 환히 시원하게 터진 것 같으면서도 어쩐지 머리가 얼떨하니 따분한 기분이었다. 남편과 못 만난 사흘 동안이 꽤 오래된 것 같다. 원남동에서 명동 뒷골 김 내과에까지 가자면 한참 가야 하지마는 날마다 다니던 길이 오늘은 타박타박 지루한 생각도 든다. 어제 사랑채 내외가 싸움 끝에 한참 자고 나서 저녁도 안 먹고 나갔다가 이슥해 들어왔다니 영감한테 갔던 것이나 아닌가 그것도 마음에 키운다.

명동 천주교당 왼편 아래로 깊숙이 들어간 복작대는 이 근방에서는 제일 한정한 주택가 한중간에 큼직이 채를 잡고 앉은 이층 양관의 높다란 유리문을 밀치며 들어서는 선옥이의 머리에는 남편의 얼굴이 스쳐 가며 그동안 이삼 일 지낸 일이 파노라마같이 눈앞에 쫙 퍼졌다. 일순간 전신이 뜨끈하는 듯하다가 열이 혹 빠지자 마음이 금시로 차디차게 식어 가는 것을 깨달았다. 남편과 사이에 무엇이 한 겹 가리어진 것 같기도 하다. 어떤 눈치일까 애가 씌우나 그보다도 자기의 거동이 이상해 보일까 보아 조심이 되었다. 이층의 긴 복도를 지나 돌쳐서려니까 간호부를 데리고 회진을 하고 나오는 원장과 마주쳤다.

"아 어째 요샌 드문드문히 뵙겠습니까? 허허허."

소탈한 노박사의 웃는 소리에도 선옥이는 공연히 얼굴이 잠깐 상기가 되는 것을 깨달았다.

"인젠 마음이 놓이니까 그렇죠만 선생님께만 맡겨 둬서 미안합니다." 하고 웃는 선옥이의 화장한 얼굴을 무심히 보며 김 박사는 속으로 이 여자가 이렇게 예쁘고 젊던가? 하는 생각을 하였다. 언제나 여벌 나들이벌로 수수하게 차리고 다니는 것만 보던 눈에는 갓 파마를 하고 화장을 정성껏 한 데다가, 거기에 맞추자니 자연 미색 깨끼저고리에 흰 수치마를 산뜻이 입은 날씬한 몸매가 눈을 끄는 것이었다.

"곧 퇴원해두 좋대죠?"

"글쎄 좀 더 자신이 생길 때까지 계셨으면 좋겠지만 뭐 부인께서 책임지구 맡아 가실 거니까 안심하구 내보내드리죠."

영감의 중앙출판사에 출자까지 하고 자별히 지내는 고향 친구라 한 달 입원해 있는 동안에도 환자만 끝나면 영감의 방에 와서 쉬고 바둑을 두고 놀던 원장이라 이렇게 껄껄 웃고 헤어져 갔다.

병실에는 중앙시론(中央時論)의 편집장과 호남이가 와서 있었다. 오늘은 금침을 걷어치우고 팔 조나 되는 환한 다다미방 한가운데 사선상을 내어놓고 세 사람이 둘러앉았다. 영감은 잡지를 들고 보다가 들어오는 아내에게 고개를 돌려 알은체만 하고 다시 잡지로 눈을 떨어뜨린다. 언제나 같은 심상한 안색이다. 우선 마음이 놓였다. 오늘은 면도까지 깨끗이 한 얼굴이 퇴원을 한대서 그런지 혈색도 좋고 화기가 돌아 보였다. 아직 풀기가 성한 새 명주 바지저고리를 단정히 입고 앉았는 양이 어디로 보나 온용한 선비다. 선옥 여사는 기껏 마음 들여 화장을 하고 구격을 맞추어 새 옷을 입은 것은 눈여겨보지도 않는 것이 다소 불만이면서도 전보다 화색이 도는 남편의 얼굴을 보니 멀리 떨어졌던 남편 곁에 다시 왔다는 든든한 마음이 드는 것이었다. 그러나 이 자리에서 호남이와 마주친 것이 잠깐 반가우면서도 덜 좋았다. 영감과 마주친 것이 잠깐 반가우면서도 덜 좋았다. 영감과 마주 앉은 편집장과 인사를 하며 그 뒤를 돌아, 쨍히 햇발을 받은 창을 등지고 앉는 길에 호남이에게 눈으로 인사를 하려는 마음의 여유까지 생겼다. 그러나 저편은 모른 척하고 있다.

"그만하면 편집두 잘된 셈이요, 무엇보다두 대엿새 일찍 내놓게 되어 다행하구먼……"

영감은 만족한 웃음을 띠워 보였다.

"오늘 내일 제본이 끝나면 모레는 좍 뿌리게 될 겁니다."

호남이가 말을 받았다. 제대로 나와 본 일이 없어 아무래도 매삭 이 삼백 부씩 잔본이 나서 애를 쓰는 잡지가 오늘이 스무나흘인데 칠월 호의 견본이 벌써 나왔으니 좋아하는 것이었다.

"일찍두 나왔지만 이번엔 자신이 있습니다. 5·30 선거 특집으루나 이 북놈들의 암약상(暗躍相) 폭로와 배격 논진으루만도 이만한 내용이면 부끄럽지 않다구 생각합니다만 사장께서 쓰신 논문은 병석에서 서둘러 쓰신 보람 있이 확실히 히트입니다."

편집장 이종무는 의미 없는 웃음을 껄껄 웃는다. 그러나 사장에게 첨을 하느라고 듣기 좋은 소리를 하자는 것은 아니었다. 번지르르한 벌건 넙죽한 얼굴을 보면 술은 무척 좋아할 것 같으나 정력적이요 순직하니 호인일 것 같다.

사장이 병중에 급히 썼다는 글은 바로 일주일쯤 전인 유월 십칠 일에 다녀간 미국 대통령 트루먼 씨의 최고고문인 덜레스의 성명에 대하여 '덜레스 씨의 말을 빌어 미국 조야에 보냄'이라는 공개장이었다.

"단 이틀 동안에 입원해 계시면서 오십 매나 되는 논문을 쓰시기루 여간 정력 가지군 어려우신 일이었지만 인쇄가 거진 다 돼 가는 판에 조판(組版)을 새로 해 가지구 넣구두 벌써 이렇게 책이 돼 나왔으니 기술적으루두 그만하면 무던하죠? 사모님 선생님께두 애쓰셨다구 흠뻑 위로를 해드리셔야 하겠지만 우리게두 상급 술을 두둑이 내셔야 합니다. 허허허."

맥없이 가만히 앉았는 선옥 여사를 알은체 하느라고 편집장은 말끝을 이렇게 돌리며 또 너털웃음을 터뜨려 놓는다.

"네 약주쯤야 봉창돈을 털어서라두 얼마든지 사드리죠"

하고 선옥 여사는 상긋 웃으며 남편을 쳐다보았다. 눈길이 마주치자 영감은

"아이들은 학교 갔겠지?"

하고 비로소 말을 붙인다. 별로 할 말이 없으니 그저 인사성으로 묻는 것이었다.

"의경인 뚝섬으루 원족 갔죠"

"응? 그럼 데리구 가질 않구! 이젠 학교두 익었으니까 괜찮겠지만……."

책사에 출판업에 잡지 경영에 게다가 정치운동까지 하고 틈틈이 붓대도 들고……더구나 고질의 위궤양으로 간간히 앓고 하느라고 눈코 뜰 새 없는 사람이지만 자식들에게도 어머니 못지않게 마음을 쓰는 영감이었다.

"그럴까두 생각했지만 오늘 퇴원하신다면서요? ……난 지금 모시러 온 건데……."

"나가지. 실상은 그저게 별안간 갑갑증이 나기에 나갈까 했더니, 들

르지두 않구 어젠 비가 오구……."

호남이의 눈길이 반짝하고 자기에로 오는 것을 깨달았으나 선옥이는 모른 척하고,

"그러지 않아두 그저께 미용원에 갔다가 오는 길에 들렀더니 행보 삼아 서관에 나가셨다구 안 계시겠죠. 오래간만에 나오신 길에 집에두 들러 가시지 않나 하구 기다렸는데……."
하며 열심히 변명을 하였다. 그러나 그 말을 듣고 생각하니 그저께 별안간 퇴원을 하고 싶어 했다는 말이 이상도 하고 이왕이면 그날 영감이 집에나 와 버렸더라면 아무 일 없이 좋았을걸! 하는 아슬아슬한 생각과 함께 남편의 탓을 속으로 하여 보았다.

이야기가 잠깐 뜸하니까, 부부끼리 수작을 하는 동안에 잡지를 끌어다가 놓고 사장의 공개장이라는 것을 군데군데 훑어보고 있던 이종무 편집장이 고개를 들어 불쑥 말을 돌린다.

"아무튼지 선생님! 백만 무장을 제창한 것이 우리 잡지요, 선생님의 주장이시지만 공소한 추상적 이론이나 주장만이 아니라 구체적 계획안을 내세우신 게, 군사평론가가 없는 우리나라에서는 처음일 겁니다. 대관절 언제 이렇게 면밀한 숫자적 연구를 하셨는지 놀랐에요"

"뭘, 전문가가 보면 공상이라구 웃을진 모르지만 시험 삼아 꾸며본 거지……백만 무장이 하루 이틀에 되는 거 아니요, 정세는 급하구 하두 답답하니 주먹구구라도 시안(試案)을 세워본 것이죠"

이야기는 다시 잡지 문제로 시국 문제로 돌아갔다.

예전 보성전문 법과를 나오자 책장사로 나선 박영선이가 군사 비판이나 국방 계획을 세울 만한 전문지식이 있을 리는 없다. 그러나 책장사니만치 책에 인연이 있고 장사꾼이면서도 인텔리이고 보니 잡지를 주재하고 붓도 드는 것이다. 더구나 해방 후에는 정치운동에 은근히 간여하여 왔던 터라 미군이 철수한 후의 진공 상태를 어떻게 메꾸느냐는 문제에 봉착하자 국방 문제에 머리를 쓰게 되어 헌 책자와 도서관을 뒤져 가며 얻은 지식이 백만 무장의 구체적 방침으로 공개장에 나타난 것이었다. 물론 상비군을 백만이라는 것은 아니다.

"그만 소리야 누구나 못 할까마는 덜레스가 와서 대일강화조약의 서막이 열리려는 기미가 보이니 써 본 거지만 그까짓 내 논문쯤이 문제가 아냐. 단총 몇 자루나 남겨 주고 물러가 앉아서 원조를 계속한다고 말하고 있으니 일각이 새로운 이 판에 무슨 원조를 언제 해 준단 말이냔 말이야. 이 진공상태에 저놈들이 가만있을 리 만무한데 양키의 슬로모션에는 안타까워 못 견딜 지경 아뇨"

"천상바래기로 해 주기만 바라구 앉았는 신세가 가엾죠. 이 진공상태를 저놈들은 샅샅이 빤히 들여다 보구 앉았는데 우리가 저놈들이 지금 뭘 하구 있는지 냄새나 맡을 수 있습니까, 남북협상에 갔다가 온 사람들의 말을 들어봐야 복면을 시켜 가지구 조리를 돌리는 대로 끌려만 다니다가 온 셈이니 무어 하나 정세를 관측한 자료를 가져온 게 있기에 말이죠 무슨 통일전선이니 난장이니 또 다시 개수작을 끄내 놓고서는 이주하 김삼룡과 조만식 선생을 바꾸자고 찝쩍거리는 것도 무슨 패를 쓰는 것일지 누가 압니까? ……."

이종무 편집장이 장단을 맞추는 것이었다…….

"중소동맹조약이 된 것이 이월 보름께 일인데 넉 달 만에 겨우 그 대
항책으로 대일단독강환지 조기강화(早期講和)인지를 서두르는 것쯤이니,
남은 발등에 불이 떨어지는데 일본을 경제부흥을 시켜 주고 재무장을
시켜서 방공(防共)의 방파제로 내세우자는 것이 틀렸다는 것이 아니요
내일의 일본이 또 다시 우리 집 뒷문을 노리는 이리[狼]가 되고 안 되는
것은 차치막론하고라도 당장 앞 문턱에 입을 벌리고 앉았는 호랑이는
누구더러 무얼로 막아 내라는 말일지, 그야 우리가 막아 내야는 하겠지
만 적어두 소련이 저놈에게 주니만치나 중화기라든지 비행기를 주고서
씨름을 하라야 말이 되죠. ……철의 장막이라 하기로 금성탕지(金城湯
池)가 아니거던 전연 비무장 상태대로 내버려 두고 가 버렸으니 벌거숭
이 환도 찬 셈으루 총자루나 하나 메고 멀거니 삼팔선을 바라보고 섰는
감시병과 똑같은 신센데 그래 일본 무장부터 시켜야 하겠다니 정세를
알고 하는 수작인지 더 답답한 노릇이 어디 있습니까?"

대개는 공개장의 논지를 되풀이하는 것이지마는 열렬히 입 힘차게
늘어놓는 것이었다. 대일강화조약 체결의 임무를 맡은 덜레스를 뒤따라
서 이튿날 유월 십칠 일에는 존슨 국방장관과 브래들리 합동참모본부
의장의 일행이 동경에 날아 와서 맥아더 최고사령관과 극동의 평화대
책을 상의하였다는 것이다. 이 회의에서 한국 문제는 과연 어떠한 결론
을 얻었는지 한국 원조의 구체안을 시급히 세우고 실행하라는 것이 공
개장의 결론이었던 것이다.

"여부가 있나! 그나마 한국은 작전상 이용가치가 없으니 방위선에서 제외하느니 하고 포기한 듯이 언명을 하여 놓았으니 점점 더 딱한 사정이 아닌가."

"그리게 말예요. 저놈들 귀에 솔깃한 소리만 들려주면서 원조는 한다고 방송만 하니 저놈들만 때 만났다구 춤을 출 거요, 원조를 받아 이쪽 장비가 완성되기 전에 거사를 하려 서두를 거 아닙니까? 개성서 십 리만 나가면 삼팔선이요 동두천이 엎드러지면 코 닿을 덴데 있다 왁 하고 밀어닥친 지 내일이 어떨지……. 그래두 먹자판이요 세상 만난 듯이 이 혼란 속에서 일고삼장에 코를 골고 있다니 한심한 노릇 아닙니까!"

이종무는 가뜩이나 벌건 얼굴이 상기가 되어서 상이라도 땅 칠 기세다.

"어쨌든 강화조약이 순조롭게 나간대도 일 년은 걸릴 거요, 재무장을 가령 육군만 우선 이십만으로 잡드라도 아무리 빨라야 일 년 내지 일 년 반은 걸릴 테니 이 이태 동안에 최전선의 교두보를 알몸뚱이로 벌판에 내버려 둘 리는 결코 없을 거요. 만일 그랬다가는 카이로선언이나 유엔헌장이 휴지가 되고 약소국가 전체에 대한 식언(食言)이 될 거니 위신 문제도 문제려니와 그래 가지구 자유세계를 어떻게 리드해 나가구 어떻게 지탱한단 말요. 다만 이 년이면 이 년이란 시간을 가장 유효하게 써야 자유진영에도 확고한 정비가 되고 우리도 이 위기를 무사히 넘기는 동시에 일본이 무장을 한 뒤라도 뒷문을 또 다시 노리지 못하게 할 텐데……. 결국은 미국의 신의와 유엔 정신의 실천을 바라고 기다리는 수밖에 별 도리 없지 않소? ……."

둘이 열심히 주거니 받거니 하는 것에 선옥 여사와 호남이는 귀를 기울이고 앉았기는 하나 하나도 귀에 들어오는 것은 없었다. 지루하였다. 그러나 간간히 눈길이 마주치면 선옥이의 말뚱히 뜬 눈이 반짝하고 불이 켜지는 듯하다가는, 무엇에 놀란 듯이 혹 꺼지며 얼굴을 남편에게로 돌려서 빤히 눈치를 보곤 하였다. 호남이 역시 입을 헤에 하고 웃으며 여자를 건너다보고는 이야기에 흥이 나서나 웃은 듯이 두 사람을 번갈아보며 고개를 끄덕끄덕하는 것이었다.

"아, 너무 잔소리만 늘어놨습니다. 하지만 사모님 우리 사장 선생님이 백만 대군을 끌구 압록강까지 치밀어 올라가시진 못할망정 백만 대군을 질타할 기개만은 이 빈틈 없구 박력 있는 글만 봐두 알 수 있습니다!"

장광설의 결사로인지, 종무는 이런 소리를 하고 우울한 기분을 제풀에 풀리는 듯이 또 한 번 웃음을 터뜨린다.

"하하하, 이번엔 사장 영감 술이 잡숫구 싶으신 게로군요. 그랬으면 작히나 좋겠습니까마는 그저 골골하시는 것이 걱정이죠."
하며 선옥 여사는 남편에게 웃어 보인다. 영감은 마누라가 방에 들어설 제부터 오늘은 유난히 젊어지고 예뻐 보인다고 생각하였지마는 그 웃음이 귀엽고 집에서는 그리 보지 못하던 생신한 애교가 어리어 보였다. 영감은 오래 떨어져 있은 탓이거니 생각하였다. 그러나 그것은 일부러 아양을 떨려고 지어 웃는 웃음도 아니요, 그렇다고 남편에 대한 애정의 표시도 아니었다. 어쩐지 그러한 앳된 기분이 저절로 피어나는 것이었다.

"그럼 곧 나가시겠습니까? 차비를 차리랍쇼?"

호남이가 영감에게 물으며 그만 일어서자고 이종무에게 눈짓을 하려니까 방문 밖에서

"선생님 계서요?"

하는 취원의 목소리가 나며 미닫이가 바스스 열린다. 선옥이의 얼굴에는 살짝 긴장한 빛이 떠올랐다. 취원의 말뚱히 바라보는 눈길도 쌀쌀하였다.

"퍽 신관이 좋아지셨습니다."

호남이와 종무 사이에 앉으며 취원은 비로소 웃는 낯을 보였다.

"덕분에 오늘은 풀려 나가는 판인데……."

영감은 신기가 좋아서 웃어 보인다.

"오래간만의 병문안두 헛생색이 됐군요마는 축하합니다. 한데 그만하시다니 좀 듣기 싫으신 소리를 하러 왔죠……."

취원의 얼굴에서 웃음이 스러지며 정색으로 말을 붙이는 양을 보고 선옥은 기색이 달라졌다. 호남이도 일어선다.

"어딜 가요? 잠깐 앉았어요"

취원은 호남이를 약간 시비조로 명령하듯 붙들었다. 하는 수 없이 따라 일어난 이종무만 보내고 호남이는 다시 앉으며 힐끗 선옥이를 건너다보았다. 선옥이도 이 여자의 입에서 무슨 소리가 나오려는지 다소 불안한 눈치로 가만히 물계만 보고 앉았다.

"전 곧 떠날 생각인데 저 집 어떻게 하시겠어요? 병원에까지 빚 재촉하러 온 것 같습니다만……."

취원의 좋지 않은 기색에 영감은 고개를 기웃하며 멀끔히 바라보다가

"미안하구먼요. 곧 해드리지. 하지만 별안간 이사라니? 어디 좋은 집이 있소?"

하고 좋은 낯으로 대꾸를 하면서도 좀 오래되기는 하였지마는 별안간 급히 서두는 것도 이상하고, 아무렇기로 이 여자가 내게 이렇게 좋지 못한 낯으로 덤비기는 의외라고 불쾌한 생각이 드는 것이었다.

"집이 난 것두 아니요, 당장 갈 데가 있는 건 아닙니다마는 그럴 급한 사정두 있구, 선생님께서두 돈이 잘 돌지 않으시는 모양인데 그런 큰집 뭐 하세요? 내놓아 팔아서 선생님 것 떼드리구 전 저대루 따루 나갈까 해서 그러는데, 괜찮겠죠?"

결국 계약을 무르자는 말이었다. 그렇기로 말하면 취원에게 돈 백만 원쯤 없는 것도 아니니 선금 낸 것 물러 줄게 나가 달라는 수작이다. 영감은 무시를 당한 것 같아서 화가 났다.

"내겐 과분하단 말이지? 맘대루 하구려. 요새 집값이 오르는 게로군. 그래 작자가 있습디까?"

"작자야 집을 내놓으면 나서겠죠. 집값이야 올랐거나 말거나 결코 이 해타산은 아녜요. 돈으로 문제가 아녜요."

취원은 좀 더 뽀로통해서 눈을 내리 깔고 이렇게 대답을 하는, 살짝 선옥이를 거들떠본다. 선옥이도 이래서는 아니 되겠다고 반발적으로 똑바로 마주 쏘아보았다.

"결국 날더러 나가 달라는 말이지만 돈 때문두 아니다, 좋은 작자가 나선 것두 아니다, 앞대리를 정한 것두 아니라면서 별안간 날 내쫓겠다니 무에 못마땅해 그러시는지 어디 말씀을 해 보시교 허허허. 내가 무신했으니 큰소리는 못하나마 이자 놓아 드리지."

영감은 농쳐 버리며 달래는 어조였다.

"이자두 싫어요."

"허! 이거 단단히 화가 나시는 일이 있는 게로군? 왜 그래?"

하고 영감은 두 남녀를 반반씩 보며 호남에게 물었다.

"이건 뭐라구 불쑥 와서……, 나가신 뒤에 차차 말씀하면 못 할 거라구 이렇게 서두는 거요?"

호남이는 영감 말에 대꾸하는 대신에 취원을 나무랐다.

"남 어찌든! 당신은 아랑곳 말아요"

톡 쏘아 준다. 어제저녁에 둘이 청요릿집에 가서 한잔 먹고 참닿게 다 풀어진 줄 알았는데 밤사이에 또 무슨 생각이 변하였는지? 혹은 선옥이더러 들어 보라고 짓궂이 그래 보는 것인지도 모르겠다. 선옥 여사는 어느덧 자리에서 떠나서 머리맡의 세간을 가방에 넣으며 나갈 차비를 차리고 있다. 영감은, 저이끼리 사랑쌈을 하고 화풀이는 여기 와서 하는 것인가? 하는 생각을 하여 보면서도 어쨌든 불쾌한 것을 참고 앉았다가 기분전환을 시키려는 듯이,

"최 군, 회계에 나려 가서 셈 하구 택시 하나 불러 주지."

하며 명하였다. 거기에 따라서 마누라가

"뭘 입구 나가시겠어요?"

하고 부드러운 목소리로 은근히 묻는다.

"응 양복은 넣요 두루마기 입구 나가지."

영감의 대꾸하는 말소리에도 오래간만에 집에 나가서 단란한 가정의 품에 잠긴다는 기쁨과 안심으로 그런지 다정하고 온유한 맛이 있이 들렸다.

취원은, 영감의 뒤에서 벽에 걸린 양복을 떼어 개켜 싸고 모자에 솔
질을 하고 모포를 들고 나가서 털고……, 바지런히 서두는 선옥이를 물
끄러미 바라보다가

'저렇게 얌전을 떠는 여자가…….'
하는 생각을 하고는 자기가 공연한 질투로 넘겨짚은 것이나 아닌가 하
는 반성을 또 한 번 해 보는 것이었다.

"어쩌다 빚쟁이처럼 듣기 싫으신 소리를 끄내서 미안합니다. 더구나
오래간만에 나가시는 이런 기쁜 날 불쑥 와서……."

취원은 좀 뉘우치는 기색이었다.

"뭐 듣기 싫을 것두 없구 좋을 것두 없구. ……사실 빚쟁이 아닌가?
너무 무관해서 이때껏 내버려 둔 내가 염치없지."

영감이 웃어 버리니까 취원도 인제야 따라 웃으며 제풀에 푸는 수작
을 한다.

"선생님 어찌 아시지 마세요 심사 틀리는 일이 있어서 전 저대루 따
루 날까 해서 그러는 거예요 나이 아깝다구 선생님부터두 웃으시겠죠
마는 참 정말 인젠 정신 좀 차리구 깨끗이 살아 볼까 해요"

그러면서도 취원의 눈은 금침을 추스르고 있는 선옥이에게로 갔다.
선옥이는 선옥이대로 나이 아깝다느니, 깨끗이 살고 싶다느니 하는 말
에 귀가 반짝 뜨이며 자기더러 들어 보라는 말인가 싶어 얼굴에 받는
취원의 눈길이 근실거리는 것 같았다.

"하하하, 무슨 까닭인진 알구 싶지두 않지만 애꿎게 화풀이는 날더러
만 받으라 하구!"

영감도 기분이 돌아선 말눈치다. 이상하게 꼬이지나 않을까 하여 은 근히 애가 쒸우던 선옥 여사도 둘의 수작이 풀어지는 데에 적이 안심이 되었다. 아래 사무실에 나갔다가 올라온 호남이는 선옥 여사가 금침을 추스르는 것을 보고 덤벼들어서 보자기를 펴 놓고 둘이 맞붙들고 싸기 시작하였다. 둘이 마주서서 손길이 왔다 갔다 하며 자리보통이 싸는 것을 취원은 덜 좋은 낯으로 말끄러미 바라보고 앉았다. 둘이 다 입을 봉하고 아무 표정도 없이 손만 놀리는 것이 도리어 이상하다고 취원은 또 의심이 들었다.

3

"아……어머니! 나 지금 병원으루 갈까 하던 길인데……."

자동차 소리에 뛰어나가는 귀순 어머니와 뒤를 따라 부리나케 문간으로 나가던 큰딸이 가방을 들고 앞서 내리는 모친에게 말을 걸고, 뒤에서 나오는 부친에게 여학생처럼 인사를 꼬박한다.

"응 언제 왔니? 잘 있었니."

선옥 여사는 웃어 보이면서도 잠깐 어색한 낯빛이었다. 그것은 장성한 시집간 딸의 얼굴이, 잠시 잊었던 자기 생활의 변화를 똥기어 주었기 때문이다. 어제 오늘로 이 부인의 머릿속을 잔뜩 차지하고 있는 잡념이, 누구나 딱 마주치면 선뜻 앞을 서는 것이었다.

"어제 애아범이 병원에 들러서, 오늘쯤 나오신다는 거 알구 왔죠"

갓 스물밖에 안 되는 애어머니는 시집간 새색시 고대로 바글바글한 얼굴이었다. 아버지를 닮으나, 어머니를 닮으나 고운 모습이겠지마는,

진탁을 하여서 갸름하고 네모진 상판이, 선이 가늘고 안존하니 정서적인 편이다. 둘째오라비 광근이와는 한 살 터울로, 작년에 학교를 나오자, 열아홉에 시집을 가서 지지난달에는 벌써 애어머니가 되었다.

"오오, 이 녀석 왔구나아."

아이 보는 년이 분홍천의를 둘러업고 섰는 외손주놈을 외할머니가 눈으로만 째끗하며 알은체하고 들어가려니까, 영감은 뽀얀 뺨을 건드려 주며 웃는다.

"응, 오늘 광근이두 나오겠구면."

방에 들어온 영감은 두루마기를 벗어 주며, 아랫목 방석에 가서 털썩 주저앉는다. 오래간만에 집에 와서 자식들이 모여들고 하니 영감은 신기가 매우 좋았다.

신병교육이 바쁘다고 용산부대에서 영내생활을 하고 있는 광근이는 토요일이면 나와서 자고 들어가는 것이었다.

선옥이는 영감의 두루마기를 양복장에 걸어 넣고 자기도 옷을 갈아입으며,

"대구선 영 소식 없죠?"

하고 묻는다. 큰아들 생각이 난 것이다.

"없어!"

모처럼 좋던 영감의 얼굴은 잠깐 흐려졌다. 둘째놈은 저 좋아서 군인이 되었지마는, 참닿게 대학에 다니던 큰놈이 무슨 번민이 있는지 얼마동안은 집에 들어오면 도무지 말이 없는 것이 도리어 성이 가시고 이상하더니, 두 달 전에 슬그머니 자취를 감춘 후로 무종소식인 것이다. 전

부터 동생이 "언니. 빨갱이야 빨갱이야." 하고 말다툼을 간혹 하는 것을 설마 하고 무심코 들어 두었던 것인데, 겁이 펄쩍 나서 각처로 수소문을 한 결과, 대구 방면으로 갔으리라는 동무의 말을 듣고 거래하는 책사에 부탁을 하였더니 찾아 보마는 대답뿐이요 그 후 소식이 없는 터이다. 영감은 진짜 빨갱이나 되지 않았을까 하는 염려와 함께, 그렇다면 그 자식은 내 자식 아니라고 화를 내면서도 이렇게 자식들이 모여들고 할 때는 마누라만큼 큰자식 생각이 나는 것이었다.

병원에서 내온 금침이며 양복을 털어 줄에 널고 귀순 어머니는 목간통에 호스로 물을 대고 불을 지피랴, 점심을 차리려고 쌀을 씻으랴…… 그렇게도 조용하던 집안이 금시로 엉정벙정하여졌다. 찬거리를 흥정하러 선옥 여사는 딸이 데리고 온 아이년과 동대문장으로 나가며, 그저께 아침에 호남이를 아침 대접하느라고 장에 나가던 자기가 머리에 떠올라서 혼잣속으로 생각하는 기분이었으나, 아무쪼록 그런 잡념은 생각 말리라고 부풀어 나려는 감정을 지그시 눌렀다.

장을 한 바퀴 돌아서 아이년과 한 방태씩 들고 나오려니까, 북적대는 틈에 취원이 호남이와 나란히 가는 것이 눈에 띄운다. 이 사람들도 종이에 싼 봇짐을 하나씩 들었다. 선옥이는 마주치는 것이 싫어서 샛길로 빠졌다. 둘이 소곤소곤 의논을 해 가며 물건을 사러 다니는 정다운 양이 부럽기도 하고 시기도 났으나 아까 병원에서 티각태각하던 꼴이 머리에 떠올라서 우습기도 하였다. 그러나 종로 사가에서 길을 건너려니, 윗길로 빠져나온 취원이 일행과 기에 마주치고 말았다.

"잔치를 하시는군요"

웃으며 알은체를 하는, 취원의 말소리는 비양대는 어조 같기도 하였다. 선옥이가 그저 웃어만 보이려니까,

"지금 점심 먹으러 가는 길인데요……."

하고 호남이는 눈짓을 하며 열적은 듯이 마주 웃었다.

원남동 집까지 얼마 안 되건마는 서로 잠자코 걷기가 거북하였다.

집에 들어오니까, 사랑채에서 커단 도미 두 마리와 배 한 광주리를 들여왔다. 퇴원한 축하로이겠지마는, 취원이 좀 지나치게 하였다고 영감의 노염을 풀려는 의미도 섞인 모양이었다. 취원의 마음도 올지 갈지 지향을 못 하는 양이 빤히 보이는 것 같았다. 선옥이는 물건이 반가운 것이 아니나 어쨌든 마음에 좋았다.

영감이 목간에서 나오고 점심이 거진 다 되어 가려는 무렵에 지프차 소리가 우르를 나더니, 광근이가 작은누이를 앞장세우고 들어온다.

"언니 왔우! 난 지프 타구 왔다누. 조선은행 앞을 오니까 오빠 차가 와서 대령을 하겠지."

자동차를 탄 것도 좋거니와, 무심코 걷는데 차가 와서 대령하던 것이 신기한 모양이다. 그래서 병원에를 같이 다녀왔다는 것이다.

"자동차 타고 다니는 군인 오래비 덕 봤구나. 가솔린 한 방울 없는 이 나라에서 일개 중위까지 차만 타구 다니구 허허허."

영감이 내다보고 아들의 인사를 받으며 신기는 좋았으나, 이런 입바른 소리가 나왔다.

"차 한번 얻어 타려면 얼마나 힘이 들게요 하죠만 그 맛에 다니죠"

아들은 전투모를 벗어 들고 서서, 손이 머리로 가며 웃는다. 삼 남매

를 느런히 세워 놓고 보니 모두 한판이다. 아니 오 남매가 비젓비젓하지만, 그중에 큰놈과 지금 오빠 차로 온 둘째 딸이 제일 외탁을 한 편이어서 모습도 어머니를 많이 닮아 이지적이요 좀체 제 속을 남의 앞에 털어놓지 않는 성미다.

"허허허, 너 자동차 맛에 군인이 된 거로구나. 그래 자동차 운전과 총질과 어느 게 나으냐?"

사관학교에 들어가는 것을 누구보다도 찬성이던 이 아버지니 웃음엣소리겠지마는 국방 문제에 노심하는 영감이라 웃음엣소리에도 걱정이 서리어 하는 말이었다.

"무어나 다 잘하면 좋죠 사격에도 헌다한 하사관 또래에게 지진 않습니다."

아들은 웃고 말았다. 형보다도 키가 훌쩍 크고 한참 피어나는 애가 깨끗하니 군복이 턱 아울려서 신수가 좋고 듬직해 보였다.

막내딸과 큰아들이 빠졌어도 오래간만에 모여 큰상에 둘러앉으니 안방 안은 한바탕 떠들썩하다. 영감도 병에는 좋지 않다 하지만, 다락에서 먹다 둔 양주병을 꺼내 놓고 한두 잔 기울였다.

"너두 군인이라구 술 먹겠지?"

"뭘요"

"옜다. 한 잔만 먹어 봐라. 술이 아니라 약야. 통기가 되구 식욕이 당겨서 좋으니라."

아들에게 술을 주기란, 올 정초와 이번이 두 번째였다. 광근이는 황송해서 학의 다리 같은 조고만 유리잔을 들고 돌아앉아 쭉 마시었다.

"그 독한 걸 한숨에? ……."

하고 영감은 놀라며 낄낄 웃는다. 그러나 아들은 잠자코 모친을 건너다보며 웃었다. 이번에는 어머니가 한 잔 더 따라 주지 않겠어요 하는 눈치였다.

해 질 머리에는 원족 갔던 의경이가 오고, 신문사에서 파해 나오는 사위가 들르고 하여 저녁밥상은 더 한층 질번질번하였다.

"어떤 모양야? 요새 정계 동향은……."

사위와는 터놓고 대작을 하며, 영감은 노상 어린 이 정치 기자를 취재(取材)나 하듯이 말을 시키는 것이었다.

"제가 뭐 압니까마는, 5·30 선거 후의 세력 분야가 분명해지구 정계가 안정이 되려면 한참 걸릴 겁니다. 무소속인지 중간파인지가 새 분야를 찾아 들어가서 이합취산이 일단락 져야 하겠는데 백년하청을 기다리기는 역시 일반이죠."

"그렇기야 하지. 그래 C씨의 태도는 어떤 모양인구? 부의장설은 유력한가?"

"종래의 인상을 백팔십도로 일전시킬 만큼 태도를 대담히 명백하게 하지 않는 한, 누구보다도 어려운 처지겠죠. 정치적 생명을 살리고 죽이는 것이 이 일거에 있다고 하겠는데요……."

"응, 그는 그래……."

사위가 나이 보아서 맹문이가 아니라고, 영감은 역시 귀엽게 생각하였다.

어느 틈에 상에서 물러난 광근이는 후딱 나갈 차비를 차리고 와서

안방을 들여다보며,

"애기 어머니께선 주무시구 가시겠지? 매부두 놀구 있으라구. 잠깐 다녀 들어올게."

하고 의순이 내외에게 알은체를 한다.

"웅, 나두 갈 테야, 잠깐만 있어 같이 나가자구."

장인의 대거리를 하느라고 이때껏 밥도 아니 뜬 사위가 그대로 일어서려니까

"에그 별소릴! 어서 천천히 자시구 놀다 가요. 바쁘지 않건 재들하구 자구 가지."

하고 장모가 펄쩍 뛴다.

"오빠는 시급히 가는 데가 따루 있다누."

의순이는 생글생글 웃으며 부친의 앞이라 좀 더 놀려 주고 싶은 것을 참고, 마루로 따라 나온다.

"오늘은 문안이 늦었구려. 나두 자구 갈 테니 좀 데리구 와요."

"앤, 쓸데없는 소리! 물건 살 거 부탁 맡은 것두 있구 바빠."

오라비는 웃으며 구두끈을 후딱 매고 나가 버렸다.

4

종사(鍾四)에서 택시를 잡아탄 광근이는 새문밖 네거리에서 내렸다. 거기서 애오개 마루턱까지는 꽤 동이 뜨나, 하는 수 없이 걸었다. 마루턱에서 굴레방다리 쪽으로 조금 들어가다가 새집들이 죽 선 뒷골로 빠지자 바로 건너다보이는 조그마한 새 대문집에 와서,

"최 선생!"

하고 불렀다. 호남이의 집이다.

"네, 들어오세요"

언제나 문 밑에 대령하고 있었던 듯이 원숙 어머니의 부드러운 목소리가 흘러나왔다. 꼭 닫힌 대문을 밀치고, 문전 보아서는 널찍한 마당을 건너다보며 중문 안으로 들어서자면, 벌써 경애가 바로 옆의 방 툇마루에 나서서 아무 소리 없이 입만 '하아.' 하고 벌리고 어리광 피우듯이 고개를 갸웃하며 웃음으로 맞아 주는 것도 언제나 판에 박은 듯한 절차였다. 그러나 오늘만은 양복을 입은 호남이가 안방에서 나오며,

"어, 나왔소?"

하고 인사를 하는 것이 좀 의외이었다. 토요일 오후면 으레 광근이가 나올 줄 알고서 피하는지, 원체 이틀 사흘에 한 번씩 집에 들르는 사람이지마는, 두어 달을 두고 여남은 번 찾아왔어야 한 번도 호남이와 마주쳐 본 일은 없었다.

"좀 올러 오우."

호남이는 맨머릿바람으로 부둥부둥 내려오며 인사로 한마디 하였다.

"아니, 나가면서 올러오라니 가라는 말보다 더 하구려."

광근이는 웃으며, 축대로 올라서 안마루에 걸터앉았다.

"무어 대객할 사람이 나밖에 없다구. 하하하. 노다 가요"

나가는 남편을 따라 원숙 어머니도 아이를 추슬러 안고 나간다. 원숙이도 쪼르를 나갔다. 작은댁으로 주무시러 가시는 남편을 배웅까지 나갈리는 없고, 이편 사정 보아서 동리집으로 마실을 가는 것인 모양이다.

뜰로 내려섰던 경애는 이리로 와서 건넌방 툇마루께에 서며 또 한 번 방글 웃는다. 올해 갓 스물 이화대학 영문과 일년생이니, 요새 아이가 그만하면 수줍은 게 어디 있고, 한 살 터울밖에 안 되는 남자면야 손이 맞아 선머슴처럼 닥치는 대로 깔깔대며 놀련마는 언제 보나 그저 방긋 웃는 것이 인사요 말수가 없다.

"난이 언니는?"

광근이는 웃는 낯으로 애인의 얼굴을 빤히 치어다보다가 별로 할 말도 없는 듯이 물었다.

"아직 안 들어왔세요. 요샌 토요일이면 무슨 회가 있다니까……."

그러니까 늦게야 들어오리라고 말은 하지 않았다. 방에 들어가서 마음 놓고 놀다가 가라고 하고 싶은 어렴풋한 충동이 없는 것이 아니면서도 좁은 방에 둘이만 들어앉았는 것이 불안스럽고 겁도 나서 싫었다. 경애는 광근이를 처음 볼 때 그 키대가 큰 편이면서도 알맞은 치수로 꼭 째인 몸집이 눈에 들었다. 몸집처럼 어설픈 데가 없이 깨끗하니 훤한 얼굴이 더 반가웠다. 마음도 얼굴이나 체격처럼 순하면서도 여무질 것이라고 생각하였다. 남자의 얼굴을 무심히 보지 않기 시작하고, 결혼이라는 것을 먼 앞일로 생각하면서도 대관절 어떤 사내가 제 차례에 오려누? 하고, 이것저것 남자의 얼굴을 공상에 그려 보인 경애는 어쨌든 한시름 잊은 듯이 마음이 턱 놓이고 내 팔자가 좋으려나 보다고, 철이 들면서부터 오라범댁 그늘에서 자라니만치 남달리 행복한 꿈을 꾸는 경애다. 그러면서도 둘의 사이에는 무슨 격이 있는 것 같아서 마음껏 탁 실릴 수 없는 안타까운 불만을 자기 자신에 느끼는 것이었다.

"경애, 한참 좋은 때로군. 부럽구먼……하지만 정말 진심으루 만족을 느껴?"

한방에 있는 김난이가 놀리는 듯 충동이는 듯 이런 소리를 할 제, 경애는 잠자코 있으면서도 속으로,

'참 좀 더 생각을 해 봐야 하지 않겠나?'

하는 의아한 마음이 드는 것이었다. 그러나 난이가 또다시,

"……내 입으루 이런 소리 하기는 안됐지만 아예 경솔히 서두르다가 후회하지 말어. 중위면 뭘 해. 기껏 중학교나 졸업하구 세상 물정 뭐 아나? 쌈이나 나 보라구. 소위, 중위 따위야……. 게다가 겨우 한 살 차이니 나이두 걸맞지 않구……."

하고, 바람 난 동생이나 타이르듯이 이따위 체면 없는 소리를 할 제, 영문과 사년, 올해 스물네 살이나 된 매서운 난이의 눈에 광근이가 철부지 애송이로 보였기에 이런 소리를 하라 싶었지마는, 경애는 발끈하였고, 도리어 남자에게 마음이 더 가던 것이었다. 그러나 이 앙큼한 여자가 무슨 배짱으로 그러는 줄이야 처음에는 땀김도 못 하였다. 하여튼 경애는 그때부터 속으로는 난이를 경계하면서 겉으로만 얼러맞추었다. 그러나 이상한 것은 난이의 광근이에게 대한 태도였다. 광근이를 그렇게 넘보면서도 오기만 하면 제가 앞질러 맡아 가지고 이야기를 독차지하고 군대 생활에 가장 흥미나 있는 듯이 교련은 무엇을 어떻게 시키느냐? 멕이는 것이 어떠냐? 외출 외박을 어떻게 시키느냐? ……는 따위를 캐어묻는가 하면 장교들의 사생활이나 소행에 대하여 떠돌아다니는 소문을, 어디서 들은 것인지 알알이 따져도 보는 것이었다. 그러다가는

불쑥 하는 소리가,

"기껏해야 기관총쯤이나 남겨두고 미군이 물러났으니, 북쪽 놈들이 밀려오는 날이면 우린 어쩌란 말예요. 기막힌 일이지!"

하고 한탄도 하는 것이었다. 하여간 한동안은 난이가 광근이를 만나기만 하면 이런 이야기를 꺼내는 덕에, 경애도 군대 상식이 퍽 늘었고, 영문 구경을 시키라고 졸라서 어느 토요일엔가 경애가 함께 견학을 갔다가 셋이 지프를 타고 돌아온 일도 있었다.

경애는 난이의 이런 꼴을 보고, 제가 마음에 있어 가로채려는 것은 아닌가? 하는 의심이 들자, 광근이를 몹시 깔보고 헐어대던 것도 공연히 샘을 내서 그리하는 것만 같아서 한때는 분한 생각을 걷잡을 수가 없었다.

"난이 언니, 암만해두 이상한 사람예요. 날더러는 중학교나 졸업하구 난 체신이 금시루 중위니 대위니 하고 뻐기구 다닌다느니 군인에게 시집가려거든, 청홍 양단 대신에, 소복이나 한 벌 함 속에 넣어 가지구 가라느니 하구 나를 비양대면서, 군대 일이라면 발을 벗구 나서서 열성으루 알려 드니 우습지 않아요?"

경애는 참다못해서 이때껏 속에만 넣어두었던 이야기를 비치니까, 의외에도 광근이는 깜짝 놀라며,

"아, 그 여자가 그런 소리를 해요? 빨갱이 아닌가? 대관절 어떻게 돼서 여기 같이 와 지내게 됐더란 말이요?"

하고 너도 한통속 아니냐는 듯이 커닿게 뜬 눈으로 멀뚱히 면구스럽게 치어다보는 것이 무서울 지경이었다.

"아니, 미스 김이 학교엔 학적만 걸어 놓구, 씨·아이·씨에 취직을 해 다닌다죠?"

광근이는 경애가 미처 대답할 새가 없이 연거푸 묻는 것이었다. 광근이는 애인의 동무요, 더구나 미군의 씨·아이·씨 같은 데에 통역인지 타이피스트로 다닌다는 바람에 턱 믿고 지나칠 만치 호의를 가졌던 것인데 그따위 모욕적 언사를 하더란 말에 더 분개하고 놀란 것이었다.

"호호호…… 설마 난이 언니가 빨갱일리두 없지만 그렇다기루 그래 나까지 의심을 하시는 거예요? 난 다만 난이 언니가 내게는 그런 소리를 하면서 선생님 앞에서는 지나치게 살살거리는 것이 이상해서 한 말씀인데! ……"

하고 경애는 또 한 번 살짝 눈웃음을 치며 남자를 흘겨보는 것이었다. 광근이는 그 흘겨보는 눈찌에 어리운 질투의 불길이 반짝 켜지다가 웃음 속에 사라지는 것이 귀엽게 보여서,

"하하하. 천만에. 내가 무슨 의심을…… 미스 김이 나한테 뭐 이상히 군 일두 없거니와……"

하고 커닿게 웃어 버렸다. 그런 말을 듣고 생각하니 혹은 그 여자가 단순히 여성으로서의 호기심이나 호의로 대하여 준 것인지도 모른다고 돌려 생각도 하여 보았다.

"하지만 경애 씨 주의해야 해요. 아무리 친한 새라두 형제간이라두 소용없어. 어느 틈에 오열이 끼어 있는지 알 수가 있어야지. 미스 김이 씨·아이·씨에 다닌다는 것이 신원보증이 되는 것 같지만, 그게 스파인지 누가 알겠기에!"

광근이는 자기 자신에게도 들려주듯이 심각한 표정으로 경애를 멀끔히 보며 주의시키는 것이었다. 이때부터이었다. 광근이와 자기 사이에 무언지 모르게 한 겹 가로막혀 있는 것같이 느낀 것이.

그 후부터는 남자가 정숙히 이야기를 하다가도, 난이의 말만 나오면 깜짝 놀란 듯이 눈초리가 달라지며, 자기의 말눈치를 슬슬 보아 가며 음미하는 기색이요, 낯빛까지 유심히 보는 양이 경애에게는 참을 수 없는 고통이고 모욕이기도 하였다.

'어떻게서든지 변명을 해야지!'

경애는 속으로 별렀다. 그러나 저편이 터놓고 무슨 말을 하는 것도 아니요, 네가 의심쩍다고 입 밖에 내어 말을 하기로니 해혹을 할 도리가 막연하여, 경애는 문득문득 그 생각만 나면 불쾌하고 노염이 되었다. 그러던 중 하루는 아침에 방을 쓸어서 쓰레받기에 담으며 뒤짓감이 될 만한 종잇조각을 추리다가 카피에 쓰는 얇다란 종이에 '자동차수선공장' '피복공장' ……어쩌고 한문자로 본 것이 손에 잡히자, 경애는 그 글씨가 눈에 익은 난이의 예쁘고도 달필인 필적이니만치, 자동차공장과 피복공장이 난이에게 무슨 아랑곳이 있어 쓴 것인가 하고, 눈이 번해서 들여다보았다. 그 종이는 미군부대에서 쓰는 용지인데, 영어로 쓰지 않고 한문자로 썼을 뿐 아니라, 자동차공장과 피복공장 다음에는 재봉틀, 라디오, 인쇄소, 인쇄기, 신문사 윤전기 등 항목이 있는, 종로구와 중구의 오월 일일 현재 조사표이었다. 그 아래 숫자는 모두 지워 버려 분명치가 않다.

경애는 무엇보다도 '피복공장'이라는 넉자에 정신이 반짝 든 것이었다. 오빠 집에 있을 때 옆집 계집애가 군복을 짓는 피복공장에를 다니는 것을 보았기 때문이다.

경애는, 뜰에서 꾸부리고 세수를 하는 난이의 뒷모양을 힐끗 건너다보며 종잇조각을 꾸깃꾸깃하여 블라우스 포켓에 넣어 버렸다. 다음 토요일에 이것을 본 광근이는 눈이 커대지며,

"이건 진짠데!"

하고 고개를 끄덕끄덕하는 것이었다. 그 후부터 만나는 때마다 광근이는 난이와 헤지라고 성화였으나 금시로 어쩌하는 수가 없었다. 그러나 광근이는,

"그래, 무슨 트집이든지 해 가지고 내쫓질 못한단 말요"

하고 싫은 낯빛으로

"그러다가 끌려 들어가시리다. 밤중에 삐라라도 집집이 넣구 다니라구 하진 않습디까?"

하고 놀리는 것을 보면, 그래도 아직 의심이 덜 풀린 눈치 같아야, 그 종잇조각 하나가 이제는 나를 구해 주었거니 하고 큰 공이나 세운 듯이 좋아하던 경애의 마음은 다시 흐려졌다.

이런 때 경애는 둘이 서로 눈이 맞아 마음을 터놓고 정이 흠뻑 든 새 같으면 이렇지는 않았겠지 하는 생각도 들어서, 정말 연애라는 것이 또 따로 있거니 하는 공상도 해 보는 것이었다.

5

실상 경애를 맨 처음 만난 사람은 광근이가 아니라, 박영선 영감이었

다. 시아버지가 며느릿감을 골라서 아들에게 맡겨 준 것이었다. 호남이가 이 집으로 이사 오자, 호남이는 취원의 집으로 이사갈 제 사장의 신세를 끼쳤느니만치 집알이를 와 달라고 청을 해서 자기 집에 모셔다가 대접을 할 제 처사촌동생인 경애를 인사시킨 것이 오늘날 이런 인연을 맺게까지 된 것이었다. 호남이가 집을 들자 경애는 옥인동 막바지 오라비 집에서 이리로 옮겨 와 반 하숙을 하게끔 되었던 것이다. 학교가 가깝다는 것이 첫 조건이지마는 오라범댁 밑에서 훨훨 빠져나오고 싶었던 것이다. 올케는 올케대로 시중을 더는 것이 좋아서 찬성이니 종로에서 조그만 인쇄소를 부리는 오라비는, 제 자식 공부시키랴, 누이 대학 보내랴 부담이 겨운 터지마는 하자는 대로 보낸 것이다. 이 집 형편으로 보면 방이 셋이나 되는데 호남이는 육장 집을 비고 다니는 사람이니 낯설은 새 동리에 와서 적적하여 셋방이라도 놓아야 할 텐데 그보다는 나으니 환영이었다. 이왕이면 하나 더 짝을 넣어서 둘을 두면 셈이 맞겠다 하여 당자더러 골라오라 하여 온 것이 김난이었다. 김난이는 경애가 올 봄부터 급작스레 친해진 상급생이다. 그것도 무슨 인연인지 실상은 이름도 변변히 모르는 사이었건마는 만나면 반가이 인사를 하고 지냈었는데 광근이와 교제를 하게 될 무렵에, 난이가 친절히 말을 붙여 보고 학교에서 파해 오던 길에 동행이 되었다가 지나는 길이니 들러 가라 하여 한번 들어와 보고는 그러지 않아도 짝을 구하는 판이라는 말에 그럼 같이 있자고 하는 대로 조금이라도 배울 것이 있으려니 하여 산전 덩어리를 모셔 들인 것이었던 것이다.

"당신 학교 영문과 일 년에 내 동생 미래의 영부인이 계시느니. 잘

지도해 보라구. 이름은 홍경애."

광근이의 형 상근이가 김난이에게 부탁이 아니라, 명령하듯이 이런 소리를 할 제

"아, 홍경애라니 그 애 아닌가? 응, 그래!"

하고 난이는 좋다고나 하였다. 중학 졸업 전부터 "언닌 빨갱이야. 누굴 못살게 굴랴구 이러는 거야. 왜 이래." 하고 기를 돋우던 동생놈이 앞질러 약혼을 한다는 것이 아니꼽살스럽기도 하고 부친까지 못마땅도 하였지마는 어디 너 좀 견디어 보라고 앙갚음으로 난이에게 경애를 길러 보라고 맡겼던 것이요, 난이도 똑똑하다고 눈여겨 두었더니만치 좋아하였던 것이다.

하여간 박영선 영감이 이 집에 집알이 왔다가 얼쩡히 한잔 김에,

"그 규수 얌전하데! 우리 며느리 삼았으면 좋겠군."

하고 지나는 말로 웃음엣소리를 한 것이라서 원숙 어머니는 박 씨 집이라면 저만큼 치어다보는 데요, 부모 없이 자란 아이라 예서 더 좋은 자국이 어디 있을까 싶어 선뜻 받아서 달겨들었다.

"저에겐 과분한 말씀입니다만 데려가시면 몇째 며누님을 삼으시겠에요?"

"글쎄…… 큰놈은 속이 빙퉁그러져서 장가라면 십 리만큼 달아나니 둘째놈이 좋겠죠."

자초가 이러했던지라 이 젊은 애들의 교제는 인공적 부자연(人工的 不自然)이 있어 그런지 쉽사리 결이 삭지 못한 데도 있었던 것이다.

오늘은 난이도 없는데 주인댁마저 나가고 이렇게 둘이만 있게 되니

도리어 피차에 어색해지고 말았다.

"오늘두 명동거리나 산보 내 갈까? 요샌 무에 개봉됐는지 영화관 문안이나 가구……."

광근이는 옆에 우두커니 섰는 경애를 돌려다보며 껄껄 웃으며

"이리 좀 와 앉기나 하시구려."

하고 몸을 비켜 자리를 냈다. 매 주일 한 번씩 만나면 난이를 피해 나와서 거리를 싸지르거나 고작 가는 데가 영화관 아니면 다방이다. 경애는 선뜻 댓돌로 올라와 마루 끝에 나란히 앉으며

"참 부민관에서 '폐허의 열정'을 한다나 봐요 근데 내일 국립극장에서 오후 두 시부터 음악회가 있는데 가시겠어요?"

하고 남자의 손길이 어깨고 손등에고 닿는 것만 같아서 전신이 긴장하여졌다.

"가죠 ……그런 걸 일일이 물을 게 아니라 인제 매 주일 토요일이면 오후 다섯 시부터 일요일 오후 다섯 시까지 내 시간을 다 드릴 테니 맘대루 이용하시죠. 아니 이왕이면 몸까지 맡아 가세요 하하하."

어느덧 남자의 오른팔은 목 뒤를 살짝 간질이며 경애의 이편 어깨에 와서 사뿐히 놓이고 왼손은 무릎에 떨어뜨린 손길을 잡았다. 포근한 체온이 가슴에까지 스며들며 몸이 오그라 붙는 것 같다. 경애는 활짝 홍조에 피인 얼굴을 남자에게로 돌리며

"그럼, 이십사 시간 스케줄을 짜 볼까요. 호호호, 잠깐만 계세요"

하고, 이리고 앉았다가 마주 뵈는 문에서 언니가 불쑥 들어올까 보아서 몸을 살그머니 빼려고 비틀려니까 남자의 두 손 끝에는 점점 힘이 쥐어

지며 몸을 사뿟 들어 무릎에 얹는다. 웃는 여자의 하얀 이빨을 들여 보던 눈이 번쩍 커지더니 외로 돌리려는 뺨에 화끈하는 김이 서리며 보드라운 살결이 닿았다. 인제는 외면을 하려던 여자의 얼굴도 다시 돌아와서 남자의 입술이 찾는 대로 내어맡기고 목에 저절로 힘이 쥐어지며 마주 내민다. ……나른한 피로를 느낀 여자의 얼굴이 남자의 어깨에 얹히며 가쁜 숨을 돌릴 새도 없이 남자의 입술은 또다시 곁뺨을 쓰다듬으며 성화같이 짝을 찾는다. 고개를 남자의 어깨에서 든 경애의 얼굴에서도 함박꽃같이 웃는 입술과 하얀 이빨만이 보였다. 새로운 힘이 전신에 혼곤히 넘쳐 사지로 퍼지는 것을 깨달았다. 경애는 자기도 모르게 남자의 목 뒤로 끼었던 손깍지를 풀고 남자의 무릎에서 몸을 추스르며

"잠깐만 계서요. 옷 입구 나올께요"

하고 부스스 일어나려니까 남자의 두 팔에는 또 부쩍 힘이 쥐어진다. 경애도 떨어질 수 없는 듯이 다시 주저앉고 말았다.

아랫방으로 내려간 경애는 문을 닫고 들어가 버렸다. 광근이는 몸과 마음이 날 것같이 가볍고 상쾌하여졌으나 얼굴에는 아직도 상기가 빠지지를 않았다. 뜰을 거닐며 아랫방 문이 열리기를 기다리는 동안이 지루하였다.

창문이 활짝 열리며 호르르한 연색 투피스로 갈아입고 나선 경애는 마주 다가오는 남자의 눈이 몸매를 어루만지는 것 같아서 부끄러운 듯이 웃음을 감추며 외면을 하다가 곁뺨으로 받는 남자의 정열적 안광을 느끼자 대담히 똑바로 눈을 맞추며 얼굴에 새로운 웃음이 활짝 피었다. 그리고 보니 조금 넓은 듯한 이맛전이 감추어지며 위아래가 균형을 얻

어 얼굴 전체가 갸름하게 네모지며 딴사람같이 더 예뻐 보인다. 넓은 이마와 눈총기를 보면 이지적이면서도 볼께서부터 약간 빨아 내린 턱까지의 보글보글한 선을 보면 그저 안존하니 곱살스러운 아가씨이던 경애가 별안간 열정적 일면을 파뜩 보이는 것이었다. 툇마루 앞까지 온 남자가 선뜻 오른손을 내미니까 경애는 가만히 왼손을 남자의 손바닥에 놓으며 오른발을 구두로 내려놓았다. 한 발이 마저 구두를 꿸 새도 없이 남자의 한 팔은 허리를 얼싸안고 한 팔은 겨드랑이 밑을 껴안았다. 경애는 오른손에 핸드백을 쥔 채 옷이 구긴다는 사념조차 잊어버리고 그대로 몸을 실리고 말았다. 입가에만 간신히 웃음이 어리었고 흥분과 행복감에 취하고 눌려서 얼굴은 예쁘게도 긴장하였다.

대문이 찌걱하는 소리에 두 남녀는 네 팔길을 풀고 물러서며 주춤하였다. 통통통 들어오는 발자취로 난이인 줄 알아차린 경애는 눈을 치뜨며 마주 나섰다.

"아, 나가는 길이군. 그럴 줄은 알았지만 오늘 회에 같이 갈까 하구 다시 들렀지."

하며 난이는 뒤따른 광근이에게 고개만 까딱하여 인사를 한다. 다른 때보다 몹시 냉정하다.

"가두 좋지만……"

경애가 어리뻥뻥한 대꾸를 하니까

"뭘 갔으면 좋아? 어서들 가요"

하고 난이는 핀잔을 주며 마루로 올라서다가

"아 참, 박 중위님, 내일 또 오시겠죠? 몇 시에 오시는지 꼭 좀 만나

봬야 하겠는데?"

하고 돌려다본다.

"오후 두 시에 국립극장으루 오시면 만나뵙죠."

"네, 그러죠. 하하하."

난이는 때꾼한 똥그란 눈을 남의 속까지 쏘아보려는 듯이 말뚱히 뜨고 바라보며, 그 조고만 입으로 선웃음을 치는 것이었다.

광근이는 나오면서 그 남을 할경하는 듯한 냉소가 귀에 남아 불쾌하였다.

"횐, 무슨 횐가요?"

"모르죠. 영문학연구회라나요. 하지만……."

한참 좋았던 끝에 난이를 만난 것이 입가심을 잘못한 것같이 경애에게도 불유쾌하였다.

"주의해야 해요. 그런데 멋 모르구 한 번 두 번 끌려 나갔다가 나중에 어찌될지……. 큰일 나지."

이야기가 잠깐 끊였다가 광근이는 무슨 생각이 났던지

"그래 요새는 별소리 없어요? 다른 눈치두 없구?"

하고 물었다.

"별루 눈에 띄는 건 없지만……."

하고 경애는 기억을 뒤지듯이 잠깐 생각하더니

"응 참, 어젠 학교에 등록비를 가지고 가는 걸 보구 '학교 얼마나 다니겠다구! 그걸루 한박 먹기나 하는 게 어때?' 하며 웃겠죠."

하고 만나면 이야기만 한다고 벼르고도 이때껏 잊었던 것을 경애는 뉘우쳤다.

"어? 학교는 얼마나 다니겠다구? 그 무슨 소리야?"

광근이는 눈이 커대졌다.

"그리게 말예요! 뭐 들은 게 있는지? ……하지만 들은 게 있기루 한 만히 그런 소리를 입 밖에 낼 리두 없을 텐데……."

"그두 그렇지만 나불거리는 위인이 무심쿠 나온 말인지두 모르죠 설사 진짜 빨갱이래두 아직 당원까진 못 갔을 거요, 얼치기면 족히 그럴 꺼요……."

하고 광근이는 픽 웃어 버렸으나 의아해하는 얼굴은 흐렸다. 경애도 그 말을 다시 생각하니 마음에 걸려서 신기가 덜 좋았다.

6

이튿날 아침은 늦었다. 광근이는 낮에 국립극장에 나갈 작정이요, 영감도 오늘은 집에서 쉴 모양이니 어제 예서 자고 열 시 넘어서야 출근하는 사위 대접에 좀 바빴을 뿐이다.

부엌 설거지가 끝난 것이 열한 시 가량이나 되었을까, 간밤에 노느라고 늦잠을 잔 아이들이 건넌방에서 어린것에게 젖을 물리고 누웠는 언니 옆에 눕고 앉고 하여 재껄대고 뒷방에서는 광근이가 아침부터 달려든 친구들과 떠들어댄다.

"대관절 무엇 때문에 취원이 그러는 거야? 봄 들어서부터 집값이 오르니까 욕기가 나서 요변을 떠는 건지두 모르지만……."

영감은 경대를 내놓고 앉은 마누라를 건너다보며 집 사단을 꺼내는 것이었다.

"누가 아나요. 저이끼리 쌈 끝에 헤지자는 말까지 났다니까, 발끈한 성미에 괜히 그래 보는 거겠지."

선옥 여사는 기색이 덜 좋았다. 그 말을 꺼내는 것이 어제 오늘 가라앉은 마음을 들쑤셔 놓는 것 같아서 듣기 싫었다.

"돈만 해 주면 그만이겠지만, 어때? 이 집 내놓긴 아깝지? 우리 식구에는 아무래두 이만해야 할 거니까."

"그럼요. 당장 두 애 장가 들여야지 않나요. 앞으루두 큰일을 몇 번 치르겠다구."

마누라는 크림을 두 번이나 고쳐 바르며 대거리를 하였다.

"그건 그렇다 하구, 취원이 내게 그렇게 뎀빌 사람이 아닌데, 눈치가 이상하지 않은가?"

영감은 담배를 붙이며 곰곰 취원이 하던 말을 생각해 보는 기색이다.

"내게 그러지 않을 사람이니 분하시기두 하겠죠. 하지만 돈에 가서두요!"

하고 선옥은 오금이나 박듯이 코웃음을 친다.

"아니, 둘이 말다툼을 하거나 뭐 감정 상한 일은 없겠지?"

거울 속으로 비친 아내의 얼굴을 바라보며 영감은 떠 보는 수작을 한다.

"말다툼할 것두 없구, 저는 저구 나는 나지."

선옥 여사는 내던지는 소리로 새침하니 머리에 빗질을 하고 앉았다.

그러자 축대 위로 누가 올라서는 기척이 나며

"선생님 계십니까?"

하고 호남이가 창문께로 다가선다. 좀 당황한 목소리였으나 선옥이는 가슴이 근실하는 것을 참고 모른 척해 버렸다.

"왜? 뭔가?"

영감은 담뱃재를 재떨이에 가만히 털고 열린 머리맡 영창 앞으로 다가앉았다.

"저놈들이 기에 쳐들어왔군요. 벌써 의정부까지 왔다는뎁쇼! ……."

호남이의 얼굴은 해쓱하였다.

"응? 뭣? ……."

의정부까지라는 말에 박영선 영감도 자기 귀를 의심하는 듯이 멍하니 뒷말이 아니 나왔다. 경대 앞의 선옥 여사는 여전히 머리 뒤에서 손만 놀리며 잠자코 있다. 이북에서 쳐들어왔다는 실감이 아직 들지 않는 것이었다. 난리가 났다는 실감이 들기로 서두는 선옥이도 아니거니와 영감 역시, 의정부라면 사십 리밖에 안 되는데 일을 당하기 전에는 동두천도 엎드러지면 코 닿을 데라고 생각하였지마는 설마 하는 생각에 반신반의인 것이다.

"그래 이때껏 신문호외도 안 나구, 라디오 방송두 없구……대관절 언제 밀어 왔단 말야?"

"오늘 새벽 네 시라나요. 저두 듣는 길루 뛰어왔습니다만, 인제야 종로바닥에 소문이 쫙 퍼져서 수선수선 법석입니다. ……아직 상점 문들은 열구 있습니다만 어떡했으면 좋을까요?"

호남이만은 장사꾼의 민감으로 생전 처음 당하는 난리라는 소리에 초조해 하는 것이었다.

"아냐. 아직 그렇게 서두를 것은 없구……. 그래 개성 방면은 어떻게 됐다던가?"

"그댓말은 아직 못 들었습니다."

영감은 큰기침을 칵 하고 나더니

"광근아!"

하고 소리를 꽥 지른다. 답답히 차오르는 가슴을 목소리로 뚫으려는 듯한 기세다.

"아무러기루 의정부라면야 바루 요긴데, 게까지 밀어 오두룩 그렇게 두 몰랐을 리가 없다."

머리를 빗고 난 선옥 여사는 종로바닥이 떠들썩하고 상점 문을 닫겠느냐는 의논까지 나오는 것을 듣고 그제서야 얼마쯤 급해졌나 보다 하는 생각이 들며 손을 씻으러 일어나는 길에 창밖에선 남자를 힐끗 쳐다보았다. 호남이는 영감 내외가 침착한 데에 꿀려서 첫 서슬보다는 마음이 가라앉은 기색이다.

마루로 나가는 모친과 바꾸어서 아들이 들어왔다.

"적군이 의정부까지 들어왔다는데, 넌 그동안 들은 정보 없니?"

"없에요. 그렇다면야 대에서두 외출 외박을 허가했겠습니까? 무슨 소문이 있세요?"

광근이는 눈이 휘둥그레졌다. 그러나 김난이가, 며칠이나 학교를 다니겠느냐고 하더란 말만 머리에 떠올랐다.

"소문이 뭐냐. 지금 바닥이 빨끈 뒤집혔다는데!"

마음을 가라앉히고 난 뒤니만큼, 영감은 비로소 초조한 증이 다시 나며, 군인이면서도 깜깜히 영문도 모르고 있는 아들에게 무슨 죄나 있는 듯이 역정을 내는 언성이었다.

"늘 하는 버릇으루 찝쩍거리는 정도겠죠. 염려 없에요"

아들은 군인 된 자기로서 적이 쳐들어오도록 갑갑히 모르고 있었다는 것이 무안쩍어서도 이렇게 대답하는 수밖에 없었다.

"그렇기나 하면 모르거니와……"

영감은 눈만 말뚱말뚱 뜨고 앉았다.

"하여간 어서 들어가 봐야 하겠습니다."

하고 광근이가 마루로 나서자, 대문 밖에서 우르를 하고 귀에 익은 지프의 엔진소리가 들린다.

당황히 뛰어 들어오는 운전수는 마루 끝으로 나서는 광근이에게 경례를 붙이고 나서,

"비상소집입니다!"

하고 벽력같이 소리를 친다.

아들이 허둥허둥 옷을 갈아입고 나서는 것을 보고서야 어머니는 비상소집이 어떤 것인지도 알 것 같고 정말 터졌고나 하는 실감이 조금은 드는 것이었다.

"넌 인제 가면 어떻게 되는 거냐?"

그래도 모친의 목소리만은 차근차근 제대로 나왔다.

"가 봐야죠!"

아들의 대답도 태연하였다.

"어서 가 봐라!"

부친은 한 마디만 하고, 우우들 친구들과 어른아이가 출동하는 사람이나 보내듯이 문간으로 아들을 따라 나가는 것을 바라보다가 손수 장문을 열고 두루마기를 꺼내 입고 나섰다.

호남이를 따라 전찻길로 나서니 군데군데 사람이 모여서서 숙설거리고 지나는 사람마다 서로 얼굴을 치어다보는 것이 무엇을 소리 없이 묻고 피차의 얼굴에서 무엇을 찾아내려 하는 것 같다.

종로 사가 파출소 옆에는 사람이 삼지위겹으로 몰려서서 무슨 벽보인지를 보고 있다. 원광으로 치어다보니 헌병대와 경찰청의 합동으로 내붙인 포고문이었다.

'적군이 불법하게도 의정부 방면에 침입하였으나 국군의 용진으로 격퇴하여 추격 중이니 시민은 안도하고 치안에 협력하라.'
는 뜻의 글발이었다. 영감은 이제는 더 의심할 나위가 없는 것을 자기 눈으로 보자 마음부터 다시 단단히 먹어야 할 것을 깨달았다.

그런 중에도 머리에 떠오르는 것은 오늘내일로 내놓게 된 잡지였다. 이제 이종무와 이야기하던 것이 꿈속같이 하나하나씩 떠오르며 아무러면 이렇게도 앞일이 어둘까 싶어 그대로 정말 같지 않기만 하였다.

방관과 공포

1

"잔고가 얼마나 되는지?"

박영선은 사장실에 들어와 앉으며 따라 들어온 호남이에게 첫대 묻는 것이 이것이었다.

"세 통장 다 합해야 백사오십만 원쯤 될까요."

"수금은?"

"그믐이나 돼 봐야죠. 아직 신통치 않습니다."

그끄저께 병원에서 잠깐 나왔을 때 지방에도 수금 독촉을 하라고 일러놓은 터이지만, 언제나 월말이 되면 아무래도 꿀리는 것이었다. 세 통장이란 출판부, 판매부, 잡지부의 회계를 분립하여 예금을 하니까 세 은행통장 말인데, 그것이 합해서 겨우 백사오십만 원이라니, 삼십여 명 직원의 월급이나 치르면 그만일 것이다. 전쟁이 얼마나 끌릴지는 모르지마는 당분간 수금은 더구나 어려울 것이요, 은행에 말해 놓은 대부(貸

竹도 체경 빠그러질 것만 같아서, 영선이는 몹시 초조하고 불안을 느끼는 것이었다.

사장이 나왔다는 말에 편집장 이종무가 뛰어오고, 판매부 주임이 들어왔다.

"선생님, 이럴 수가 있습니까. 어저께 이맘때 병원에서 말씀하던 게 옛 얘기가 됐습니다그려. 허허허."

종무는 기가 차서도 또 너털웃음을 터뜨려 놓았다.

"그건 고사하구 대관절 어떤 정세요?"

호남이의 말만 들어가지고는 미심쩍던 사장은, 반색을 하며 종무의 말을 기다리는 것이었다.

"개성에두 벌써 들어왔답니다. 탱크가 앞을 섰다니 아마 지금쯤은 수색까지나 왔을지 모르죠. 병자호란엔 섣달 그믐날 떡을 치다가 안방에 공이를 박아 놓고 달아났다지만 어쩌면 우리는 밥그릇에 숟가락을 꽂구 피난을 가게 되나 보외다. 허허허."

"그렇게 서두를 건 아니지만, 전차부대(戰車部隊)가 앞을 섰대? ……." 하고 영선이는 눈이 커대지며 '허어!' 하고 탄식이 나오는 것을 참아 버렸다.

"일본에 있는 병력을 비행기로 당장에 투입해 주기나 한다면 모르지만, 유엔 결의를 거쳐서 트루먼 대통령의 출동 명령이 있기까지 며칠이 걸릴지, 그나마 반드시 출병을 할지 말지 누가 압니까."

이종무는 너털웃음과는 딴판으로 비관론자이었다. 박영선도 강경히 반대를 할 자신은 없었으나

"아니, 그럴 리는 없지. 늘 하는 말이지만, 그렇게 무신하고 무책임할 수야 있을라구. 다만 문제는 고동안 서울을 사수(死守)할 능력이 있겠느냐? 또는 저편의 실력이 이쪽에 그런 시간적 여유를 줄 만큼 미약하겠느냐는 데에 있는데, 전차대가 밀고 오는 데야 엠·아이(소총)쯤 가지곤 탄환의 낭비만 될 거니, 그게 큰일 아닌가."

하고 사장은 더 길게 이야기할 것도 없다는 듯이 호남이를 건너다보고,

"아무러면 오늘 내일두 어떨 것은 아니지만, 그 예금 내일 은행 문 여는 길루 찾아다 놓우. 우선 월급들이나 주어 놓아야 할 거니까."

하고 명하였다. 월급은 그믐날 주는 것이지마는, 의정부와 개성을 뺏기고 밀리는 판에 오늘은 일요일이라 하는 수 없지마는, 내일도 은행 문이 닫힌 채로 있을까 보아, 또 다시 겁이 더럭 나는 것이었다.

호남이가 그 말끝에, 오늘 능 안으로 놀러 간다고 소옥이 집에 아침부터 가 앉았는 취원을 어서 쫓아가서 붙들려 급히 나오려니까, 편집부의 여기자가 마주 들어오며,

"동광인쇄소에서 지금 전화가 왔는데, 이천 부는 제본이 됐으니 곧 찾아가랍니다. 나머지 천 부두 여섯 시까지는 끝난대요."

하고 편집장에게 보고를 한다.

"응, 알았어요"

종무는 여기자가 나가기를 기다려서,

"잘못하다가는 저의가 싸 놓고 썩힐까 봐 서두는 거지만 모처럼 맨들어 놓은 특집인데, 이 사품에 사 볼 놈이 있을라구."

하고 입맛을 쩝쩝 다시니까, 판매부 주임이 뒤를 받아서,

"오늘 같아서는 책 한 권 팔릴 것 같지 않군요 무슨 소문이나 들을 까 하구 지날 길에 들러서 입심이나 팔구 가는 축밖에, 잡지 한 권 들 춰 보구 가는 손님이라군 없으니까……."

하고 불과 두세 시간 동안의 공황 상태를 보고 삼아 참고로 이야기하는 것이었다.

"어떡하랍쇼? 하루 이틀 내버려 두구 정세를 볼까요? 이번 인쇄료 알 라 오십만 원은 받아야 내놓겠다는 약속이었는뎁쇼 오십만 원 빼내면 월급 치르기에도 부족일 텐데요"

잡지 찾아가라는 이야기에 다시 붙들려 섰는 호남이의 말이었다.

"암, 갖다 놓구두 당장 칠 가망두 없는 걸 시급히 가져올 거 뭐 있나 요 그보다두 이따 어찌 될지 모르는데 월급을 다가서라두 줘 놓아야죠"

판매주임이 사장이 무어라 하기 전에 앞질러 서두는 것이었다.

"어제까지는 그렇게 서두르고 재촉을 하던 걸, 안 찾아온댈 수두 없 지 않은가요"

이종무 편집장의 대꾸다. 이때껏 잠자코만 있던 사장은 그제서야 입 을 벌렸다.

"이번 인쇄료만 치르구 찾아다가 밤을 도와서라두 지방 발송까지 후 딱 치워 버리두록 하슈."

"글쎄요 시내 책사에 나갈는지요?"

"싫다거든 지방 지사(支社)로, 대전, 대구, 부산으루 소개를 해 두지!"
하고 사장은 단호히 명령을 한다.

"하지만, 급해지면 철도에서 소하물 취급두 안 할 겁니다. 게다가 인쇄료를 저 속에서 빼내면 월급 지불두 부족할 거니까, 아마 세 분 간부는 못 드리게 될 텐데……."

절박한 말이나 호남이는 이런 소리를 하며 문제의 잡지는, 아직 찾아오지 말자는 것이다.

"그래두 하는 수 없지. 나 줄 것으루라두 찾아올 건 찾아와야지."

사장은 냉연히 코웃음을 쳤다.

"그거 안 될 말이지. 잡지를 찾아다가 피난을 시키는 건 대찬성이지만, 내 월급은 줘야지. 사장 선생야 염려 없으셔도 나야 피난을 나서는 지경이면 쌀말 값이라두 차구 나서야지, 어린 것 굶어 죽이게!"
하고 껄껄 웃는다. '간부 세 분'에는 편집장까지 드는 것이었다.

"낸들 뭐 있는 줄 아슈. 내 통장의 것두 데민 지가 언제라구."

사장도 웃어 버렸다. 구월 신학년에 한몫 보려고 교과서를 칠팔 종 인쇄소에 걸어 놓고 있으니, 사장 개인의 통장도 털어 놓은 것을 호남이만은 잘 알고 있는 터이다. 그것이 결국은 사장이 집 판 돈이요 취원에게 삼백오십만 원 끝전을 못 치르고 있는 원인이기도 한 것이다.

호남이는 인쇄소에 보낼 이십만 원 소절수를 떼어 놓고 일어서려니까, 동광인쇄소에서 또 전화가 왔다. 약속한 오십만 원을, 지금 당장 쓸데가 있으니 현금으로 보내 달라는 주인의 직접 담판이다.

"난리가 쳐들어온다니까 떼도망을 가는 줄 아슈? 왜 그러세요……."
하고 호남이는 웃어 주었으나, 사태는 점점 절박해지는 것을 깨달았다.

"왜, 내일 은행 문 안 연다는 정보나 들어왔나요?"

"아니 그런 게 아니라, 시굴 떠나는 사람을 주어 보내야 할 텐데, 내게두 현금이 마침 없어 그러는 거죠, 아무려면 댁 겉은 데서 오십만 원쯤 현금이 없으실라구……."

"뭐 그렇게 서두르실 것까진 없겠죠 총소리두 듣기 전에 피난 차비부터 차리시다니! 하하하."

이렇게 어벌쩡해서 지금 보낸 소절수만 받고 중앙시론을 오늘 해 전으로 나머지까지 제본을 마치어 달라고 부탁을 하여 놓고, 호남이는 허둥지둥 자전거를 몰아서 길 건너 인사동 소옥이 집으로 우선 달아났다. 엎드러지면 코 닿을 덴데, 자전거를 집어타고 나선 것은, 별일야 없겠지마는 하여간 세상이 수선수선하니 그 길로 아현집에까지 들여다보고 오려는 생각이다.

소옥이 집에서는 놀이 가는 일행이 벌써 떠나고 쓸쓸하였다. 몇 시에 나갔느냐 하니 열한 시 지나서 스리쿼터가 마중을 와서 음식을 싣고 여자들과 떠났다는 것이다.

"소문은 듣구들 갔겠죠?"

"네. 그분들이 와서 얘기를 하기에 깜짝들 놀라기야 했지만, 차려 논 음식이요, 손님들도 나가셨다고 하니 어쩝니까."

사무원이라는 소옥이 남편의 대답이었다. 요리업 하는 사람의 말로는 그렇겠지마는, 난리가 일변 쳐들어온다는데 차려 놓은 음식이 아깝고 기위 벌인 잔치니 그대로 나갔다는 '그분들'이 더 딱한 사람들이라고 호남이는 속으로 혀를 찼다.

이집 단골인 ××국의 간부들이 신임 국장의 환영회를 정릉 안 막바지, 북한산 기슭의 수석이 좋은 놀이터에 베풀고 주말휴양(週末休養)을

101

겸하여 하루의 청유(淸遊)를 즐기자는 것인데, 그 신임 국장 자신부터가
이 집 마담 소옥이의 패트런이요, 취원이와도 자별하게 지내는 터이니
함께 몰려 나간 것이다. 호남이는 아까 사장에게 기별하는 것도 급하거
니와, 그 길에 취원이 나가지 못하게 붙들려고 원남동으로 먼저 갔던
것인데, 그걸 알았더면 소옥이 집부터 들러 갈 것을 잘못했다고 후회도
났다. 바로 그 산 너머로 총알이나 날아오지 않으면 다행일 것이다. 총
알커녕 산등성이를 파르티잔이 숲 사이로 버석버석 기어들 것만 같아
서, 취원이가 봉변이나 당하지 않을지, 아직도 마음이 가라앉지 않은
호남이는 애가 씌우는 것이었다.

호남이는 하는 수 없이 자전거를 아현 마루턱을 달리면서,

'대관절 그 국장두 따라 나가서 색시들이 따라 올리는 술잔을 기울이
고 앉았나?'

하고 코웃음을 쳤다.

2

집에 들어가니 아내는 전에 없이 반색을 하며 내닫는다. 반색이래야
웃음을 잃은 이 여자는, 다만 심각한 표정으로 소문을 듣겠다는 것이었
다. 아랫방에서 동무들과 재껄대던 경애가 뛰어나오고, 동무들도 열린
방문 안에 우중우중 서서 귀를 기울이는 것이었다. 그러나 호남이의 정
보와 관측은 아까 사장실에서 들은 것을 옮겨 놓는 정도에서 벗어나지
못하였다.

"그래 사장 댁 박 중위님은 어떻게 되셨답디까?"

"응, 내가 마침 사장께 알리러 갔을 때 벌써 그때가 열 시는 넘었으니까 벌써랄 것두 없지. 비상소집으로 지프차가 와서 데려가더군."

하며, 옆에 섰는 경애를 얼마나 애가 씌우느냐는 인사 대신으로 치어다 보려니까 경애의 얼굴에는 침침한 검은 빛이 살짝 떠오르다가 안심하였다는 미소로 변하여졌다.

"어쨌든 잘됐군요. 그러지 않아두 우린 어떻게 됐는지 걱정을 했는데. 우리두 지금야 저 색시들이 와서 알구 궁금하니 경애더러 원남동으루 가 보라구 하구 있는 길인데!"

원숙 어머니의 말이 끝나기를 기다려서 경애는,

"어쨌든 실수 없이 곧 들어가신 것만 다행하죠."

하고 마음이 놓였다는 낯빛이다.

"무던하십니다! 그만하면 군인 부인 되실 자격이 넉넉하군요."

호남이가 웃음엣소리를 하니까 원숙 어머니는 그 실없는 어조를 탄하듯이

"아, 빨갱이가 문전에까지 쳐들어왔다는데, 부대가 금시두 출동을 하면, 애는 오늘 두 시까지 부민관에서 만나자는 약속을 했다지만, 그동안 어디 놀러 가셨다가 미처 영문에 못 들어가구 무슨 실수나 났을까 봐 얼마나 애를 썼다구……."

하며 다시 설명을 하는 것이었다.

"흥!"

하고 호남이가 그럴싸해서 그런지 무심코 코웃음을 치니까, 경애는 '남의 바작바작 타는 속은 모르구!' 하는 생각으로 그 코웃음이 못마땅해

서 눈을 대룩하여 흰 동자를 살짝 보였다.

오늘의 경애는 어제까지의 경애가 아니다. 무언지 모르게 둘의 사이에 한 겹 가려 있는 것 같고 설면설면하던 것이, 어제는 광근이 편에서 김난이 때문에 의아해 하던 이상한 기미도 제풀에 풀어 버리고 흔감히 애무하여 주던 것을 생각하면, 모든 것이 싹 씻긴 듯이 걷혀 버리고 그저 엎드러질 듯한 향의와 애욕을 느끼는 것이다.

어제, 이 집에서 둘이 나가기 전에 키스와 포옹에 몸과 마음이 화끈 달았던 그 고비에 찬 흥분을 식힐 도리가 없고 영화관에 들어갈 흥미도 없어서 명동 거리를 돌아다니다가 집으로 간다는 경애를 광근이는 바래다주려고 따라와 김난이가 회에 가고 없는 데에 마음 놓고 밤이 이슥토록 놀고 갔던 것이다. 광근이가 이 집에 와서 밤늦도록 둘이만 놀고 가기란 어제가 처음이니만치, 원숙 어머니는 모른 척하면서도, 경애의 사정을 생각하면 오늘의 놀라움은 한층 더한 것이 있었다.

경애는 하룻밤 사이에 이렇게도 세상이 바뀌었나? 하고 어젯밤 일이면 꿈같이 공중에 떠오르는 듯싶다. 행복의 절정에서 곤두잡이로 떨어진 것 같고 아기자기한 장면이 스크린에서 혹 꺼지며 캄캄한 속에 숨을 죽이고 앉았는 첫 순간의 공포를 느끼는 것이다. ……오늘 아침 자리 속에서 남자의 품에 안겼던 자기를 허공에 느끼던 그 단꿈을 생각하고는, 그 남자가 지금은 탄환이 비 오듯 하는 벌판에서 허둥거리다가 쓰러지는 양이 머리에 떠올라서 애처로워서 가슴이 먹먹하고 보는 사람이 없으면 곧 울음이 터져 나올 것 같은 것을 간신히 참고 섰다.

"어떻게 됐나 좀 알아봐 주시구려?"

원숙 어머니가 경애의 눈치를 보고 위로삼아 남편에게 부탁을 하니까,

"바쁜데, 면회를 가면 되나, 전화 같은 것은 더구나 받아줄 리 없구…… 아까두 보니까 국군을 그뜩그뜩 실은 트럭이 연달아서 미아리 쪽으로 가던데, 어쩌면 벌써 제일선에 나갔을지두 모르지 제일선이라야 트럭으루 가면 한 시간두 못 걸릴 거 아닌가."

하고 호남이는 히죽 웃는다. 이것도 본 대로 생각나는 대로 얼떨결에 나온 말이겠으나, 경애는 얼굴이 해쓱해지며 웃는 호남이를 원망하듯이 또 한 번 말뚱히 치어다보았다. 그러나 경애는 원망한다기보다도 광근이가 벌써 제일선에 나갔을 터라는 것이 의심 없다는 생각과 함께 전쟁의 공포, 주검의 공포에 정신이 소스라치며 몸이 오싹하기 때문이다.

"나 점심 좀 주우."

이때껏 서서 이야기하던 호남이는 대문 밖에 놓인 자전거를 끌어 들이려 나간다.

"왜? 제 가 잡숫지 않구?"

원숙 어머니는 난리가 나더니 별일도 많다는 듯이 자전거를 끌고 들어오는 남편을 바라보며, 핀잔을 주어 버린다. 그처럼 남편을 냉대하는 원숙 어머니도 아니지마는 집에서 자는 날도 취원에서 저녁까지 먹고 밤중에나 들어와서 드새고 아침 한 끼밖에 먹는 일이 없는 남편이기 때문이다. 사실 입이 된 남편의 밥상을 오다 닫다 차리자면 반찬 걱정이 성이 가신 것이었다.

호남이는 잠자코 방으로 들어가서, 장 서랍에서 예금통장을 꺼내 펴보고 섰으려니까, 아랫방에서 학생 떼가 몰려 나가는 기척이 난다.

"음악횐 제대루 할 테지. 난리가 났다기루 금시루 쳐들어오겠니."

"이왕 나선 길이니 어쨌든 가 보자구나."

"아니, 난 좀 갈 데가 있어."

이것은 경애의 목소리였다.

"응, 용산으루 나가는구나? 왜 안 그렇겠니 열녀신데!"

"하지만, 저 아저씨 말씀마따나, 지금 가야 북새통에 면회 되겠니?"

동무들의 놀리는 소리에도 경애는 대꾸도 않고 구두를 신고 나선다.

"아니, 점심이나 먹구 나가지."

부엌에서 사촌 형이 내다보며 말을 걸었으나, 경애는 도리질만 하고 풀 없이 나가 버렸다. 어깨가 처진 뒷모양을 멀끔히 바라보며 원숙 어머니는, 생과부 될까 보아 걱정은 아니지마는, 어젯밤에 들를 제 희희낙락 멀어지기를 아까워하며 놀던 것을 생각하면 가엾고 딱해 보였다.

③

경애는 서울역 앞에서 전차를 내려서 바꾸어 타려니 전차는커녕 길이 메여서 어디로 발을 떼놓아야 좋을지 몰랐다. 인산 때 모양으로 가만히 섰어도 그대로 비비대고 밀려서 한 걸음씩 나가졌다. 대관절 피난꾼도 아닌 이 사람의 떼가 왜 몰리는지 영문을 모르겠다. 영문을 모르기로는 경애뿐만이 아니었다. 옆 사람도 앞 사람도 난리가 났다 하니 소문이나 들어 볼까, 물게나 볼까, 그러지 않기로니 가만히 앉았기에는 마음이 떠들썩하고 뒤숭숭하니 뛰어나온 것이다. 그러나 한강 쪽에서 올라오는 사람보다는 남으로 내려가는 사람뿐이다. 마치 북에서 쳐들어오니 피난이나 간다는 듯이.

그래도 경애는 전차를 타려고 비집고 용산 방면 정류장께까지 다가 오면서 땀을 뻘뻘 흘리고 같이 밀리는 옆의 아낙네더러

"왜 이렇게 사람이 붐비는 거예요? 용산 차는 가나요?"

하고 말을 거니까,

"차가 무슨 차유. 난, 부대의 아들을 보러 나섰는데, 가두 오두 못 하 구⋯⋯."

"네, 어느 부대예요?"

경애가 반색을 하며 대꾸를 하려니까, 풍우같이 달려오는 트럭소리 에 모두들 눈이 그리로 가고 그 복작대던 소리가 한순간 잠잠하여지며 경애까지 발이 멈칫하였다. 트럭에는 길쭉길쭉한 나무 궤를 되는 대로 척척 싣고 언저리에는 총부리를 밖으로 대고 섰는 병정들이 서서 세 대 네 대 연달아 씽 달려간다. 거둥 때처럼 한가운데 길은 훤히 비어 있다. 경애는 탄약상잔가 보다 하며, 지금 발을 붙이던 아낙네를 찾으니 벌써 어디로 밀려갔는지 눈에 아니 띄운다.

경애는 삼각지, 이태원까지 걷는 수밖에 없다 하고 발을 돌쳐서서 사 람 틈을 살살 빠져 달음질을 쳤다. 그러나 마음은 달음질을 쳐도 앞 사 람에 막혀서 발이 제대로 나가지를 않았다. 띄엄띄엄 사이를 두고 군수 품 트럭의 떼는 소방대 차 모양으로 거침새 없이 내닫는다. 그럴 때마 다 양편 보도 위의 빽빽한 행인의 시선은 그리로 쏠리었으나, 그 눈길 은 멍하니 광채를 잃고 얼굴빛은 우울하였다. 아무도 소리를 치거나 손 을 들어 출전하는 용사의 기를 돋우려는 감격도 흥도 나지 않았다. 다

만 먼지에 쌓인 온기와 땀기와 피곤에 뒤틀렸거나, 그렇지 않으면 전쟁에 어찌 되려누? 하는 걱정과 불안도 까먹은 듯한 무표정한 얼굴들뿐이다. 경애는 한 십 리는 걸은 것같이 지루한 생각에 팔뚝의 시계를 보니, 어느덧 두 시가 지났다.

"삼각지가 얼마나 남았세요?"

옆에서 걷는 젊은 양복쟁이에게 물으니까,

"아직 멀었습니다. 요담이 삼관통이지만 거기까지나 통할는지요"

하고 역시 표정 없는 얼굴이 대꾸를 한다. 경애는 혹시나 이 사람도, 이태원 부대로, 출정하는 동생이나, 친구를 만나러 가는 거나 아닌가 싶어서,

"어딜 가시는데, 길이 막히면 어떡하시겠세요?"

하고 의논 삼아 물으니까. 남자는 픽 웃으며,

"뭐, 군대가 나간다니까 어떻게 나가나 구경나온 거죠 삼관통까지만 가서 섰으면 볼 수 있을 겁니다."

하고 자기 말의 뜻이 어떻다는 것을 생각해 보려는 반성이라곤 없는 듯이 또 한 번 히죽 웃으며, 무엇보다도 경애가 친숙히 말을 붙여 오는 데에 호기심을 가진 눈치로 멀뚱히 곁눈으로 보는 것이었다. 그러나 거둥 구경이나 나왔다는 듯싶이 삼관통까지만 가서 자리를 잡고 섰으면 볼 수 있으리라는 유산태평인 청처짐한 말투가 경애의 긴장한 기분을 거슬려 놓았다. 그러자 머리에는 불쑥 어제 아니 들어온 김난이 생각이 떠오르며, 어쩌면 이 구경꾼도 김난이 같은 위인이나 아닌가 하는 생각이 들어서 남자를 말끔히 치어다보았다. 또 그러나 전 시민의 주목과

희망이 삼관통—삼각지—이태원 일대로 집중된 것이 사실이니, 무심코 나온 '구경'이란 말이 귀에 거슬렸는 것인지 모르겠다.

그러나 국군이 서울 안에 얼마나 있길래, 아직도 덜 나가고 있는가? 광근이도 그 속에 남아 있다면 다시 한 번 만날 수 있겠다는 생각에 반 갑기도 하나, 한편으로는 무엇 하느라고 이때껏 꾸물꾸물하고 있었던가 하는 의아한 생각도 들어서,

"아침 내 쏟아져 나가더라는데, 아직두 덜 나가구 남아 있었군요?" 하고 물으니까

"아, 인제야 대부대가 본격적으루 동원돼 나가는 거 아닙니까. 아침 에 나간 것은 어제 토요일에 외출 안 하구 남았던 잔류부대였겠죠" 하고 태연무심히 설명을 한다. 경애는 잠자코 말았다. 광근이부터 열 시가 넘어서 비상소집령을 받고 들어갔다지 않는가? 그것은 고사하고 자기는 지금 그 광근이를 만나 보러 오면서 이때껏 출동 안 하였던 부 대가 있었던가 하고 도리어 이상히 여기는 자기부터 우습지 않은가 싶 었다.

"만세! 으아! …… 만세! 으아!"

별안간 멀리서 만세소리에 길 양편으로 빽빽이 깔린 사람의 떼는 움 찔하며 발돋움을 하고 턱을 길게 빼어 앞을 내다들 본다. 만세소리는 차차 뒤로 가까이 옮겨 왔다. 종이 태극기가 새새이 휘둘린다. 선두의 트럭이 깃발을 날리며 기세 좋게 내닫는다. 트럭……트럭……트럭 위에 는 전투모에 총을 메고 배낭과 탄약갑을 보기에도 무겁게 등에 허리에 잔뜩 매달은 병정이 목판에 기른 콩나물같이 테를 메게 겹겹이 착착 붙

109

어 서서, 만세소리에 으아! 으아! 두 팔을 벌리며 회답을 하고는 살같이 스쳐간다. 다만 눈에 획획 띄는 것은, 꺼멓게 핏발이 솟은 얼굴과 등잔만큼 커닿게 부릅뜬 눈뿐이었다. 보내는 사람의 얼굴에나 가는 사람의 얼굴에나 웃음이 없었다. 감정과 울분과 침통이 뒤범벅이 된 얼굴들이었다.

경애는 지나치는 트럭에서마다 장교를 골라 찾기에 분주하였다. 그러나 만세소리가 점점 더 세차 가고 차 위에서 퍼붓는 용사들의 고함이 열광적으로 높아지는 것을 보고, 경애의 눈시울은 뜨거워졌다. 남이 보는 것이 부끄러워서 몰래 손끝에 찍어 내던 눈물을 나중에는 눈물에 가리어서 애인을 못 찾을까 보아 손수건으로 씻기에 바빴다. 그렇다고 해서 애인이 그리워 우는 것도 아니요 나라를 걱정해서도 아니었다. 다만 어쩐지 대견하여 보이고 감격하였다. 일제 밑에서 전쟁을 치르느라고 소학교 오륙 학년 때부터 여학교에 들어가서까지, 출정하는 일본 군대나 가엾이 끌려가는 청년 동포를 환송한다고, 깃발을 휘두르며 만세를 부르던 광경이 머리에 떠올라서도 눈물이 났다. 불시에 당한 일이라 그렇겠지마는 그때는 목을 매어 끄는 대로 붙들려 다니며 부른 만세요 휘두른 깃발이면서도 기운찬 데가 있었는데 이번에는 왜 이리도 쓸쓸한가 싶었다. 사람만 우글대고 많았지 왜 이렇게도 따분히 김이 빠지고 열이 부족한 것이 섭섭하였다. ……저 속에는 한 시간 뒤 두 시간 뒤면 픽픽 쓰러져 눈을 감아 버릴 사람이 얼마나 될꾸? 하는 생각을 하면 애처롭기도 하였다. 그들 자신이 지금 어떤 마음으로, 각각으로 다가오는 자기의 운명을 노려보고 있을꾸? 하는 생각에 가슴이 찌르를하고 쓰린

것을 느꼈다. 그러나 열 대 스무 대……또 열 대, 스무 대……행군하는 군대의 보조를 맞춘 행렬처럼 한없이 잇닿아 나가는 질서정연하고 엄숙하고 용장한 기분에 눌리면서, 경애는 턱 믿는 든든한 마음에 푸근히 잠길 수 있는 것을 기뻐하였다. 고맙기도 하였다. 일본 병정만 보고 자라난 경애는, '이것이 우리 군대란다!' 하고 자랑이 하고 싶었다. 그 속에 사랑하는 광근이도 끼어 있기니 하는 생각을 하니, 결단코 죽어 올리는 없다고 마음이 놓이기도 하였다. 그렇게 생각을 하니 어느 차에서든지 광근이를 곧 발견하는 호운이 닥쳐올 것만 같고, 어쩌면 이 많은 사람 틈에서도 자기와 힐끗 눈이 마주치면서 그 환한 얼굴이 방싯 웃어 보이고 손짓을 하여 주리라는 기적을 기다리며, 경애는 언제까지나 빨갛게 상기가 된 얼굴을 내밀고 섰었다.

4

김난이는 저녁밥 때나 되어서 돌아왔다. 강중강중 뛰듯이 구두 소리를 콩콩콩 내며 생기가 발랄한 품이 무슨 좋은 일이나 있는 성싶다.

"경애, 오늘 음악회에 갔었어?"

마루로 톡 튀어 오르며 방 안에다 대고 소리를 친다.

"아니."

"왜? 난리가 났다구? 그깟 놈들 얼마든지 쳐들어오라지. 삼팔선에선 밤낮 찝쩍거리던 거 아닌가."

경애는 누구의 속이나 떠보려고 이런 소리를 하는가 싶어서 잠자코 말뚱히 치어다보고만 앉았었다.

"왜 이렇게 풀이 빠져 앉았어? ……오오 알았다. 박 대장이 출전을 한 게로군? 이건 다 뭐냐. 고탑지근하게! 정말 전쟁이 커지면 일선에 나갔다구 죽구 가만 앉았다구 살 줄 아나. 죽을 놈은 어딜 가나 죽는 거지. ……"

신문을 보다가도, 혹은 무슨 말 끝에도, 여자답지 않게 툭하면 '죽일 놈! 그런 놈은 죽어 버려야 해!' 하는 소리를 입버릇으로 육장하는 김난이지마는, 경애는 지금 그 소리를 들으면서, 죽일 놈을 따로 치부나 해 놓았는가 싶어 몸서리가 쳐졌다. 김난이는 옷을 같이 입으면서,

"뭣에 노한 사람처럼 왜 말이 없어? 하하하……그렇게 비관할 거 없다니까! 어제 와 봤더니 자미다랗게 놀더구먼! 아침에 도를 듣고 저녁에 죽어두 좋다지 않나(朝聞道而夕死可也) 호호호 어제 잘 놀았지? 그만하면 연애의 열매가 맺어지지 않았겠나! 유종의 미를 기르지 않았나! 인제는 모든 걸 천운에 맡기구, 우리 살길부터 다시 마련해야지 않어. 암말 말구 나만 따라오라구."

하고 풍풍 놀리는 수작을 하고는 제자리에 가서 펄썩 주저앉아 생긋 웃으며 말뚱히 경애를 본다.

경애는 얼굴이 빨개지는 것을 참고

"어젠 어딜 갔었우?"

하고 비로소 대꾸를 하였다. 열매를 맺었느니, 아침에 도를 듣고 저녁에 죽어도 어떻다느니 하는 말눈치가 넘겨짚고 하는 말 같기도 하나 경애에게는 콕 찔리는 것이 있어서 그렇지 않아도 광근이를 찧고 까부는 말눈치에 분한 터라 얼굴이 더 빨개지지 않을 수 없었다.

"어제 열 신가 해서 왔드니만, 박 대장이 와 계신 모양이기에, 그대루 동무 집으로 가서 잤지."

하고 입귀를 빼쭉하는 걸 보니, 들창 밑에 와서 엿들었던 모양 같기도 하다.

"들어오질 않구. 그인 곧 갔는데."

경애의 얼굴이 또다시 활짝 취하여지는 것을 어찌할 수 없었다. 그러면서도 '열매를 맺었다'는 그 말이 언제까지나 머릿속에서 뱅뱅 도는 것이었다.

"뭐 그까짓 것 아무래두 상관없어. 모처럼 약혼해 놓구 그만 재미두 못 봐서야! 하하하. ……한데 참 장하던데! 옛날 같으면 기치창검이 삼립(森立)하고 살기가 충천할 지경이지만, 대관절 트럭이 몇 백 댄지, 대포가 쏟아져 나가구……아, 그걸 못 보구 들어앉았단 말야. 그야 신령지초에 섭섭야 하겠지만, 눈물이나 찔끔찔끔 흘리구 누웠지나 않았었는지. 호호호."

김난이는 얄미락스러운 조그만 눈을 대룩하며 또 놀리는 것이었다.

"나두 나가 봤지만, 대포가 있으면 뭘 해. 저편은 탱크를 앞세우고 밀구 온다면서?"

경애는 짓궂게 놀리는 것이 듣기 싫어서 되는대로 말을 얼른 돌렸다.

"난 몰라. 하지만 탱크쯤 대포루 쏘면 그만이지."

하고 김난이는 콧날을 째긋하며 웃는다. 경애는 어린애나 놀리는 듯한 그 수작에 더욱이 마주 앉아 대거리하는 것이 싫었다. 만일 적병이 들이닥치는 날이면 이 여자가 무슨 짓을 할꾸 하는 생각을 하고는 무섭기도 하였다. 지금 당해서는 더구나 떠나 달랄 수도 없고, 아무래도 자기가 피해서 집으로 다시 들어갈까 하는 생각도 하고 있으려니까,

"자, 그건 다 실없은 소리요, 경애! 어떡했으면 좋아? ……."

하고 김난이 편에서 의논성스럽게 다가앉는다.

"뭐?"

또 누구를 달아 보려나? 하는 생각이면서도 대꾸를 하지 않을 수 없었다.

"글쎄, 별일야 없겠지만, 오늘 국군이 동원해 나가는 걸 보니, 당당한 위력이 결코 서울을 뺏길 리는 없겠지만, 만일에 밀리는 날이면 어떡하느냐 말야."

"어떡하긴 뭘 어떡해. 저이들이 들어오기루 우리야 무슨 죄 있나. 그저 그 밑에서 다수굿이 머리를 숙이고 살면 될 거 아뇨?"

무어라나 들어 보려고 듣기 좋도록 대꾸를 하여 주었다.

"그두 그렇지만 우리 같은 젊은 것야 붙들리는 날이면 욕보지 않나. 그래 난 여차직하면 집으루 피난 삼아 들구 뛰자는데……."

'이것은 또 무슨 수작인구?'

하고 경애는 눈치만 슬슬 보며,

"그래서 날 따라오라는 거구려?"

하고 물었다. 제풀에 이 집에서 빠져 나가려는 말눈치는 반가우나, 어떻게든지 자기를 올가미를 씌워 가지고 끌고 다니려는 계교는 아닌가 싶어 겁도 났다.

"그래요 형편 봐서 우리 집에 내려가 푹 파묻혀서 책이나 보구 놀자

구. 문턱에까지 닥쳐왔으니 어디 맘을 놓구 하룬들 지낼 수가 있어야지."

김난이의 고향이란 영동(永同)이라든가 하는 말을 들은 법하였으나, 경애는 듣고만 있었다.

이날 저녁도 김난이는 잠깐 다녀 들어온다 하고 나가서 아니 들어왔다. 옆에서 잔소리를 하는 것을 듣지 않는 것만도 좋으나, 어제는 제가 피해 주었다 하여도 이러한 무시무시한 판에 무엇을 하러 다니느라고 이틀씩 나가 자는지, 무슨 음모를 꾸미고 다니는 것만 같아서 무시무시 하고 더 싫었다.

이튿날 학교에 가서 찾아보니, 학교에도 아니 나왔다. 학교에서는 아침에 교장이 '침착하라. 그러나 비상시 태세를 갖추고 마음의 무장을 하라.'는 훈시가 있었을 뿐이요, 평상시같이 수업을 하였다. 그러나 강당에서 의자가 땅하고 넘어지는 소리만 나도 깜짝깜짝 놀랄 만큼 신경들이 날카로워지고 마음이 들떠서 제대로 공부가 되지는 못하였다.

하학 후에 경애는 책가방을 집에 두고 원남동에를 가 보았다. 장래 시어머니가 보자고 한대서 사촌 형과 한 번 갔었고, 저번에는 영감님 생신이라고 다녀가라는 청자라기보다도 명령을 받고, 역시 원숙 어머니와 함께 가서 일가친척에게까지 선을 톡톡히 보이고 왔으니, 못 갈 집도 아니요, 그리 서투를 것은 없다. 그러나 역시 혼자 불쑥 가기가 어렵지마는 이런 때 인사로라도 가는 것이 옳겠고 그보다도 분명한 소식이 듣고 싶었다.

"아, 잘 왔구먼. 그러지 않아두 궁금해서 아이들이라두 보내 볼까 하던 찬데."

하며 선옥 여사는 반색을 하며 손까지 잡아 어루만지었다. 죽을 둥 살 둥 아니 이런 급한 형세로 보아서는 살아오리라고는 도저히 믿을 수 없는 사람을 위해서, 이렇게 찾아온 것이 아직 내 사람이 되지 않았으니 만치 고맙기까지 하였다.

"어제 출동한 것은 알았지만, 낙심 말구 공부나 잘 하구 있거라. 군인된 바에는 목숨 내놓은 건 더 말할 것 없구, 우리두 각오는 해야지."

장래 며느리를 무어라고 위로해야 좋을지 모르니, 이밖에 더할 말이 없었다. 경애도 분명한 소식을 알고 나니 어쨌든 짐이 좀 덜린 듯이 도리어 마음이 가벼워지는 것 같았다.

"그런데 피난민이 벌써 미아리를 넘어오는 모양이니 어찌 되려는지? 여기는 길목 아닌가. 청량리 쪽으로두 들이닥친다면 예가 쌈터가 되리라구, 우리두 피난 갈 준비를 해 놓으라는데……."

"참 그렇죠 그래 어디루 가시기루 됐세요?"

"뭐, 아직 작정야 없지만, 정 급히 몰리게 되면 우선 너의 있는 최 씨 집으로라두 떠 가지구서 문밖으로 나가자는 말도 났는데, 그렇게 되면 우리가 한데 모여서 의지가 되구 좋기는 하지만……."

"글쎄요……."

경애는 좋다 글타 말할 계제가 아니지마는 선뜻 찬성을 못 하는 것은 김난이 때문이었다.

"왜? 너희가 불편해서? 물론 불편야 하겠지만……."

선옥 여사는 호남이 집으로 가게 되면 가고 싶다는 말눈치기도 하지마는, 경애가 뜨악해 하는 양이니 꼭 같이 있자는 것은 아니나 덜 좋기도 하였다. 실상은 그 지경이 되면 학교도 휴학이 되고 말 것인즉, 경애와 김난이는 제집으로들 보내고 건넌방과 아랫방을 쓰라는 것이 호남이의 의향이었다.

무엇보다도 공산군이 들이닥치는 날이면 중앙시론 사장이요, 우익논진의 한 사람인 박영선의 신변이 위태하리라는 예상으로 간부들 사이에 미리부터 이런 공론이 있었던 것이다. 그야 서울을 내놓고 나가는 경위면야 함께 빠져나가겠지마는, 수도를 사수하는 경우에 사업을 버리고 먼저 피신을 하는 수도 없고, 그렇다고 지하의 숨은 빨갱이가 노리는 한 사람일 것이니까, 지금부터 몸을 감출 대책을 세우려는 것이었다.

"저야 아무려면 상관있습니까마는 같이 있는 애가 있어서 말씀예요. 그 애두 급하면 고향으루 나려간다긴 합니다만……."

경애는 그래도 김난이가 빨갱인 것 같다든지 하는 잔사설은 하고 싶지 않고, 또 그 말을 꺼내기가 귀치않아서 잠자코 말아 버렸다.

"무얼 꼭 피난을 가자는 것도 아니요, 어찌될지 모르지만 어디를 가게 되든지 기별하지. 우리 연신을 끊지 말자구."

경애의 마음이 벋날까 보아서, 이렇게 달래듯이 일러도 두었다.

원남동 집에서 나오다가 보니, 해 질 머리가 되어 가니까 그런지, 아까 올 때보다도 돈암정 쪽에서 내려오는 피난민의 떼가 갑자기 는 것 같았다. 조금 전만 해도 촌구석에서 나선 듯한 구지레한 농촌 아낙네가 아이를 업고 봇짐을 이었거나, 농모를 제껴 쓴 시꺼먼 고의적삼을 입은 중늙은이가 자릿보따리를 짊어지고 어린것을 앞세우고 오는 것이 드문드문 눈에 띄었을 뿐인데, 이때에는 파마한 머리라든지 깨끗한 차림

차림의 젊은 아낙네도 섞여서 줄을 달아 내려온다.

"어디서 오세요?"

"미아리 넘어서 와요."

"예? 거기두 위태해요?"

"아직은 괜찮지만 나갈 테건 나가라니 이 밤이 어떨지 어디 맘이 놓여야죠."

경애가 륙색을 짊어지고 두 손에 가방을 든 남편을 따라가는 아이 업은 젊은이에게 말을 붙이니까 이런 소리를 하는 것이었다.

"어떻게 된 셈예요? 어디까지 왔대요?"

"뉘 말이 옳은지 종을 잡을 수가 없지만 창동(倉洞)까지 들어왔다는군요!"

이번에는 아내 대신에 앞선 젊은이가 낑낑하며 대꾸를 한다.

"창동이 몇 리나 되나요?"

"글쎄……한 이십 리 되는지요."

이십 리라는 말에 경애는 눈이 동그래졌다.

"의정부는 어떻게 됐대요?"

"불바다라기두 하구, 국군이 탈환했다기두 하구 누가 압니까! 허!"

피난

1

오늘은 아침에 나왔던 전차가 오정 전에 끊어지고 피난민이 어제보다도 더 길이 메게 쏟아져 들어온다는 소문에, 선옥이는 딸의 집에를 좀 가 보아 주어야 하겠다고 생각하는 판인데 아이 보는 년이 달겨들었다.

"아저씬 신문사에서 의정부로 나가시구 아즈머닌 집이 비어서 나올 수가 없는데 할머니 댁에선 피난 안 가시느냐구요……."

계집애가 와서 하는 전갈이었다.

"뭐 의정부에를 나갔어?"

아들을 전선(戰線)에 내보내 놓고 걱정인 선옥이는 얼굴이 흐려졌다. 아이년을 데리고 나서 보니 날씨는 꾸물거리는데 큰 거리에는 사람의 그림자가 듬성긋하다. 오후 두어 시는 되었을 것이다. 아침결에 쏟아지던 피난민이 뜸한 것을 보면 의정부가 정말 탈환되었나 보다고 마음이 좀 놓이기도 하였다.

군용 트럭은 나가는 것이 없이 빈 것이 들어오는 것뿐인 것을 보아도 국군이 자꾸 밀고 나가는 것만 같다. 그러나 대포소리가 가까이서 점점 맹렬해진 것은 우리 편에서 원거리로 우박을 주는 때문이려니 생각하였다. 삼선교를 지나 딸의 집으로 들어가는 골목께를 오니 확성기를 앞에 단 지프차가 뒤에서 달려오며

"……의정부는 완전히 탈환되었습니다. 총을 던지고 도망하는 적군을 추격 중입니다. 시민 여러분 안심하고 집에 들어가 계십시오……."

하고 외치며 종점 쪽으로 달아나는 것을 보니, 귀가 번쩍하였다. 엇바꾸어서 또 빈 트럭이 연달아 문 안쪽으로 가고 간간히는 흙투성이가 된 국군을 실은 차도 지나쳐 간다. 정녕 의정부의 적은 물리치고 다른 방면으로 이동하는가 보다는 짐작이 들었다.

"에그, 어머니!"

아이를 재워 놓고 마루 끝에 멀건이 앉았던 의순이는 막막하던 판에 반색을 하며 내닫는다.

"아니 애아범이 의정부에 나갔다지?"

"곧 다녀 들어오마구 했죠마는……. 탈환됐다구도 하구 안 됐다구도 하구 뉘 말을 믿어야 옳을지요. 동리에서 들먹거리는 것 보면 덩달아 좀이 쑤시구요……."

"길에서두 선전하구 다니는 걸 보면 정말이겠지. 어쨌든 애아범 들어오는 걸 기다려서 집으로 가자꾸나."

단가살이에 남편은 갈팡질팡 뛰어다니고 아랫방 사람이 있기는 하지만 어린것들만 두기가 마음이 아니 놓였다.

그러자 아랫방의 젊은 댁이 뛰어 들어오며

"인환 어머니 좀 나와 봐요."

하는 소리를 치다가 손님을 보고 인사도 할 새 없이

"미아리로 넘어가는 길이 맥혔다나. 바루 이 앞길로 사람이 무시무시하게 쏟아져 내려오는군요"

하고 숨이 턱에 다서 서둔다. 마당에는 어느덧 부슬부슬 빗방울이 듣기 시작하였다.

"어쩌면! ……."

의순이는 미숫가루를 타서 어머니 앞에 밀어 놓고 나서려니까, 모친도 속치마 바람으로 따라 나선다. 바로 앞길이라면 두어 간통밖에 안 되는 골목 밖인데 그렇게 가뭇같이 소리가 없을까 싶어 이상하였다.

골목을 내다보니, 딴은 장마에 별안간 사태가 난 것 같다.

피난민이 한때 뜸하였던 까닭이 이제야 짐작 났다. 의정부가 탈환되었으니 안심하고 있으라는 선전 바람에 주춤하였던 사람들이 다급하여 뛰어나와 보니 큰길은 막히고 능 안 쪽으로 돌아오는 동안에 영문 모르고 들어앉았던 사람들까지 따라 나서게 돼서 이렇게 붙은 모양이다. 뒷길이라 하여도 서너 간통은 되는 길인데 마치 파해 나오는 극장문께같이 포갬포갬 꽉 차서 그대로 섰어도 저절로 밀려 내려가는 모양이다. 지고 이고 손에는 아이를 끌고……그러나 어린아이까지 끽 소리가 없다. 빗발은 세차 가고 점점 급해진 대포소리가 덜미를 울리니 업힌 어린 것까지 눈만 말뚱거리고 있다.

"어떻게 됐소? 어디서 오는 거요?"

"의정부와 창동은 어떻게 됐습니까?"

구경하려 나선 사람이 되레 떠들었다. 그러나 가는 사람은 벙어리처럼 입을 다물고 걷기만 한다. 그런 것을 묻는 사람이 어림없고 딱하다는 듯이 충혈된 눈으로 멀끔히 나무라듯 쏘아보고 가는 늙은이도 있었다. 사뿐사뿐 떼놓는 고무신 운동화의 발자취만이 어울리고 뒤범벅이 되어서 소리가 소리 같지 않게 퍼져 흘러 내려갔다. 바라보고 섰는 누구의 얼굴에나 커다란 심각한 공포가 떠올랐다.

"얘 어서 들어가 갈 차비를 차리자."

모친은 딸을 끌며 돌쳐서려다가 눈이 번쩍해지며 골목 밖을 다시 내다본다.

빽빽이 밀고 나가는 그 틈을 비집고 거슬려 올라오는 자전거 바퀴가 눈에 희끗 띈 것이었다. 비비대는 사람들의 어깨 새로 호남이의 상기가 된 얼굴이 보이다가 가리워졌다. 선옥 여사는 얼굴이 확 취하며 두 눈이 번쩍하고 환해졌다. 너무나 의외인 데서 만난 것이 반갑고 놀랍고……가슴이 두근거리었다.

의순이는 돌쳐서려던 모친이 이 침울한 광경 속에서 무엇을 보았길래 얼굴이 환해지며 좀체 보지 못하던 애교 있는 웃음을 머금고 있는지 몰라서 자기도 무엇을 분주히 찾다가, 호남이가 자전거를 끌고 다가서는 것을 보고 의외인 데에 눈이 커대지며 인사를 하였다.

선옥은 입귀에 웃음을 감추고 곁눈으로 남자를 치어다보며 말없이 무엇을 묻는다.

"어서 오시래요 큰따님 식구 다 데리구."

아침부터 책사에 나갔던 영감이 들어와서 보낸 것이었다.

"왜요? 무슨 급한 일 났세요?"

제풀에 뒤를 밟아온 것이나 아닌가 싶어서 마음이 설레하였던 선옥이는 비로소 정색을 하며 대꾸를 하였다.

"들어가 이야기 하죠."

막힌 길을 자전거를 끌고 뚫고 오느라고 호남이는 콧등에 땀이 배었다. 뚝뚝 듣던 비는 멈칫하였다.

②

하여간 영감이 호남이를 자기에게 심부름 보낸 것이 며칠 동안의 불안을 일소하여 좋기도 하고 속으로 우습기도 하였다.

"땀을 흘리시네. 어서 이거 좀 마시슈."

선옥이는 마루로 올라와서, 걸터앉는 호남이에게로 꿀물 대접을 밀어 놓았다.

"지금 또 타오."

딸이 부엌으로 들어가자.

"그만둬라. 난 안 먹어두 좋다."

하고 화채 대접을 들어서 권하며, 소리를 낮추어서

"아무 일 없지?"

하고 은근히 물었다. 호남이는 웃으며 눈짓을 하고 고개를 끄덕여 보였다. 사실 취원이 요새는 아무 소리도 꺼내지 않으니 무사한 셈이요 지금 여기 심부름 온 것도 몰래 온 것이다.

123

"서울을 포기하기로 됐대요. 선생님은 정부를 따라 강 건너루 나려서실 작정인데, 어쨌든 여기나 원남동이나 제일 위험하니까 어서 가시죠. 그래 짐두 실어 가지구 오라구 하셔서 자전거를 타구 나선 것인데……."

"응? 내려가신대? 우린 어떡허구?"

선옥이는 깜짝 놀라는 소리를 소곤소곤 하면서도, 입가에 떠오르는 웃음을 숨기려 하지 않았다. 영감 자식을 뿔뿔이 떠나보내고 어떻게 살랴 하는 걱정이 앞을 서고 될 수 있으면 함께 따라나서야 하겠다는 생각이면서도 영감이 서울을 떠난다는 말에 마음이 들먹거리는 유혹을 느끼는 것이었다. 선옥이는 며칠 동안 간신히 가라앉힌 혼신과 감정이 다시 흔들리고 혼탁해지는 것을 깨달았다. 그래도 딴생각에 팔려서 잠깐 동안 무심하였던 대포소리가 귀에 들어오면 의정부 쪽을 바라보며 아들 걱정에 본정신이 반짝 드는 듯도 싶다.

"그럼 당신넨 어쩔 테야?"

"글쎄……."

취원이에게 대해서는 새끼에 맨 돌멩이니, 이런 경우에 자기 의사란 없는 호남이었다.

"나두 아이들하구 나설 수는 없을 거야."

선옥이는 눈으로 남자의 동의를 구하려는 듯이 똑바로 눈을 맞추려 하였다. 그러나 남자는 무관심해서 그런지 고개를 떨어뜨려 버렸다.

딸이 부엌에서 꿀물을 들고 나오자 말은 뚝 끊겼다.

"애 어서 차리자. 네 집 때문에 최 선생이 일부러 오셨단다."

모친은 제풀에 변명 삼아 이런 소리를 하였다. 간간히 귀에 들어오는 말소리로 대강 짐작은 하였지마는 수군수군하는 것이라든지 말끝을 아무리지 않고 반말거리가 되는 듯이 들린 것이 이상해서 의순이도 제 생각에 팔려서 선뜻 대꾸가 아니 나오며 모의 얼굴을 넌지시 치어다보았다.

어느 틈에 빠져나가서 쫄쫄거리고 다니던 애보기년이 들어오더니

"어서 우리두 아무 데나 가세요 골목골목이 길을 막구 큰길에는 병정이 쭉 늘어서구 여기서 쌈한대요 인제 불바다가 된대요"
하고 발을 동동거린다. 미아리 턱에서부터 삼선교까지가 제삼진지라는 소문도 떠돌았다. 그러나 훤한 전찻길이 별안간 무슨 진지가 될꾸 하고 누구나 믿지 않았다.

짐은 꾸려 놓고도 아랫방의 젊은 댁만 남겨 놓고 떠날 수가 없어 멈칫거리는 동안에 ××서에 다닌다는 앞집 주인은 카빈총을 메고 들어와서 식구들을 후딱 끌고 나가 버렸다. 이것을 보자 동리사람은 정말 절박한 줄을 알았다는 듯이 서둘러대었다. 그러나 비는 다시 주룩주룩 오기 시작하고 아이들이 많은 옆집에서는 원족이나 가듯이 옷을 갈아입히고 제각기 류색을 지워 가지고 나섰다 들어갔다 하며 안절부절을 못하였다.

"너희들 어서 최 선생 따라 나서라. 난 여기 있다가 장 서방 들어오건 갈게."

모친도 초조해서 딸을 먼저 내보내랴 하였다.

"아버지께서도 기다리실 텐데 어머니 먼저 최 선생하구 가세요. 애아범 인제 들어오겠죠"

의순이는 부친을 어서 치행 차려 보내드려야 하겠다는 생각에 미루었다.

"염려 말구 어서 가세요 우리가 집 봐드릴께요"

아랫방 색시는 겁도 없이 이런 소리를 한다. 자기네는 나서야 갈 데가 없으니 죽어도 여기서 죽을 작정이라 한다. 이러는 판에 아랫방 사나이가 뛰어 들어오더니,

"피난 가서 뭘 해요. 미군이 벌써 비행기로 들어와서 밀구 나가는데!"
하고 떠벌려대었다.

하여간에 아랫방 사내가 들어와서 집을 보아 준다는 바람에 일행은 나섰다. 비는 세차 갔다. 서로 놓치는 한이 있더라도 원남동만 가면 만나련마는, 포탄이 당장에 발밑에 떨어지는 것만 같아서 한 마장쯤 되는 뒷길을 빠져나오기에 서로 잃을까 보아 조바심들을 하였다. 삼선교 천변에를 나서니 국군이 총을 가로쥐고 지키고, 트럭이 늘어서고……쓸려 나오는 사람은 좁은 틈을 뚫고 나가기에 까딱하다가는 개천 속으로 떨어질 지경이다. 그러나 이 병모가지 같은 데를 얼떨결에 빠져 나서니 겨우 다리 하나를 격해서 여기는 별천지 같다. 양편 천변의 성북동 거리나 안암동 쪽이나 쓸쓸하니 듬성긋한 사람의 그림자도 대연 무심히 제대로 걸어가고 있다.

빈지를 들인 가게 터전 안을 지나며 보자니 골무대를 문 늙은이가 손주 새끼를 데리고 문전에 나와 앉아서 멀거니 피난민의 행렬을 바라보고 있고 하릅강아지가 비를 맞아 가며 가로 뛰고 세로 뛰다가 우두커니 서서 바라보곤 한다. 의순이는 짝 벌려진 문 안으로, 뜰에서 젊은 아

낙네가 오락가락하고 연기가 나고 하는 것을 힐끗 들여다보며 여기는 어째 이렇게 평화스러운가 싶었다.

비는 여기도 줄줄 오건마는, 마치 다리 건너에서는 소나기가 오는데 이쪽은 해가 쨍쨍이 든 것 같다고 생각하였다. 비는 멈칫하여졌다.

집에를 들어오니까 취원은 마루 끝에 앉았고 영감은 분합 안에 앉아서 무슨 공론인지 하고 있던 모양이다.

"아 왜 이렇게 늦었어?"

영감은 허둥허둥 일어서며 옆에 벗어 놓은 양복저고리를 급히 입는 양이 퍽 기다렸던 모양이다.

"지금 곧 떠나시는 거예요?"

"아니, 다시 나가 봐야 알어. 그동안 짐을 꾸려 놓으라구."

비 맞은 옷부터 갈아입으려 올라오는 아내와 바꾸어 영감은 구두를 신는다. 취원은 면구스러울 만치 가만히 선옥이의 거동을 눈여겨보고 앉았다. 의순이에게는 첫눈에 그것이 이상하게도 보이고, 그 냉소하는 듯한 몹시 할경하는 표정이 괘씸하기도 하였다.

"나 없는 새라두 정 급하거던 명동병원으로 가요. 내 일러 놓았으니……."

영감은 뜰로 내려서며 일렀다. 명색이 피난이지 당장 들어 닥치는 길목만 비켜서면 며칠 있다가는 다시 밀어내고 집으로 들어오리라는 생각이었다. 제일 안전하기는 호남이의 아현동 집으로 가는 것이나 취원이 어찌 알까 싶고 선옥 부인도 우기기가 거북해서 결국 병원으로 초점을 하여 두었던 것이다.

"그럼 나두 차리구 있을 테예요"

취원이 영감을 따라나서며 다지는 눈치가 함께 나서자고 의논이 된 모양이다. 마루에 올라선 선옥이는, 전에도 그랬지마는

"이건 무슨 꼴야? 똑 첩이었으면 알맞겠군!"

하고 코웃음 치는 낯빛으로 영감을 따라 나가는 취원이의 뒤를 흘겨보았다. 그러나 취원에게서 받은 할경하는 눈찌의 보복으로서는, 뒤통수를 흘겨보는 것쯤 아무것도 아니었다. 취원이 앞장을 서는 바람에 한 걸음 멈칫한 호남이가 올려다보며 생그레 웃는다. 선옥이도 마주 웃으며, 남자의 그 웃음이 무엇을 그렇게 시새느냐고 나무라거나 비양거리는 눈치 같아서 열적은 표정으로 입가가 뒤둥그러졌다.

영감을 내보내고 돌쳐 들어오는 취원은, 마주친 호남이에게도 모른 척하고 사랑채로 나가 버렸다. 그 뒤에 남은 것은 깜짝 놀란 듯한 싸늘한 공기뿐이었다. 호남이는 취원이 영감을 따라 나선다면 자기도 으레 같이 가려니 생각했는데 그 쌀쌀한 꼴을 보고는 끈 떨어진 망석중이가 되나 보다 하는 불안에 잠겼다.

호남이가 취원의 뒤를 따라 나가려는 것을,

"이거 봐요, 나 좀……"

하고 불러 놓고 급히 내려와서

"어떻게 된 셈요? 같이 영감 따라 나설 테요?"

하며 따진다. 선옥이는 커다란 불안에 휘감긴 표정이었다. 영감이나 취원이 한통속이 되어 자기만 따돌리는 것 같은 눈치인데, 호남이마저 그리로 붙어서 따라간다면 자기만 덩그러니 떨어지고 말 것이 무섭다.

"글쎄…… 의논이 어떻게 됐는지?"

호남이 역시 어정쩡한 소리를 하는 것이 한통속은 아닌가 싶어 선옥이는 우선 안심이 되었다.

호남이도 나가고 집안이 조용해지니까 대포소리가 다시 커닿게 들려온다.

3

피난 짐을 따로따로 꾸려 놓고 아이들과 밥을 먹으려니까, 영감이 들어와서 못 가게 되었다 하며, 사랑식구들을 불러들였다.

"차가 동이 나서 구하는 수가 있어야지. 작반하려던 사람은 뿔뿔이 흩어져 겨우 가는 모양이지만 하여튼 미군이 참전키로 돼서 출병을 했다니까 며칠 고생하면 되겠지."

취원에게 이렇게 들려주며 박영선이는 못 떠나게 된 것이 차라리 잘 된 양인 말눈치였다. 취원도 잠자코 듣고만 있다.

"그럼 어떡허시렵니까?"

호남이가 묻는다.

"그래도 오늘은 잠깐 피해야지. 한데 집은 우리 둘이 볼까?"

"아니, 염려 맙쇼. 제가 식모 데리구 있을께 어서들 가십쇼."

"취원은 어떡허려우?"

"난 사동으로 가겠세요. 영감두 그리 가시는 게 길이 외지구 깊숙해서 나을걸요."

취원이 끈다. 사동이란 소옥이 집이다.

"아무래두 좋지만……."

영감도 밤을 새우자면 그런 데로 가서 술이나 먹고 오래간만에 놀아 보려는 유혹에 끌렸다.

"그럼 의순이더러 아이를 데리구 가라죠 귀순 어머니 나하구 있읍시다. 안채를 아주 비웠다가 도둑이나 들면 어찌 하구."

선옥이는 남편이 취원이를 따라 가려는 말눈치에 심사가 난 듯이 이 소리를 하였다. 실상은 이런 말을 꺼내기가 낯간지러운 생각도 없지 않았으나 의외로 태연히 대담스럽게 나왔다.

"무슨 당치않은 소리야. 어느 때라구 아이들만 맡겨 놓구 어른이 없으면 어쩌잔 말요. 집은 최 군이 봐 준대지 않나."

영감이 펄쩍 뛰는 소리에, 취원은 입을 빼죽하며 선옥이를 눈을 치떠 보았다. 그러나 선옥이는 그 눈이 무슨 말을 하는가를 모르는 것이 아니면서도 모른 척하고,

"그야말로 어른이 빠지시면 어떡허라시는 거예요? 집은 지켜야지요 젊으신네와 늙은이만 맡겨뒀다가 잠이나 들구 도둑을 맞으면 어쩌라구." 하며 선옥이는 퐁퐁 쏘는 소리로 짜증을 내었다. 영감이 못마땅해서 짜증을 내는 것은 아니었다. 유난히 영감을 따른 눈치를 일부러 보이는 듯한 취원이 때문도 아니거니와 밀려오는 국군에 아들이 끼어있기나 한가 하고 애가 씌워서 그런 것만도 아니다. 호남이가 집을 지킨다니 함께 처져 있고 싶은데 그것이 마음대로 안 되어 짜증이 나는 것일 듯 싶으나 그것도 한 가지 원인일지는 모른다. 그러나 그보다도 이 여러 갈래의 감정에 휘둘려서 어떤 것이 제 본마음인지 갈피를 못 잡는 데에

짜증이 나는 것이었다. 그보다도 비밀의 기쁨보다는 괴로움이 더하고 체면이라든지 자식들 생각에 끌려서 마음을 다잡아 먹고 간신히 맑은 정신이 드는 판인데 호남이를 딸의 집에까지 보내서 도로 아미타불이 된 감정의 혼란을 자기 힘으로는 어떻게 정리를 할 수가 없고, 오랫동안 잠자던 본능에 불이 붙어서 전신이 오스스 떨리다가는 확확 달아오르는 오한과 고열이 맞장구를 치는 데 시달려서 나오는 비명이었다.

"애들아 나서라. 취원, 하여간 나서 봅시다."

영감은 저녁 생각도 없다고 올라오지도 않고 그대로 앞장을 서 나섰다.

"최 군, 수고 좀 해 주게."

마누라가 처지겠거든 처지라고 내버려 두었다. 경우로 말하면 자기가 떨어져 있어야 할 텐데, 병후에 몸도, 아직 깨끗지 못한 데다가 중앙 시론 사장이란 직함 때문만으로도 사실 조심을 해야 하겠으니, 자기 대신 아내를 남겨 두는 것이 인사에 옳다고 생각하는 것이다.

"자아, 부탁합니다."

취원은 실없는 목소리로 선옥이에게 한 마디 던지고 영감을 따라 나서는 것을 보고, 호남이는 어째 이 여자가 이렇게 돌변하였을까 하고 속으로 놀랐다. 박 사장과의 우의가 깊은 것을 아느니만큼 별안간 피난을 하게 되자 박 사장을 따라다니는 꼴이 수상해 보이기 시작하였다. 첫째 머리에 떠오르는 생각은

'인제는 월급도 제대로 나오지 못할 텐데……'
하는 협위였다.

그러나 선옥 여사는 태연히 마루 끝에 앉아서

"어서들 아버지 따라가거라. 난 나중에 가마."

하고 딸들에게 소리를 친다. 그것은 누구나 보기에 영감이 취원이와 나가는 것에 불평이 있어 그러는 것처럼 보였다.

"어서 나오세요. 어머니가 가셔야죠"

뜰에 나선 삼 형제가 오도 가도 못하고 재촉이었다.

"내 염려는 말구 어서 가세요"

호남이도 다가서며 눈으로 나무라는 눈치를 보였다. 그 말씨와 눈길이 몹시 냉랭한 데에 선옥이는 선뜻한 생각이 들며 정신이 반짝 나는 듯싶었다. 호남이는 실제 생활부터 생각하지 않을 수 없었다. 취원이 눈치도 보아야 하였다. 그러나 선옥이는 여학교를 갓 나온 처녀로 돌아간 듯이 순진한 어린 생각뿐이었다. 마음에 가득 찬 것은 다만 애욕뿐이었다. 덮어 놓고 노엽고 커다란 낙심이 앞을 가리우는 듯싶었다. 그러나 그 원망은 자기의 나이를 생각하는 것으로 간단히 화풀이를 하려 하였다.

정신을 차리고 나서려고 결심을 하고 나니, 저녁을 안 자신 영감의 밥상도 날라야 하겠고, 내일 아침부터라도 끓여 먹어야 할 식량이며 있는 반찬 나부랭이라도 꾸려 가지고 가야 할 생각이 비로소 났다. 귀순 어머니가 한 짐은 이어서 나르고 호남이가 두어 번에 질러서 자전거로 날라다 주기로 이야기가 되었다.

비가 뜸한 틈을 타서 두 패로 나뉜 식구들이 김 내과 병원으로 모였다. 불과 며칠 전에 퇴원한 이 병원이지마는 그래도 친구의 집이요 동사하는 사나이이니 만만해 좋았다. 그동안에 입원환자는 거진 다 빠져

나가고 방들이 텅텅 비었다.

　전에 입원해 쓰던 방은 영감이 싫다 해서, 층계를 올라서면 바로 맞은편 방에 채를 잡고 촛불을 켜고 모여들 앉아서 주인집에서 풍롯불을 올려 오고 밥상을 빌고 하여 식탁이 벌어졌다. 취원도 어두워 가는 거리에 나서니, 비는 부슬거리는데 혼자 떨어져 가기가 싫던지 영감을 따라 이리로 왔다. 영감이 좋아하는 양주병도 잊지 않고 넣어 가지고 와서 원장선생도 청해다가 취원과 함께 셋이 둘러앉아 대작을 하며 엉정병정 불안을 잊어버리려 하였다. 여관에나 든 듯싶고 놀이터에나 온 듯이 아이들은 신기하고 좋아서 들락날락 법석이었다. 바같은 비가 차차 세어 가는 모양이나, 두 번째 짐을 나른 호남이가 그래도 간다고 나섰다. 선옥이는 시중을 들랴 가는 사람을 배웅해 보내랴 바빴다. 취원은 여전히 눈치를 살살 보고 앉았는 모양이다. 그까짓 것 아무래도 좋다고 선옥이는 퍽 대담하여졌다.

　선옥이는 술시중을 들다가 옆에 맥맥히 앉았기가 싫어서 장지 하나를 새에 둔 옆방으로 건너와 캄캄한 속에 딸이 어린 것을 재우느라고 누웠는 곁에 잠깐 누웠다. 날이 어두면서부터 세차진 폭격소리는 점점 더 크게 들리며 쉴 새가 없이 콩 볶듯 하는 속사포 소리를 휩쓸어 가는 듯하다. 비는 그대로 좍좍 내리 갈겨서 낙수가 폭포같이 철철 쏟아졌다.

　"조 서방은 잘 들어오기나 했을까?"

　"들어왔겠죠. 허지만 집들이 성하기나 할지요."

　어린 아이는 처음 겪는 일이라 다만 어리둥절하여 무서운지 어쩐지 얼떨하였다.

"저녁을 지어 놓구 나오지를 않아서……."

"아랫방에 한 그릇 부탁은 해 놨죠만, 어쩌면 원남동으로 들어가지나 않았는지……."

"밀려들어 온다면 어쩌면 오래비두 지날 길에 집에 들를지도 모르는데……."

모친의 걱정은 다시 아들의 신상으로 갔다.

"어머니는 꿈같은 소리두 하슈. 싸우다 말구 어떻게 혼자 떨어져 집에를 들어가겠세요"

하지만 전쟁이라기보다도 아이들의 병정재끼같이 생각이 들어서 그런 여유도 있을 것 같고 설마 죽기야 하랴 싶었다.

"어머니 좀 나가 보세요 아주 새빨가니 불바다예요, 무시무시해!"

난간에 나서서 구경을 하던 의영이가 뛰어 들어오며 소리를 친다.

"의경이는 어디 갔나?"

"밖에 있에요"

선옥이는 일어나서 옆방으로 시중을 들러 다시 가려던 길에, 막내딸을 찾아 덧문(아미도)을 열어 놓은 저편 구석으로 가 보았다. 의경이와 의순이의 집의 아이보기년이 나란히 섰는 저편에서 흰 와이샤쓰 바람의 남자가 역시 덧문 한쪽을 밀치고 내다보고 섰는 것이 희끗 띄었다.

밖은 빗줄기가 좍좍 퍼붓는 사이로는 뻘건 불길이 연달아 번쩍번쩍 치솟으며 쾅쾅 대포 터지는 소리가 지동 치듯 난다.

"어머니 어디쯤 될까? 원남동은 아직 멀었지?"

"글쎄……언니 집 근처는 아닐까."

선옥이가 가만히 대꾸를 하며 다시 컴컴한 속에 섰는 남자를 바라보자니까,

"네, 거기쯤 되지만 포는 아직 미아리 저쪽에서 넘어오는 걸 거예요." 하고 아는 체를 한다.

"아, 어째 이때껏 안 가셨우?"

첫눈에 몸매로 보아 호남이가 아닌가 하는 짐작이 들었지마는, 선옥이는 깜짝 놀라며 그리로 발을 옮겨 놓았다.

"이 비에 갈 수가 있어야죠. 나가다 도루 들어와서 술좌석에 들어가 기두 싫구 하기에……."

둘째 번으로 쌀자루와 밥 지어 먹을 제구를 날라다 주고 간 호남이가 다시 들어와 섰을 줄은 몰랐다.

"이쪽으로 올 바에야 괜히 나섰어. 역시 아현루나 나갔더면……."

선옥이는 이런 소리를 하면서도 아까 집에서 나올 제 호남이가 쌀쌀히 굴던 그 표정이 떠나지를 않아서 이만쯤 떨어져 섰었다. 남자는 잠자코 섰다가

"아깐 아이들이 보는 데기에 괜히 그랬지만……."
하고 한 걸음 다가서며 거진 귀에다 입을 대고

"자꾸 나하구 집을 보구 있겠대면 어째요. 누군 눈치 없나!"
하며 마음을 풀어 주려는 듯이 소곤소곤 변명을 하였다.

"아무려면 어때! 경우가 혼자 맡겨 두구 나가지 빠져 나올 수가 있어야지. 누가 보기두 두 집 식모가 있겠다. 이상하게 볼 일두 따루 있지……."

저편에서 아이들이 들을까 보아 입속에 넣고 하는 말이 빗소리에 곁에 선 사람에게도 겨우 들렸다.

"에이 춥다. 들어가자."

의경이의 소리가 나며 검은 조그만 그림자가 난간에서 얼찐 하고 떨어져 가니까 애보기년도 뒤따라 사라졌다.

"추시지 않우?"

노염이 풀린 선옥이는 명치께서부터 따뜻한 김이 치밀어 오르며 목구멍이 홧홧해지는 것을 깨달으며 남자의 벌겋게 내놓은 팔을 내려다보았다. 어느덧 소리 없이 손길과 손길이 마주 찾았다⋯⋯. 펑펑하고 터져 오르는 불김이 발[簾]을 늘인 듯한 빗줄기에 가려서 아물아물 멀어져 가는 것 같다. 남자의 벗은 발이 여자의 버선 위를 사뿐히 누르는 감촉에 전신에 부르를 떨리었다. 캄캄한 속에 하얀 그림자가 하나로 움찔하며 오뚝 섰을 뿐이었다.

"아, 컴컴해, 어디 불빛이 어때? ⋯⋯."

4

복도로 나서는 취원의 약간 혀끝이 도는 듯한 목소리가 멀리서 나며 이리로 오는 발자취가 가까워지자, 짝 갈라진 두 그림자가 저편 모퉁이를 돌쳐서 사라졌다. 선옥이는 영감 방으로 돌아서며,

"약준 그만하시구 진지를 좀 뜨시죠."

하고 식은 찌개 그릇부터 들고 나왔다. 저편 복도에는 아까 주인집에서 빌려 올려온 풍로에서 주전자 물이 씩씩 소리를 내며 끓을 대로 끓고

있다.

"아, 밥 쥐요. 어딜 갔습디까?"

자리에는 원장도 취원이 뒤를 따라 나가고, 혼자 오두머니 쓸쓸히 앉았던 영감이 몽롱한, 취안으로 멀뚱히 치어다본다.

충천한 주홍빛 화광 속에서 반짝반짝 불똥이 연달아 튀는 것은 기관총탄이 날으는 것일 것이다. 연기가 서리지 않고 저녁놀처럼 시뻘겋게만 퍼진 것을 보면 불이 난 것은 아닐 거요 연달아 폭발하는 포화가 끊이지를 않기 때문이다. 빗줄기는 가늘어지고 소리도 좀 줄어들었다.

"호오, 그 장관인걸!"

한잔 김에 기가 커진 김 원장은 온종일 조바심을 하던 것은 잊은 듯이 호기스럽게 이런 소리를 한다.

"이 양반이 취했나? 망녕인가? 서울이 불바다가 돼두 그런 소리 하시겠우?"

취원이 핀잔을 주니까 원장은 껄껄 웃어 버린다. 그건 어쨌든 간에 취원의 머릿속에서는 딴생각이 아물아물하여 거기에 정신이 팔려 있다.

박 사장 부인이 아까 옆방에서 나가는 기척이 났었는데, 아이들도 없는 복도에서 무얼 하다가 피해 갔기에 숨바꼭질을 하듯이 돌아가서, 지금 저기 풍로 앞에서 꿈질거리고 있는구? 어쩐지 이 근처에 사람의 온기가 그저 서려 있는 것만, 같다. 그 비에 호남이가 갔을까? ……어느 구석, 컴컴한 속에서 저의끼리 만나 이야기를 하다가 들키게 되니까, 뺑소니를 쳐 간 것만 같은 생각이 들자, 마치 사냥개처럼 이 근방의 냄새나 흥흥 맡듯이 숨을 들이마시며 쪼르를 저쪽 복도로 돌아나갔다. 촛

불이 훤한 방문 앞을 지나며 돌려다 보자니까,

"어딜 가? 이리 들어와요."

하고 영감이 말을 건다.

"네, 들어가요."

취원이 대꾸를 하며 층계로 급급히 내려가는 것을 보고, 선옥이는 코웃음을 쳤다. 그것은 둘의 노는 양이 우스꽝스럽고 보기 싫어서도 그런 것이지마는, 한편으로는 취원이 몸이 달아 하는 것을 보고, '네 아무리 그래두 소용없어!' 하는 수작으로 비밀의 쾌감과 감쪽같이 속이는 데 재미가 나서 웃는 것인지도 모르겠다.

동시에 입술에 남은 남자의 감촉이 전신에 퍼지며 화끈 다는 것을 깨달았다.

선옥이가 펄펄 끓는 찌개 냄비를 들고 일어서려니까, 대포소리가 우지끈하며 꼭 뒤에서 떨어지는 듯싶었다. 그러나 앉았는 영감은 어깨가 움찟하고 고개를 오지라뜨렸으나, 선옥이는 태연히 뜨거운 것을 가져다 놓을 수 있었다. 흥분이 덜 식은 이 여자의 혈관은 굵다랗게 부풀어 올랐고 신경은 그만큼 튼튼하였다. 무서운 것이 없었다.

영감의 시중을 들고 숭늉 만들 물을 뜨러 나가려던 선옥이는 층계 중턱에서 주춤하였다.

"……뭐야 대포소리를 들으면서두! 그 무서운 불빛을 바라보면서두! 매우 운치가 좋던 게지? 냄새를 피우는 괭이새끼들 모양으루, 폭탄이 발등에 떨어져야 정신이 나겠는감? ……"

하며 취원의 소곤대는 소리가 캄캄한 속에서 들려온다. 선옥이는 오도

가도 못하고 층계 중턱에 가만히 귀를 기울이고 섰다.

"……나이 아깝지. 그년두 늙은 게, 사위를 보구 며느리를 뒤두 두엇 거느릴 게, 자식은 어딜 가서 다릴 뻗었는지는 알 수 없는 이판에 영감을 곁방에 앉혀 놓구……그렇게 말하면 요 조착머리야 내가 눈을 뜨구 당장 여기 있는데!"

남자의 뺨이라도 쥐어뜯는지 옆구리를 꼬집는지 손길이 툭탁거리고 부스럭대는 기척이 난다.

"이거 왜 이래? 글쎄 누가 어쨌다구 이러는 거야."

하고 남자의 떨어져 가며 짜증을 내는 소리가 소곤거린다. 남자의 맨발로 걸어가는 찰싹찰싹하는 발자취, 뒤쫓는 여자의 기척, 옷 스치는 소리가 뚝 끊기더니 캄캄한 속에 또드락소리도 아니 난다. 선옥이는 궁금증이 나서 가만가만히 내려갔다. 둘이 꼬집고 비틀고 엄살을 하고 한참 북새다가 한편이 픽 웃어 버리면 그대로 얼싸 안고 화해가 되어 버린다는 말을 식모들의 입을 거쳐서 들은 것이 있는지라, '그년이 늙은 게.' 어쩌고 한 분하고 뜨끔하고 한 생각은 잊어버리고 질투가 와락 나는 것이었다. 그러자 두어 층계쯤 남겨 놓고 불이 확 들어왔다. 반사적으로 선옥이는 통통통 발소리를 내며 내려섰다. 바로 비스듬히 맞은편 훤한 마루 저쪽으로 놓인 장의자에 앉았던 두 그림자가 팔깍지를 풀며 덴겁을 하여 일어나서 멍하니 이쪽을 바라본다. 선옥이는 흘긋 보고 외면을 하며 불빛이 환히 비친 진찰실로 들어갔다.

'……대포소리를 들으면서두……폭탄이 발등에 떨어져야 정신이 나겠는 거야? ……'

하던, 당장 들은 취원이의 말을 속으로 뇌어 보았다. 그러나 아무 탄할 권리가 없는 것이 분하였다.

손 씻는 터전에서 물을 받아 가지고 나오며 보자니 쓸쓸한 현관 안 너른 마루에는 전등불만 흐릿이 내려다보고 아까 그 장교의는 소리 없이 꺼멓게 놓여있을 뿐이다.

이층에를 올라오려니까 취원은, 어느 틈에 원장과 술을 부어 놓고 마주 앉아서 무슨 말끝인지

"난 영감이란 귀찮어. 다 늙게 또 무슨 영감일꾸. 싫어 듣기 싫어!" 하며 강주정을 하고 있다가, 물주전자를 든 선옥이를 독살스러운 눈으로 말끔히 노려본다. 그 눈이 무서웠다. 남자들은 취중이라, 취원도 주기가 있어 그런 눈이거니 생각하였는지 모르나, 누가 보든지 예사롭지 않은 눈이었다.

'아니꼬운 년! 저는 우리 영감한테 어쨌기에! 내가 어쨌다는 거야?'

선옥이도 피로하고 흥분한 머리에 발끈하였다. 그러나 속으로만 맞서는 것이었다. 물주전자만 들여놓고 모른 척하고 옆방으로 들어가서 아이들이 불이 들어왔다고 좋아서 수선들을 피는 것을 몰아대어 그 틈에 누워 버렸다. 아무리 생각해도 아까 층계에서 들은 말이 분해서 속이 보깨었으나 마음에 찔리고 낯이 뜨듯도 하였다. 빗소리는 다시 세차졌다.

'비는 또 쏟아지는데 잘 가기나 했을까? ……'

그래도 생각은 호남이에게로 갔다. 이 우중에 포탄 속을 뚫고 들어가는 호남이가 대담하고 용하다고 생각하였다. 뒤따라 둘째놈의 생각이

떠올랐으나,

'설마 이때껏 어름거리구 있을라구……'

하며, 아무쪼록 그렇게 믿으려고 애를 썼다. 그래야 자기 자신에 대해서라도 변명이 되겠기 때문이다. 이십 년 길러낸 자식보다도 엊그제 만난 남자에게 더 마음이 씌우는 것이 죄로 갈 것 같아서 괴로운 것이다. 그러나 자식을 버리고 나서는 사람도 있지 않은가? 하고 언젠가 본 신문기사가 생각나서 그 여자의 심정을 궁리해 보는 것이었다.

'그는 고사하구, 나하구 헤져 나려가는 그 길루, 아무리 같이 사는 터이지만 그 입술루 당장 그년과……'

아까 전등불이 들어올 때 보던 광경이 머리에 떠오르며 어떤 것이 진짜인구 싶어 질투가 무럭무럭 또 타오른다. 자기 품속에서 끓어 오른 열정과 흥분이 그대로 그년에게 옮겨간 것을 생각하면 취원에게 모욕을 당한 것보다도 분하고 아깝다.

그러자 또 한 가지 망상이 아물거리며 눈앞에 떠오른다. 귀순 어머니가 남자와 마주치면 생긋 웃으며 수줍어하는 표정이다. 저번 날 밤에 모과통을 뜯어 내보냈을 때 거레를 하고 아니 들어와서 속이 달던 것처럼 어떻게들 자누? 하는 걱정이 불현듯이 나는 것이다. 취원이란 년은 어째 그런 데는 대범하고 등한한구? 하는 원망도 난다.

별안간 바로 앞 전선대에 벼락이나 치는 듯한 소리가 나며 불빛이 확 하고 비친다. 떠들던 아이들 소리도 뚝 끊긴다. 원장이 복도로 나가 보는 기척이더니 잼처 또 폭발하는 소리가 우지끈하며 집이 울리는 것 같다.

"밤의 불빛이니까 그렇지만 을지로 사가께 떨어지나 보군. 영감 지하실루 나려갑시다. 파편이라두 날라들면……."

하며 원장은 아래에다 대고 누구를 부르는 소리가 난다.

"여보 지하실루 나려갑시다."

영감은 일어서는 길에 이 방 후스매[장지]를 열어 보았다.

"예, 어서 나려가세요."

마누라는 누운 채 대꾸만 하고,

"애들아, 아버지 모시구 나려가거라."

하며 작은딸들에게 일렀다. 큰딸은 아이를 끼고 잠이 들었다.

"인젠 늙으셨군. 그만 술에. 내 손을 잡으세요."

영감이 층계에서 발을 비끗하니까 취원이 웃으며 손을 내준다.

"업어는 못 줄까? 아, 앓구 난 사람이니까."

영감은 웃으며 취원의 손을 잡았다. 급해서 쫓겨 가는 사람들이라기보다도 놀이터에 온 사람들 같다. 귀를 기울이고 누웠는 선옥이는,

'아무려면 제 수에 넘어갈 줄 알구!'

하며 코웃음을 쳤다. 취원은 아무쪼록 영감에게 따르는 눈치를 보여서, 저편에서 트집을 걸어오면 욕을 보여 주자는 수단같이 보이는 것이었다. 그러나 취원 자신부터 오랜 정리에 영감에게 그렇게 하는 것이 좋아서도 그런 것이지만, 영감은 영감대로 마음에 드는 것이었다.

5

하룻밤을 대포 소리와 함께 밝히느라고 몸은 파죽음들이 되고, 탱크

소리에 귀가 징 하니 얼떨하면서도 무사히 햇발을 보게 된 것만 다행하여 집안은 위아래가 잔칫집 같고 초상집같이 뒤법석이었다. 더구나 호남이가 달겨들어서 종로 사가와 을지로 사가의 군데군데 상한 것밖에는, 아무렇지도 않다는 말에 전쟁은 끝난 것같이 얼굴에 생기들이 돌았다.

뒤미처 비행기소리가 요란히 나는 것을 듣고는 간밤의 수원 방송과 같이 벌써 미군을 날라 오는 것이라고 어른아이가 뛰어 나가서 환호를 하였다. 생각하였더니보다 전쟁이란 이렇게 헐한 것인가 싶었다. 영감이 비행기소리에 뛰어 나가는 아이들을 말리며 야단을 치는 것을 보고 선옥이는 눈살을 찌푸리며,

"무얼 그렇게 겁을 내세요"

하고 핀잔을 주기까지 하였다. 동리가 다 쓸어 나간 빈집을 지키고 나서도 적진을 뚫고 달겨든 호남이의 담이 차고 생기가 도는 얼굴을 바라보며, 늙은이란 하는 수 없다는 멸시하는 생각도 들었다.

"내가 겁쟁이래? 저게 적기든 미국 비행기든 언다 기총소사라도 할지 누가 아나."

영감이 뜰을 내려다보고 역정을 내며 내외가 말다툼을 하는 곁에서 취원은 생글생글 웃기만 하였다. 그 말이 떨어지기가 무섭게 잠잠하던 대포소리와 속사포소리가 등 뒤의 남산과 한강 쪽에서 줄달아난다. 대공포와 추격전이나 시가전이 일시에 빚어진 모양이다.

"시가전야 없겠지만 우리두 빨리 서둘러야 하겠는데……."

원장의 얼굴에도 불안한 빛이 떠올랐다. 이렇게도 허무하게 서울이 적군의 손에 넘어간 것을 보면, 당장 살육이 날 것이니 박영선이도 초

조하기 짝이 없다.

"어떡했으면 좋을까?"

역시 호남이에게 의논하는 수밖에 없었다.

"아직야 어떻겠습니까만 제 집으루 우선 가실까요?"

"아직이 뭔가? 첫째 착수가 제 소위 반동분자의 숙청 아니겠나."

좌익을 호들갑스럽게 쳐 오던 중앙시론 사장이면야 어느 빨갱이의 눈에 띄든지 가만둘 리는 없다. 호남이는 저녁때 오마 하고, 취원과 먼저 가 버렸다. 영감이 자리를 아니 뜨니 식구들도 고단하고 길에 나가기가 서먹해서 위선 한잠들 자기로 하였다. 지하실을 장을 대고 모여 들었던 남은 환자들의 가족들과 친지들이 뿔뿔이 헤어져 간 뒤로는 그 넓은 집이 텅 비고 파제삿날 모양으로 쓸쓸하였다.

오정이 넘은 뒤에 아래서 놀던 아이들이 눈에 휘둥그레서 뛰어올라오며,

"인민군이 들어왔어!"

하고 서두는 통에 잠깐 법석이 났었다.

장교인지 뭐시껭인지 아래위층을 한 바퀴 돌아보고 나가는 동안 영감은 환자 모양으로 이불을 뒤어쓰고 누웠었다. 벌써 이 집 저 집 큰 건물을 뒤지고 다닌다는 소문이요, 천주교장도 점령하였다 한다. 오늘 새벽종까지는 치는 소리를 들었는데, 오정종도 다섯 시 종도 들리지 않는 것은 더 쓸쓸하였다.

저녁때 다 늦게야 호남이가 와서 길이 쓸쓸하고 경계가 엄중하니 내일 떠나는 것이 좋다 하여, 여기서 또 저녁을 지어 먹기로 하였다. 피난

민 신세의 맛을 처음 보는 쓸쓸한 저녁 끼니였다. 예서 제서 종소리가 땡땡 나는 불안한 하룻밤을 바깥 눈치만 살피며 또 새웠다.

이튿날 호남이가 귀순 어머니를 데리고 와서 식구들 먼저 보내 놓고, 영감은 호남이를 따라 아현동으로 나갔다. 어제 보러 나왔던 길에 일러 놓은 대로 건넌방을 말끔히 치워 놓고, 오늘은 옥인동 저의 집에 가 있던 경애도 궁금하다고 와 있었다.

"응, 잘 있었니."

영감은 신산한 중에도 장래며느리의 인사를 자상히 받았다. 그러나 영감을 건넌방에 들여앉히고 저희끼리만 안방에서 소곤거리더니, 호남이가 당황히 건너와서,

"이거 미안합니다만 다시 자리를 옮기서야 할까 봅니다."

하며, 김난이 이야기를 꺼내는 것이었다.

"허어! ……."

영감도 놀랐다.

"그 어쩌다 그런 애하구 한 방에 있었더란 말인가?"

"공교하게도 김난이란 애가 큰 자제와 아는 새랍니다그려. 그지간 내력은 알 수 없으나, 요즈막에야 김난이 입에서 그런 말눈치를 듣고 짐작이 났답니다그려."

영감은 경애를 불러서 자세한 내용을 물어보려 하였으나,

"그건 차차 아시게 되겠죠 그 애가 요새는 어디 가 틀어박혔는지 모르지만, 짐두 여기 그대루 있구 하니까, 옷을 갈아입으려두 불쑥 달려들지 모른답니다. 선생께선 모르셔두 그 애는 알아볼지 모르니까, 어서

나서시죠"

하고 재촉이다.

"그래 어디루 가란 말인가?"

나서는 길로 몸담을 데가 없어 이리 쫓기고 저리 쫓기는 설움을 당장 받는 것이 화가 났다.

"현저동에 제 이모댁이 있는데 생각해 보니 게가 예보다두 좋을 겁니다. 방세두 있구요"

이모부는 안성서 첩 데리고 살고 자식들 공부시키러 올라와 혼자 사는데, 이번에 올라왔다가 길이 막혀서 못 내려가고 있다 하면 동리에서 알아도 좋고 하니 가거든 이모부 행세를 하고 있으라는 것이다. 호남이댁이 의사를 내서 남편의 고의적삼과 입던 모직 홑두루마기를 가지고 와서,

"이걸 입으시는 게 어때요 촌영감님처럼 차리시는 게 좋을걸요"

하는 것도 그럴듯하여 양복을 벗고 갈아입고 나섰다.

현저동 호남이의 이모집이라는 데는 중학교 사년생을 맏이로 고만고만한 사형제와 식모를 데리고, 여섯 식구가 살고 있었다. 사십 남짓한 촌아낙네가 메떨어지고 수줍어하는 품이 직실스럽기는 하나, 아무리 한때 속임수로라도 박영선 영감이 이 아낙네의 남편이라고 해서 속을 사람은 없을 것이다. 하여튼 건넌방을 치우고 영감은 들어앉았다. 방이 넷, 아이들 방을 내놓고도 아래채로 또 하나 여유가 있었다. 빈촌에 듬쑥히 들어앉으니 인제야 마음이 놓이고, 이 집이 갓 떠나와서 동리상종도 별양 없을 뿐 아니라, 빈촌이건마는 빨갱이가 드세지는 않은 경지의

전통을 그대로 지키는 동리라 한다.

저녁때 선옥이는 식모에게 당장 먹을 찬가지며 잔 세간을 이어 가지고, 금침을 싣고서 자전거로 먼저 온 호남이와 독립문께서 만나서 들어왔다.

무슨 조사가 나오더라도 건넌방 손님을 시골서 온 영감이라고 하라는 말에 귓바퀴가 발개지던 주인댁은 선옥이의 곱다란 색시 같은 얼굴과 차림차리에 머줍어도 하고 좋은 기색은 아니었다.

귀순 어머니와 호남이를 돌려보내려는 것을 보고,

"왜, 늦기 전에 가 봐야지 않구?"

하며 있어 주는 것이 좋으면서도 물으니까,

"나 있는 게 성이 가셔요? 시중은 누가 들라구."

하며 선옥이는 웃는 것이었다. 집에는 사위가 마침 들렀기에 돈암동으로 갈 것 없이 당분간 있으라 했으니 염려 없다는 것이었다. 가지고 온 헌옷을 갈아입고 나서서 방을 다시 치우고, 찬거리로 찌개를 끓이고 하는 것이 좋을 뿐 아니라 낯설은 집에 와서 맥맥히 앉았는 판에 적이 위안이 되었다. 선옥이 역시 이 험난한 세상에 아무리 호남이의 이모집이라기는 하여도 생판 모르는 집에 영감을 떼내 보내 놓고는 가엾은 생각이 들고 마음이 안 놓이기도 하지마는, 이상히도 남편이 그리운 생각이 드는 것이었다. 오랜 병 끝에 만나서도 그 북새에 한가히 지낼 새도 없거니와, 호남이에게서 받는 자극이나 정열의 여파가 부지중 남편에게로 향하여 흘러가는 그런 이상한 정서와 심리작용을 느끼는 것이었다. 호남이를 생각하다가는 남편의 품에 안기고 싶은 충동을 느끼는 것이었다. 그것은 다만 욕정이었다. 집에서는 그런 일이라고는 없는 단둘이만 겸상을 받고 앉으니 신혼여행이나 온 것 같은 생신한 기분도 돈다. 영감에 대한 정리로나, 남편을 속인다는 양심의 가책을 일깨는 것이 싫어서도 호남이 생각은 말자면서도, 호남이를 생각하면 자연히 흥분이 되고 그 흥분이 남편에게로 쏠려서 좋기도 한 것은 이상한 일이었다. 그런 때의 자기의 표정이 영감에게는 무심코 생생하니 고와 보여서 마음에 드는 눈치인 것도 좋았다. 이틀 동안 앞에서 잔시중을 들고 점심 후에는 낮잠이나 자고, 별로 하는 일이라곤 없었으나 심심한 줄도 모르고 지냈다. 자기가 생각해도 집안에서 아이들이 곁에 있고 이것저것 집안 일에 분주히 돌아다니던 때보다는 기분이나 마음이 퍽 젊어진 것 같고 영감도 그런 것을 느끼는지 만족한 눈치였다. 그동안 아들들의 이야기가 나오기도 하였으나 그런 것으로 마음을 흐리게 하기가 싫어서 깊이 들어가 건드리기를 서로 피하였다. 호남이가 오거나 해서 마음을 휘저어 놓거나 기분을 덧들여 놓지 않은 것도 다행하였다. 그러나 이튿날 저녁때 옷을 갈아입고,

"내일모레 새 또 올께요"

하고 인사를 하면서, 머리에 떠오르는 것은 집안이 그동안 어찌되었나? 하는 궁금증보다도 호남이가 무얼 하고 들어앉았나 하는 생각이었다.

침입자

1

"앗, 그동안 어딜 가 계셨어요?"

대문을 열자 코가 맞닿을 듯이 딱 섰는 이 집 큰아들 상근이를 보고 귀순 어머니는 놀라면서도 그래도 반갑게 웃어 보였다.

"문은 왜 닫구 있우? 무서워서? 도둑놈이 들어올까 봐서?"

비꼬면서 훌뿌리는 소리다. 아무리 제 붙이가 아니기로 이것이 석 달 넉 달 만에 만나는 사람의 인산가 하고 귀순 어머니는 뽀로통해졌다.

"어머니! 큰오빠……."

제일 귀해 하던 둘째누이 의영이가 건넌방에서 소리를 치며 뛰어나왔다.

"애, 왜 이리 서두니? 죽었다 살아온 거 아니구……."

상근이의 입가에는 쌀쌀한 웃음이 인사 대신으로 비껴 나왔다.

"이게 웬일이냐?"

안방에 누웠다가 기절을 해서 뛰어나온 모친의 목소리에는 울음이 섞였다.

상근이는 모친의 얼굴을 잠깐 치어다만 보고 마루 끝에 걸터앉았다. 나갈 제 입은 곤색 세비로는 어떡하고 국방색 바지에 꾸깃꾸깃한 와이샤쓰를 팔을 둘둘 말아 걷어 입었다. 신고 나간 마카오 구두도, 흙투성이가 된 운동화로 바뀌었다. 그보다도 달라진 것은 눈자위였다. 실심한 듯 방심한 듯하면서도 몹시 노려보는 정나미가 떨어지는 사기가 찬 눈이었다.

"애기나 시원히 하려무나. 그래 어딜 가 갇혔었더란 말이냐?"

어머니는 반가우랴, 쌀쌀히 구는 것이 밉기도 하고 무섭기도 하여 복받치던 눈물이 저절로 막혔다.

"아닌 게 아니라 갇혔다가 풀려나온 셈이죠. 인제야 겨우 숨을 쉴 세상이 됐으니까."

그래도 동생들이 반가운지 죽 나와 섰는 세 누이를 차례차례 돌려다 본다.

"어쨌든 어서 올러오너라. 그래 어디서 오는 거냐? 대구 있었니?"

"대구? 아직 대구까진 밀구 못 나려 갔으니까 올라오다간 국군놈들헌테 맞어 죽었게요."

코대답이다.

"그 왜 맞어 죽을 짓을 하구 다니라던?"

모친은 둘째아들 생각이 나서 입바른 소리를 쏘고 말았다. 아들은 잠자코 옆에 섰는 어머니를 무서운 눈으로 쏘아보다가,

"아, 광근이 총대 매고 배낭 지고 명예의 출전을 했겠군요. 흥!"

또 비꼬는 소리를 한다.

"어쩌자구 이러는 거냐? 내가 무슨 죄가 많아서 너희들이 이런단 말이냐? 그래 너희들이 만나면 어쩔 테냐? 설마 서루 죽이려 들진 않겠지?"

모친은 울상이면서도 대드는 소리를 하였다.

"그때 가 봐야 알죠. 손을 들면 무사할 것이구……."

또 코웃음을 치고 담배를 꺼내 붙이며,

"한데, 아버진 어디 가셨세요?"

하고 묻는다.

"어딜 가셨을 듯싶으냐? 이 속에 계시다간 말라 돌아가시게. 널 찾느라구 산지사방으루 얼마나 앨 쓰시구 노심초사를 하신 줄 아니."

부친의 애정을 일깨줌으로 조금이라도 따뜻한 자식의 정이 들도록 하고 싶었다.

"찾언 뭘해요. 그래 강을 건너가셨단 말예요? 호랑이굴엘 찾어 들어가신 셈이지. 예나 계셨다면 좋았지. 자식 덕이나 정말 보시는걸."

"말을 해두 왜 그렇게 하니? 넌 에미 애비두 모른단 말이냐? 애 빌자. 저 머리를 어떡허니? 뭣에 씨우지 않구야 저럴 수가 있단 말이냐."

아들이 올라오려지도 않는 기색에 선옥이는 그 자리에 주저앉아서 또다시 울음 섞인 소리로 한탄을 한다. 뒤에서 누이들의 훌쩍 우는 소리가 난다.

"애 보기 싫다. 뭐 땜에 우는 거냐. 오! 오래간만에 돌아온 오래비면 비행기를 타구 미국 화장품에 마카오 양복감이나 실어다 줘야 할 텐데!"

"어째 우지를 않겠니. 저 지경이 된 네 꼴만 봐두 기가 막힌데, 단 형제 있는 오래비가 서루 죽이려구 으르렁대구, 집엘 못 붙어 있는 아버지를 그 꼴 잘됐다는 듯이 빈정거리구……너 하나 때문에 이게 무슨 난가냐? 생각을 좀 해 보렴. 네가 요담에 자식을 나서 이지경이면 네 맘은 어떨까 생각을 해 봐."

모친도 그만 울음이 터져 버렸다.

"무슨 지경이 돼서 걱정이란 말애요? 손톱 밑에 가시 드는 줄은 알아두 염통 밑에 쉬 스는 줄은 모른다구, 그 염통 밑의 쉬를 죽여 버리려구 대수술을 하는 거예요. 아프구 괴로워두 조금만 참아요. 죽어 가는 목숨을 건져야죠."

"흥, 네 말 좋다. 어디 염통이 썩었다던? 섣불리 수술을 한다구 염통을 찔러서 생목숨을 잡으니까 걱정이다."

아들이 말이 막히는지 먼 산만 쳐다보고 앉았는 틈을 타서,

"얘, 다시 한 번 빌자. 너두 정신을 차리구 마음을 고쳐먹을 생각을 해 주려무나. 아버지가 평생을 바쳐서 허덕이며 너희들을 길러 놀 제 이 꼴을 보자구 길렀겠니? 아버지는 벌써 한 고개 넘어서서 골골하시구 이 집을 맡을 사람이 누구냔 말이다. 그건 고사하구 아무리 주의 사상이 다르기루 부모형제의 정리야 남았겠구나? 제발 어서 올라와서 네 본정신을 가지구 집안 식구답게 얘기라두 하자꾸나."

하고 달래보았다.

"정리를 생각하구 아버니가 걱정이 돼서 이렇게 다시 기어든 거 아녜요. 아버지부터 정신을 차리구 생각을 고쳐 잡숫구 다시 나설 도리를

차리시라세요. 그렇지 않구는 살길이 없는 걸 어째요."

어머니는 귓구멍이 막혀서 아들의 야윈 곁뺨을 멀거니 치어다만 보고 앉았다.

"인민군이 들어올 때까지 병원에 계신 걸 아는데 어딜 가셨단 말예요? 그러질 말구 어서 나오셔서 자수(自首)를 하던지 해서 협력을 하시라구 하세요. 그래야 나두 좋구 아버지두 살 도리가 나서지, 이 기회를 놓쳤다가는 다시는 어쩌는 도리가 없을 거니까……."

인민군이 들어올 때까지 병원에 있었다는 말에 모친은 깜짝 놀랐다. 서울 바닥을 뱅뱅 돌며 일동일정을 노려보고 있었던가? 호남이집에 경애와 함께 있었다는 학생애가 상근이와도 아는 빨갱이 계집애라니 그 편으로도 염탐을 하려면 했겠지마는 그렇다면 도대체 경애부터가 한통속은 아니었던가? 이런 데까지 의심이 든다. 아니, 그보다도 병원으로 피난 갔던 이튿날 낮에, 괴뢰군의 장교라는 것이 병원에 들어와서 한 바퀴 휘돌고 나간 것이 이 애가 시켜서 망을 보고 갔던 거란 말인가? 주마등같이 도는 생각에 선옥이는 몸서리가 쳐졌다. 이놈이 정녕 아버지가 피신한 데까지 알고서 떠보는 것인 듯도 싶다.

"무슨 죄가 있어서 너 아버지더러 자수를 하시라는 거냐? 너 아다시피 너 아버지가 무얼 잘못하구, 심보가 어때서 마음을 고쳐먹어야지 그렇지 않으면 어떻게 된다는 건가 어디 시원스럽게 말을 해 봐라."

말소리는 더 덧들이지 않으려고 종용종용하나 대드는 어기였다.

"만날 얘기해야 어머닌 모르세요. 아버지 뵙구 얘기하죠."

상근이는 탁 뿌리치는 소리를 하다가 부친의 이야기 끝에 생각이 났

는지,

"아 참, 최호남이! 그 앤 어디 갔세요? 그저 저기 살겠죠?"

하고 턱짓으로 사랑채를 가르친다.

"그저 있지. 왜?"

선옥이는 눈을 반짝 치떴다.

"왜가 아니라, 그따위 썩은 고깃덩이들은 쓰레기통으루 다 쓸어 넣야 해요."

하고 상근이는 발딱 일어난다. 모친은 이놈이 사랑채로 나가려는가 하고, 깜짝 놀라서 붙잡으려고 함께 화닥닥 일어났다. 그러나 멈칫 서는 것을 보고 마음은 놓이면서도 가슴이 두근대며 말이 아니 나왔다. 놀란 끝에 숨구멍이 막힌 것 같다.

"또 오죠"

빚쟁이의 인사처럼 거들떠보지도 않고 돌처선다.

"애 점심이나 먹구 가렴."

모친의 말은 당황하였다. 그러나 모른 척하고 휙 나가 버렸다.

"아, 어쩌면 그렇게두 변했을까요."

입때껏 부엌문 앞에 서서 보고 있던 귀순 어머니가, 기가 차서 위로 삼아 말을 붙였으나, 선옥이는 코가 맥맥하여 대꾸도 않고 방으로 들어간다. 한참 동안은 정신이 얼떨해서 가만히 앉았다가, 그래도 자식의 정에 마음이 쓰리기 시작하니 눈물이 주르륵 흘렀다. 아이들이 따라 훌쩍거린다.

한바탕 소리 없는 눈물을 흘리고 나니까, 꼭 막혔던 가슴이 조금은 후련해지며 상근이가 하던 이야기가 차례차례 다시 머리에 떠올랐다. 모두가 심사를 거우는 말이지만 아버지가 걱정이 되어서 왔다는 말과, 거기 따라서 부친이 태도를 고쳐야 저도 좋겠다는 말이 그중에서는 추려 들을 말일 것 같았다. 그러나 그보다도 호남이를 벼르는 소리를 하던 것이 심상치 않게 들려서 또 다른 의혹이 부쩍 나는 것이었다. 취원이 밖에 나가서 자기 이야기를 떠들고 다니지나 않을까, 그것이 노는계집들의 입초에 올라서 영감의 귀에까지 들어가지나 않을까 하는 애가 늘 씌우던 것이지마는 빨갱이가 속속들이 아니 긴 데가 없고 무선전신망을 치고 있는 듯한 세상이라, 혹시 소옥이집 같은 데서 새어 나온 소문을 자식의 친구가 들어다가 전하지나 않았나 하는 의심도 드는 것이다. 전후좌우에 감시의 눈이 에워싸고 있는 듯싶어 겁이 펄쩍 나는 것이다. 그러나 혹은, 취원이 따위나 취원이의 남첩 노릇을 하는 그따위가 뭐냐고 눈총을 대던 상근이의 입에서 나옴직한 말이기도 하였다.

2

휘정거려진 집안 공기가 가라앉기를 기다려서 아이들에게 점심을 먹여 신기를 풀어 주고, 선옥이는 영감에게 갈 차비를 차리자니까 호남이가 자다 깬 얼굴로 들어왔다.

"큰 자제 왔더래죠?"

"차라리 눈에 띄지나 말았으면……무슨 죄땜을 하느라구 그런 자식이 태어났는지!"

선옥이는 무심코 나온 말에 무서운 생각이 나서 남자를 치어다보며

155

떠오르려던 웃음이 스러졌다.

　대충 이야기를 듣고 나더니 호남이도 으레 못 갔으니 함께 가자고 따라 나서려 한다.

　"이따 따루 오시구려. 저긴 없어?"

　영감에게 둘이 붙어 다니는 것을 보이기가 싫었다.

　"예. 놀러나갔어요. 같이 가기루 어때요"

　호남이는 그럴수록 예전같이 예사롭게 같이 다니는 것이 도리어 변명이 될 것같이 생각이 드는 것이었다. 선옥이도 오래간만에 같이 거닐며 이야기하고 싶은 것도 있어 아무려나 내버려 두었다.

　"상근이가 당신두 찾던데 조심해요."

　"응? ……난 뭐 땜에?"

　"반들반들하구 행실이 고약하다구."

　선옥이는 앞만 내다보고 걸으며 웃는다. 조금 전에 마룻바닥을 치며 울던 사람의 말 같지 않다.

　"나보다 먼저 잡아가야 할 사람이 있을걸! 하여간 이래저래 나두 삼십육계를 불러야 하겠나 보다."

　"만일의 일이 있다가는 첫째 내가 성이 가시니까."

　그러지 않아도 요새로 젊은 애들을 이름 좋은 의용군에 붙들어 가는 바람에 조마조마해서 어디로 피할까 취원과 마주 앉으면 의논인 판이다.

　"그래 요샌 어때?"

　"제풀에 지쳐 자빠졌는지! 하하하 그러지 않기루 먹는 장사에 정신이 팔리구 전쟁 통인데 생각이 있지."

제풀에 지쳐 자빠졌다고 남의 말처럼 격을 두고 하는 말이 진심에서 나온 말은 아닐 것이요, 자기에게 듣기 좋게 하는 말인 줄은 번연히 알면서도, 역시 남자의 마음이 떨어져 가지는 않은 것 같아서 은근히 좋았다.

"김난인가 하는 애 땜에 집으로 갈 수 없을 거요. 우리 친정이나 가깝더라면……"

그것은 한 공상에서 나온 지나는 말이었다.

"당신 친정이면야 정작 큰사위님을 모셔다 둬야지."

호남이는 코웃음을 치다가,

"어! 이 선생!"

하고 손을 번쩍 들어 보이며 알은체를 한다. 이종무가 맥없이 걷다가 커다란 입을 헤에 하고 우뚝 섰다. 얼굴이 홀쭉하니 핏기 없는 얼굴이다.

"어딜 이렇게 두 분이? 저번에 갔더니 아무두 안 계시구 사장 선생은 어디 가 계신 눈치던데 안녕하신가요. 궁금해서 지금 가는 길입니다만……"

"차차 얘기하죠만 이 선생께선 이렇게 나다니셔두 괜찮으세요?"

"내야 뭐 붙들어 갈 테건 붙들어 가래죠."

종무는 텅 빈 목소리로 껄껄 웃는다.

"아니 중앙시론 편집장은 자수하라지 않으라나요?"

호남이가 대거리하였다.

"응? 그러지 않아두 사장은 어떡허시려나 그 의논두 할 겸 가는 길인

157

데……."

걸으며 이야기하자고 종무도 끌려 일행에 끼웠다. 이종무 역시 이것은 동리 젊은 애가 자수를 하자고 조르고 다니고 동회에서는 툭하면 부역을 나오라고 하는 성화에, 식구들을 굶겨 놓고 집을 떠나는 수도 없고 갈 데도 만만치 않으니, 요새는 새벽같이 집을 빠져나와서 이리저리 떠돌아다닌다 한다.

"큰일이야. 땅을 파구 들어가는 수두 없구!"

이종무는 절박한 한숨을 휘 내쉰다. 영감에게 끌고 갔다가 그대로 늘어붙을까 보아 걱정도 되나, 야멸치게 따돌릴 수도 없어 따라오는 대로 데리고 갔다.

닫은 문을 열라 해서 앞장서 들어가던 호남이는 건넌방에서 내다보는 취원과 마주치자 잠깐 찔끔하였다. 옆에서는 소옥이의 뚱뚱한 얼굴이, 킁 하고 코웃음을 치는 표정으로 눈을 치떠서 두 남녀를 쳐다본다.

'흥, 맞은 양쥐 같군!'

하는 생각으로 소옥이는 곁의 취원의 기색을 슬쩍 살피려니까, 문간에서 멈칫하던 이종무가 뒤미처 들어오는 것을 보고서야 취원의 대륙하고 샐룩해지던 눈찌가 조금은 누그러졌다. 취원이 인사로 오겠다 하여 저번에 한 번 데리고 와서 놀고 갔는데, 오늘 또 소옥이를 끌고 오리라고는 생각 못 했다.

"인제야 인사를 드리러 온 사람을 무안을 주려구 마담까지 와 있을 줄은 몰랐구려."

이종무는 영감한테 인사를 하고 나서 소옥이에게 알은체를 하니까,

"이런 시절에는 나같이 긴급한 볼일이 있기 전엔 어른 안 찾아 뵈두 실례 아냐."

"긴급한 볼일이라니?"

소옥이는 대답 대신에 옆에 놓인 보자에 싼 병을 들어 보이며 웃는다.

"흐흥! 장사꾼이란 빈틈없군! 오늘은 출장영업야?"

종무는 구두를 벗고 성큼 들어서며,

"그래두 여기를 오니까 겨우 사람이 산 기분이 나는군!"

하며 아침에 죽 한 대접 먹고 나온 속에서 김빠진 소리가 나오면서도 술병을 보니까 반가운 모양이다.

"최 선생 수고 좀 해 주셔야 하겠우. 선생님 뵈러 오는데 빈손으루 올 수 없어, 집에 남은 이걸 가져왔으나 처치할 도리가 있어야지, 호호호."

"오케이."

하고 호남이는 구경삼아 나섰는 이종사촌 동생을 하나 끌고 나갔다. 이 경우에 선옥이는 선뜻 방으로 들어갈 수도 없고 좁아터진 속에 들어가기도 싫은 판인데, 호남이마저 훌쩍 나가니 끈 떨어진 망석중이 모양으로 몸 둘 곳이 없다.

"어서 올라와요."

영감이 알은체를 하는 것을 여자들은 속으로 웃으며 두 내외를 반반씩 무안스럽게 치어다보았다. 그러나 그 눈치를 선옥이는 채었지마는, 영감에게는 일향 반응이 없었다.

"아까 큰애가 다녀갔세요"

선옥이는 툇마루 끝에 선 채 수줍은 색시 모양으로 겨우 입을 벌렸다.

"엉? 어디 있었대? 왜 여길 데리구 오질 않구?"

영감은 반색을 하며 창밖으로 몸을 내민다.

"데리구 오는 게 뭐예요 됐다 얘기하죠."

하고 여러 사람 듣는데 말하기가 싫어서 돌쳐서니까 영감은 하여간 어서 들어와서 이야기를 하라고 재촉을 한다.

"호오! 자제가 돌아왔세요? 하지만……."

이종무는 말 뒤를 흐리다가,

"사모님! 들어오세요"

하고 마루에 대고 소리를 친다. 그깟 년 노는 년 틈에 끼워 앉아, 술상이나 벌이려는 꼴을 보기 싫은 생각으로 건넌방 쪽 안마루에 걸터앉았으나, 영감을 찾아와서도 배돌게 되고 자식들은 저 모양이요 신세가 따분한 생각이 들어 열적고 창피한 생각에 권하는 대로 방으로 들어가 아랫목에 영감과 비스듬히 좌정을 하였다. 취원의 비웃는 듯한 날카로운 눈길을 빤히 받았으나 모른 척해 버렸다.

"그놈, 이북엘 갔다가 따라 나려온 게로군? 어떤 눈칩디까?"

"우리가 병원으루 피난 갔던 것까지 아는 눈치가 지금 여기 와 계신 것두 벌써 알구 있는지도 모르죠 김난이란 그년이 아무래두 걱정예요. 인제 와 뵙구 아버지를 자수시켜서 같이 나와 일을 하시게 하겠다구 바닥바닥 기를 쓰는데……."

"흥! 망한 자식! 자수를 하라구? 내가 무슨 죄인인가! 다시는 집에 붙이지두 말어요"

영감은 전에 없이 신경질로 얼굴에 핏발이 서서 펄펄 뛰었다.

"그리게 말씀예요. 요새는 자수라는 게 새루 나온 말인데, 아마 삼십 전으루 말썽스러운 인물을 자수만 하면 그대로 내버려 둔다는 거요, 삼십 이하는 그 소위 의용군으로 붙들어 가는 것이죠."

이종무는 자수서를 써 내는 것이 안전하겠다는 생각도 없지 않던 터라 박영선이가 화를 바락 내는 것을 보고는 찔끔하기도 하였다.

"어디 가들 틀어박혔는지 모르니까 그런 걸로 꼬여내는 것이요, 가만히 앉아서 기어드는 것을 붙들자는 미낀가 보군요. 자수만 하면 내버려 둘 바에는 자수를 않기루 내버려 두지 못할 건 뭐예요."

취원의 말이다.

"내 말이 그 말이다. 자수라니 날 잡아 잡수 하구 칼을 지구 도마에 오르기지."

소옥이도 장단을 맞춘다.

"여부가 있나. 그래 자수들을 한답디까?"

방 속에만 갇혀 앉았던 박 사장은 바깥소식이 아주 캄캄인 소리를 한다.

"겁을 벌벌 내면서두 혹시나 무사할까 해서 자수를 하는 모양이더군요. 하지만 널리 포섭하려는 정책인 것만은 사실인가 봐요. 혹은 중간파를 두고 하는 말인지는 몰라두……."

"포섭? 누구를 포섭한단 말야? 이 군두 정신 나갔군 나갔어. 저희는 '리스트'를 만들어 가지구 제일차, 제이차, 삼차, 사차……숙청할 시기를 마련해 놓구 있을 텐데 중간파는 어디 가나! 하여간 당장 총알이 무서

161

우니까 자현이고 자수고 하지만 사형 집행의 연기 신청쯤으루 알아 두면 실수 없겠지."

"딴은 요새 누구누구 끌려 나와서 방송 강연을 하는 것을 들으면 자수서를 쓴 축들이겠지만 기가 막혀요."

종무는 올지 갈지 하던 마음이 딱 결심이 선 듯싶었다.

"그래, 고놈 빨치산이 됐답디까?"

영감은 말을 돌렸다.

"모르죠. 입었던 옷 다 없애구……차라리 난봉이나 피워서 거지 깍쟁이가 돼 들어온 거라면 마음이나 편하겠지만……."

"그렇다 마다요."

소옥이는 인사성이라기보다도 빨갱이라면 이를 갈고 덤비고 싶은 생각에 대꾸를 한다.

"그런 자식은 차라리 없어졌으면 남이나 살지."

영감은 숨을 휘, 쉬었다.

③

호남이가 들어와서 술상이 벌어졌다. 난리 통이라 해도 생선만 빼놓고는 다 있었다. 장거리에 덮지도 않고 내놓는 삶은 고기(편육), 제육, 빈대떡, 청주……장 안에서 굴러 나온 것이겠지만 곰팡이 난 홍합까지 늘어 놓았다. 누구나 기름이 마른 창자에 육종이 반가웠고 양주가 첫 잔부터 창자에 찌르를 배었다.

소옥이는 한 달쯤 휴업하는 동안에 이종무만큼 주렸는지 전 같으면

젓가락도 안 갈 비틀어진 편육 점 제육 점을 쉴 새 없이 입으로 모셨다.

"그 성화를 하던 살이 이번 덕에 빠지는가 싶었더니 그래두 더 찌구 싶은 게군."

하고 취원이 놀려 주었다.

"애 가만 있거라. 술상머리에서 안주 접시루만 달겨드는 건 팔불치라 더라만 죽겠다! 이 지경으루 한 달만 더 갔다간 네가 거성 입을까 무섭 다."

그래도 소옥이는 이종무보다는 속이 든든해서 이죽이죽 입을 놀려 가며 취원 올 정초에 원남동 집에서 사랑에서는 호남이를 대접하려, 안방에서는 소옥이에게 붙들려서 술대작을 하려 한참 바쁘고 몸이 달 던 생각이 무심코 떠올랐다. 이젠 그런 시절이 다시 올 것 같지도 않아 마음이 어두워졌다.

"문 닫구 나니 외상값을 한 푼 받을 수가 있나⋯⋯그 우글거리던 것들 이 뿔뿔이 헤어지고 나 혼자 애년 하나만 데리구 들어엎댔으니 누가 들 여다를 보나 입에 들어가는 게 있나⋯⋯쌀가마나 남은 것은 그 불한당놈 들이 들들 뒤져 가구⋯⋯애, 똑 징역꾼이처럼 먹을 생각뿐이더라⋯⋯."

잘 먹던 입이요 뚱뚱한 품이 남의 갑절 고생일 것이었다. 얼굴이 누 렇게 뜨고 부석부석하여도 보였다. 언제 적 소옥인데 이 지경이 되었나 하고 다시 치어다 보였다.

"팔다 남은 이 술 한 병이 어느 구석에서 나왔기에 화가 날 젠 뜯고 싶 으나 안주가 있어야지. 마침 이 동생이 왔기에 들구 나선 것인데 오다가 안주를 좀 사라니까 이 아씨는 아직두 배가 불러서 창피하시다나⋯⋯."

소옥이는 술이 금시로 올라서 또 부질없는 잔소리를 늘어놓는다. 한 달 전 사동집 마담의 모습은 간 데가 없다. 옷은 그래도 초라하지는 않으나 궁기가 끼어 보였다.

"이것두 말이라구 하나? 서슬이 시퍼런 경무국장 아니면 교제를 안 하던 당대의 소옥이는 어디 갔기에 선생님 팔구 안주 얻어먹으러 다니다니!"

취원이 핀잔을 주면서도 감개무량한 낯빛이다. 경무국장이란 총독부 시대 말이다. 한창때는 인물보다도 수완으로 날리던 소옥이었다. 하여간 소옥이의 어깨가 축 처진 꼴에 비하면 취원은 한 달 전만은 못해도 여전히 생뚱생뚱하다. 그리고 보니 선옥이도 별로 얼굴이 축간 데가 없다. 봄철 들어서며부터 젊은 기가 새로 피어올라서 보글보글하던 그런 생기와 정채는 스러졌을망정 자식 걱정에 싸인 어머니 같지 않게 혈색도 여전히 좋고, 영감의 얼굴이 요새로 부쩍 세어 가는 것 보아서는 아직 색시다.

"화류계 년이 나 먹구 돈 없구 영감 없으면 이밖에 더 되라마는, 마지막 판에 빨갱이 덕에 장소옥이가 굶어 죽을 줄 누가 알았더란 말이냐. 이가 갈린다 빨갱이라면!"

혼자 와짝 취해 가는 눈치다.

"사위스런 소리 말어. 아무러면 굶어 죽을까마는 친일파루 몰려서 자수하란 말 나오지 않게 말조심이나 하라구."

다시는 술을 먹을 기회도 없겠지만, 술이 들어가면 곱지 못한 소옥이니만치 거리고 어디서고 그 불뚝심지를 털어놓을까 보아 염려가 안 되는 것도 아니었다.

"붙들어 갈 테건 붙들어 가라지. 언제 볼 세상이라구! 하지만 나 같은 건 붙들어다 뭘 한다던."

소옥이는 실성한 사람처럼 까닭 없이 낄낄낄 헛웃음을 웃었다.

"팔자 좋은 소리들 그만둬요. 비쓸거리는 어린것들을 앞에 놓고 호박 죽도 제때에 못 끓이는 사람이 있는데 무슨 잔소리야."

종무는 술잔을 비어 주면서,

"그런데 대관절 이 책임은 누가 져야 합니까?"

하고 말을 돌린다.

"책임? 질 사람이 지겠지."

영감이 홧김에 혀를 차려니까, 소옥이가 받은 술을 벌주 켜듯이 쭉 마시고 나서

"뭐? 책임야 영감 마누라 다 있지."

하고 가만히 구경만 하고 앉았는 선옥이를 힐끗 건너다본다. 선옥이는 불똥이 자기에게 뛰어 오는가 싶어서 찔끔하였다.

"이건 또 무슨 객설야?"

취원이 나무라니까

"뭐 너두 책임이 있지."

하고 소옥이는 여전히 딴청을 한다. 짓궂게 강주정을 하는 눈치가 이상 해서, 선옥이는 어서 자리를 떠야 하겠다고 엉덩이가 들먹거렸다.

"그럴 법이 있나요 어린것들이 불쌍해요 죄 없이 끌려 나가는 저 어 린것들이!"

이종무도 빈속에 독한 술이 들어가서 자위가 풀린 눈을 흡뜨며 소리를 버럭 지른다.

"여부가 있나! 자식들은 저 지경이 되구! ……."

소옥이의 맞장구에 선옥이는 저 입에서 또 무슨 소리가 나올까 무서워서 일어서려는데, 참외를 벗겨 들여왔다.

"아니, 약주 안 잡숫는 사모님을 위해 들여온 모양인데. 앉으세요"
하고 취원이 비웃는 어조로 붙들려니까, 소옥이 손이 먼저 참외 접시로 가서 덥석 들어다 어쩍거린다. 선옥이는 그대로 빠져나오기도 유난스럽고 난처하였다.

"책임 추궁은 나중 문제 아니요 지금은 그걸 따질 때가 아니니까."

영감은 온유한 소리로 큰소리가 나는 것이 싫어 박았다. 선옥이는 그 말에도 찔리어서

"난 어서 가 봐야 하겠어요."
하고 다시 일어서려니까 소옥이가,

"우리더러 어서 가라는 것이군요 영감님 시중은 누가 들라구? 어서 일어섭시다."
하면서 일어서려는 기색도 안 보였다.

"요컨대, 대국적으로 말하면 책임은 민중에게 있는 것이지마는, 이것은 민주주의의 원칙론이요, 사실 책임질 사람이 책임져야지 그렇지 않았다가는 정치의 상도(常道)로나 어디로 보나 안 될 말이지. 허나 우선 급한 것이 전국의 수습 아닌가."

영감은 찬찬히 이런 소리를 한다. 그 말에 선옥이는 비로소 마음이

놓이기도 하였다.

"안 될 말이지! 중앙시론의 또 하나 사업이 있습니다. 이 사변 뒤처리를 어떻게 하나 감시할 의무가 아니, 책임이 우리에게 있죠. 지금부터 모든 자료를 수집해야죠."

중앙시론 편집장은 술기운을 받아서 겨우 자수하려던 생각은 잊어버린 듯이 호기스럽게 떠드는 것이었다. 박영선이는 기운이 부쳐서 그런지 듣기 싫다는 듯이 손만 내젓는다.

이런 시절에 대낮부터 술상을 벌이는 것이 송구스럽고 못마땅하여서 좌석에 끼우려 하지 않고, 이모와 마루에 앉아서 이야기만 하던 호남이는 잠깐 다녀오마 하고 획 나가 버렸다. 이것을 본 취원이 슬그머니 따라 나갔다.

"어딜 가? 나두 갈 테야."

하고 소옥이는 빈 술병을 끼고 앉았었어야 별수 없으니 일어서 버렸다. 그러나 그리 동안이 뜬 것은 아닌데 나와 보니 호남이도 취원도 잃어버렸다.

호남이는 아현동 집을 들여다보려고 나선 것이지마는 취원도 조심스러운 때 대낮에 얼굴이 벌건 소옥이와 흐느적거리고 길을 휩쓸고 갈 것이 싫어서 피해 나온 것이다.

"뭣 하러 그깟 년 뒤만 쫓아다니는 거야? 대포소리를 그만큼 듣구두 아직두 정신이 덜 났어?"

겨우 남자를 붙들어서 나란히 걸으며 취원은 꼬집는 소리를 하였다.

"누가 할 소린지 그 소리가 급해서 줄줄 쫓아 나온 거야?"

호남이는 입내를 내며 웃었다.

"겁두 없지. 영감이 눈치 못 채는 줄 알구? 아무리 난리가 났기루 아주 마구 터놓구 붙어 다니기야."

"지금이 어느 때라구, 죽을 둥 살 둥 한 이판에 밤낮 머리엔 그런 생각뿐야."

"흥 누가 할 소린지!"

취원은 꼴사납게 이런 소리는 다시는 안 하자고 결심을 하면서도, 꿈쩍 자리를 뜨기만 하면 둘이 어울려서 수군거리고 다니는 꼴이 눈에 띄니 어쩌는 수가 없다.

"무슨 짓을 하든지 냄새나 피우구 다니질 말구, 내 눈에 띄질 말게 하란 말야."

이것은 부탁이었다.

"흥, 겨 묻은 개 똥 묻은 개 나무래기지! 내 말이 그 말야."

"뭐? ……."

하고 취원은 □하였다.

"다시 한 번 말해 봐. 누굴 뒤집어씌우는 수작야?"

"그럼 뭣 하자구 다녀온 지 며칠 안 되는데, 이 폭격 밑에 그 먼 데를 또 나가는 거야?"

"에잇 더럽게! ……그래 난 겨 묻은 개라구 하구 당신은 똥 묻은 개란 말이지?"

남자는 말이 막혔다. 무심코 한 말이라서 잡혀 버리고 말았다. 마침 폭격기 소리가 머리 위에서 별안간 천둥소리같이 나며 용산 쪽에서 벼락 치는 소리가 연달아 나는 바람에 말이 뚝 끊었다.

남자가 말문이 꼭 막히는 것을 보니, 이때까지 그래도 기연가미연가 하는 생각이던 취원은 바르를 하면서, 그래도 한편으로는 믿던 자기가 어리석다고 분해 못 견디겠다. 그 일념에 폭격소리조차 귀에 들리지를 않는다.

감영 앞 네거리에서 애오개로 꼽들이는 호남이를 모른 척하고 문 안으로 발길을 돌리려니까, 호남이가 쪼르를 쫓아와서,

"이거 봐요, 잠깐 같이 다녀갑시다."

하고 붙든다. 취원은 못 들은 체하고 그대로 걸었다.

"폭격이 이리 가까워 오는데, 혼자 떨어져 다니다가 시체두 못 찾으면 어쩌라구."

남자는 콧날을 째긋하며 여자의 머리 뒤에 대고 웃었다.

"흥, 그래서 달구 다니는 거로군."

"아닌 게 아니라 그렇지. 혼자 다니긴 무서운 세상 아닌가."

"팔자가 늘어졌군! 갈 때 모시구 가는 년 따루 있구. 올 때 모시구 오는 년 또 따루 있구, 집에 들어가시면 집에서 또 대령하구 있구……혼잣입 치기두 어려운 세상에 생각을 해봐요 세 계집 네 계집 데리구……. 몰라, 내일부터 나두 멕여 살려. 나두 인젠 잘못하다간 깝대기 벗구 나서게 됐으니까!"

"미안합니다. 요샌 탄환 나르는데 인부루 나가면 하룻밤에 삼천 원, 쌀 한 되 값은 되니까 벌어드리죠 붙백이루 자원하구 나서면 가족 배급두 있다는데."

호남이는 웃으며 취원의 손을 붙들어 나가니까, 못 이기는 척하고 돌쳐서며,

"내 영감님한테 폭로를 안 할 줄 알구!"

하며 벌써 마음은 반 너머나 풀렸으면서 그래도 또 쏘는 소리를 한다. 폭격소리도 인제는 잠잠하여졌다.

4

아현집에 들어갈 때쯤에는 취원의 신기가 다 풀렸다. 원숙 어머니의 얼굴을 보면, 취원도 큰소리가 아니 나오고 부질없는 강짜를 해 볼 용기도 아니 났다. 게다가 머릿속에는, 이 난리가 언제까지 갈지? 난리가 곧 끝나기로 소옥이의 영업에 밑천 들여놓는 것이라든지, 여기저기 빚놓은 것은 받을 가망이 없고 집 흥정이 금시로 있을 리도 없으니 당장으로 빈털터리가 되고 말리라는 겁이 부쩍 나서 언제까지 이런 생활을 계속할 것 같지 않다는 생각도 드는 것이다. 역시 든든한 영감을 붙들어야 하겠다는 속 따짐이 있는 것이다. 호남이와 오래갈 것이라고는 생각지 않았지만 정신 차려야 하겠다고 다시 자기 주위를 돌려 보는 것이었다.

"그동안 아무 일 없었어? 식량은 아직 떨어지진 않았겠지?"

요새는 어디를 가나 첫인사가 식량이었다. 그러나 아내는 더구나 전에 없던 취원이와 동부인해 온 것이 못마땅해서 들은 체도 안 하고, 취원에게 올라오란 인사만 하였다. 언제나 점잖게 보이려는 생각도 있지마는 집임자라는 생각에, 언제 보나 고대로 있는 예쁜 얼굴에 자연 기

가 죽는 것이었다. 그러나 둘이 올라와 마주 채를 잡고 앉는 꼴이 아니 꼽고 보기 싫었다.

"저 방 그 애 짐 안 가져간대? 내쫓아 버리구 내가 올까 하는데……."

"안 오는 게 뭐요. 요샌 날마다 들어와 자기만 하는데 어젠 또 어떤 놈까지 달구 와서……."

"뭐? 어떤 놈하구? 그래 자구 갔단 말야?"

"자센 못 봤지만 키가 좀 홀짝하구 야쁘장한……그게 박 사장 큰아들은 아닌가두 싶었지만 눈찌며 콧대가 그 마님 비슷한 데가 있겠지!"

"응……맞었어, 맞었어! 온 나중엔 별일두 많지. 그게 어쩌다 여길 게 들드람."

하고 호남이는 일변 놀라며 일변 한탄을 하였다.

"하지만 걸걸한 동생과는 딴판이던데."

사장 집에를 몇 번 갔어두 큰아들은 보지 못한 호남이댁은 설마 하는 생각이요 아무쪼록은 그렇지 않기를 바라는 것이었다.

"왔어! 아까 원남동 다녀가며 나를 찾더라던데."

"에? 당신은 왜 찾어요?"

두 여자가 똑같이 놀란다.

"그건 그 사람 보구 물어봐야지. 중앙시론사 사장이래서 저 아버지두 끌어가려는 판인데 사원은 가만 내버려 둘라구."

두 여자의 얼굴은 좀 더 긴장하여졌다. 그러나 취원이 더 놀라는지 원숙 어머니가 더 놀라는지는 알 수 없었다.

"어떡허우? 어디루 피해야지 난 사동집이 방은 얼마든지 있으니까 그리 옮겨 볼까. 영감 있는 데가 길쑥하구 아랫방두 하나 비어 있기에 그리 가는 게 어떨까 해서 오늘 나선 건데……."

취원이 인제야 실토 이야기를 한다. 어차피에 '의용군'인가 하는데 끌려갈까 보아 자나 깨나 조마조마한 판이다.

"그래 사동집은 어때?"

"요릿집 하던데요, 집이 크니까 무에 있나 하구 심심하면 와서 뒤진다는구면."

"그럼 경애한테루 가시구려."

아내의 의견이다.

"경앤 요새 안 오지?"

"그 앤 김난이가 무서워서 왔다가두 앉지두 못 하구 가는데."

"그리나 갈까?"

"그 집 오빠두 피했다는데. 사람이 다르니까 상관없겠지."

안방의 시계가 네 시를 친다. 밥을 여기서 먹지 않는다니까 벌써 들어올 리는 없지마는, 이러고 앉았다가 그 떨거지들과 마주칠까 보아 겁도 나서 일어서려는 판인데 대문이 삐걱한다.

질겁들을 해서 내다보려니까, 해쓱한 상근이의 얼굴이 쑥 나타나며, 제집 들어오듯이 발자취도 없이 후닥닥 달겨든다. 가슴이 더럭 내려앉았다.

"아, 최 주사, 마침 잘 만났구려. 좀 나와요."

좀 나오란 말에 얼굴들이 파랗게 질렸다. 나이는 열 살쯤 차가 지지마는 어려서부터 길러내다시피 한 사이요, 최 주사라고 실없이 굴 사이가 아닌데 안하무인인 그 기세가 무섭다기보다도 아니꼽다. 그러나 나서라니 일은 당한 것이다.

"아까 집에 들어왔더라는 말은 들었지만 그래 언제 왔어?"

"그건 어쨌든 좀 나와요. 시간 없어."

"어딜 가잔 말야?"

"아버니 계신 데 가르쳐 달란 말요."

비로소 마음이 좀 놓이기는 하였다.

"으레 가 봬야 하겠지만 왜 어머니께 못 들었어? 벌써 그 당시에 남하(南下)하셨는데."

"이건 무슨 딴소리야. 그럼 아주머니 나갑시다. 병원에서 당신이 모시구 이리 나온 걸 본 사람이 있는데 부자지정도 끊으려 들 게 뭐요?" 하고 상근이는 눈을 곤두세운다. 원체 원숙 어머니를 앞장세울 작정으로 온 터이다.

"그건 모를 소리야. 하여간 난 모르니 어머니께 가서 여쭈어 봐요."

자기를 붙들어 가려는 것이 아니니 뻗댈 힘이 났다. 그것은 그렇다 하고 병원에서 나오는 것을 본 사람이 있다 하니, 그때 김 내과에 괴뢰군 장교가 다녀나간 것이 수상하다기보다도, 그 병원 속에 줄이 닿는 무에 있던 것이 분명하다. 그런 데 무심하였던 것이 어림없는 일이라고 등이 으쓱하여지며, 김 박사도 무사할 리 없을 것이라는 짐작이 든다.

"이 방면으로 모시구 와서 여기 안 계시면 어딜 가셨단 말요? 현저동에 이모 댁 있대지 않소? 거기 계실 거라는데!"

김난이의 훈수일 것이다. 김난이는 이모가 현저동 산다는 것도 알고

이 집에 오던 이모를 보아 알기도 한다. 호남이댁은 자기더러 나서라는 데에 망단하였다.

"가 보자면 가 봐두 좋지만 영감님이 서울 계시기루, 하두 많은 친구에 가실 데가 없어 우리붙이한테 가 계실까. 우리두 김난이가 어떤 여자인지 아는데 하필 이리 모셔 올까."

"그만둬요 그러다가 당신부터 끌려들어도 억울하단 소리는 말아요 어 그리구 편집장인가 뭔가 이종무 집 알겠구려?"

점점 팽팽히 대든다.

"그건 또 왜?"

"어쨌든 간에!"

"그역 모르지. 알기루 지금 판에 제집에 붙어 있을 리가 있나."

여자들은 간이 콩알만 해서 이 매서운 침입자의 얼굴을 바로 보지도 못하고 앉았기만 한다. 취원이 솜씨로도 섣불리 가로막고 나설 수가 없었다.

"그야 자식 된 도리에 도리뿐일까 정리루두 어서 뵙구 싶기야 하겠지만 만나 뵈면 어쩔 테요?"

그래도 참다못해 취원이 말참견을 했다.

"그건 당신이 알아 뭘 하려우?"

하고 마구 대들다가 그래도 부모도 못 알아본다는 욕을 먹을 것이 싫어서

"나두 내 맘대루 하는 것 같으면 좋겠지만 일이 커질까 봐 이러는 건데……."

하며 슬며시 발뺌을 하려는 어기다.

"그럼 더 좋지 않은가? 알아 들이라거나 붙들어 들이라는 윗사람의 명령이라면 남하하시구 서울에 안 계시댔으면 그만이지."

취원도 인제는 겁만 내지 않고 당돌히 핀잔을 주었다.

"본 사람이 있구, 아는 사람이 있는걸!"

"그럼 본 사람더러 나서라지 자식 된 도리에 앞장서 나설 게 뭐요."

"누가 당신더러 아랑곳하래!"

하고 상근이는 소리를 빽 지르며 눈을 홉뜨는 품이 몇 십 년 해 먹던 형사보다 더하였다. 취원은 바르를 떨면서도 뒤가 무서우니 꿀꺽 참는 수밖에 없었다. 상근이는 다시 호남이댁에게

"아주머니, 미안하지만 좀 가십시다. 남을 맡겨 두면 일이 커질까 봐 그러는 거예요."

하고 의외로 말씨가 곱다. 일이 커질까 보아서 그런다는 말도 귀에 솔깃하고 그래도 양심이 남아서 하는 말 같기도 하다.

호남이댁은 이럴 수도 없고 저럴 수도 없어 남편의 얼굴만 바라보았다. 그러나 호남이 역시 더 뻗댈 자신도 없고 후환이 무서워서 아내의 마음대로 하라는 듯이 표정 없는 얼굴로 먼히 마주 보기만 하였다. 그것이 가도 좋다는 눈치 같아서 세 번째 재촉에

"그럼 어쨌든 가 보시죠."

하고 아이를 들쳐 업었다.

"최 주사는 이종무를 날 좀 만나게 해 줘야 해요. 그리구 당신은
……."

하고 취원을 눈길로 삿대질이나 하듯이 쏘아보며

"……당신은 최 주사를 맡아야 해요 책임을 져야 해요 최 주사가 없어지면 당신이 끌려갈 거니까……."
하며 다진다.

"날더러 무슨 까닭에 그런 책임을 지라는 거요 붙들어 갈 테건 지금 아주 붙들어 가구려. 가자면 나두 나설 테니."

취원은 차차 발악이 났다. 그러나 아이를 업은 호남이댁이 나서니까, 상근이는 대꾸도 않고 사라지듯이 나갔다.

5

호남이댁이 죽을상으로 고개를 파묻고 들어오는 것을 마누라와 이야기를 하던 영감은 희끗 내다보다가, 뒤따라 들어서는 아들에게로 눈이 가자 본능적으로 반가운 생각과 찔끔하는 무섭고 싫은 생각에 얼굴이 뒤틀렸다.

상근이는 툇마루 끝에 와서 가만히 서며, 부친은 차마 거들떠보지도 않고, 성난 얼굴로 저편 방문 밑에 앉았는 모친을 잠깐 들여다보고는 윗목에 술이 취해 모로 누어서 씩씩 자는 이종무를 누군가 하고 말뚱히 바라본다.

"너 여길 왜 왔니? 날 볼 생각이 어째 났니?"

주기가 있는 영감의 얼굴은 발끈해서 금시로 까매지며 복받쳐 오르는 목소리를 죽이느라고 숨이 차서 씨근씨근한다.

"가거라, 가! 나가!"

176 홍염 사선

목소리는 좀 커졌다. 아들은 뾰로통해 고개를 숙인 채 가만히 섰다.

"뭐? 자수서를 쓰라구? 이놈아, 뉘게 자수서를 쓰란 말야?"

"이것두 아버니를 위해서 그러는 거예요. 남은 길이라군 그밖에 없으니까요."

"허, 날 구하러 왔구나? 날 살리러 왔구나? 무던하다! 애비를 잊지 않어……."

그래도 아버지를 위해서 그런다는 말에 어쨌든 말만이라도 조금은 솔깃이 들려서 첫 서슬보다는 어기가 누그러졌다. 거기에 힘을 얻은 상근이는 얼굴빛을 다시 고쳐서

"뉘게 내구 말구 없이, 간단히 과거를 청산하구 협력한다는 성의만 보이면 돼요. 제가 써 올게 도장만 찍어 주시죠."

하고 고분고분히 비는 시늉을 한다.

"청산? 뭘 청산하란 말이냐? 협력을 하겠다 하라구? 날 뭘루 알구 그런 수작을 내 앞에 와서 하는 거냔 말이야?"

하고 소리를 팩 지르다가 목청을 다시 돋우어서

"이 자식! 자수서 쓸 사람이 없어서 자수서 써 달라구 이십여 년 너를 길러 논 줄 아니? 나가! 죽어! 왜 죽지 않구 살아 온 거냐? 너 같은 건 죽어 버려."

하고 내친걸음에 펄펄 뛰었다.

그 소리에 윗목의 이종무가 "어어……." 하고 눈을 부스스 뜨고 기지개를 켜려다가, 창문 밖에 섰는 상근이와 눈이 마주치자 정신이 번쩍 드는지 깜짝 놀라 벌떡 일어나 앉는다.

'얘, 이눔에게 들켰구나!'

하는 생각에 눈이 더 뚱그레지며 얼떨해서 상근이를 뚫어지게 바라보고만 있다.

"조용조용히 말씀하세요. 동리에서 들어두 송구스럽구……."

선옥이는, 한 번 그만큼 제독을 주는 것도 좋으나 너무 해서 자식의 마음이 홱 돌아설까 보아 애가 씌웠다. 자식이라도 정말 앙심을 먹고 무슨 짓을 할지 무서웠다.

"얘 말은, 잠깐 급한 고비를 넘기는 정도루 자수서를 써 내면 어느 놈이 다시는 찝쩍거리지 못할 거요 저두 저의 축에서 머 아버지가 어떠니 저떠니 하구 쪼들리는 게 싫어서 그러는 눈친데, 좋두룩 써 오래서 도장만 찍어 주시구려. 그랬댔자 명예 손상될 것두 없구……하여간 급한 건 면해야지 않나요"

선옥이는 아까 하던 말을 또 뇌이는 것이었다.

"잠자쿠 있어요. 뭘 안다구!"

영감은 우박을 주었다.

"주의를 위해서는 애비두 총부리 앞에 내세우려 들구 제 생색내기 위해서는 애비를 팔구……너는 얼마나 잘되구 얼마나 살겠다구 이러는 거냐?"

상근이는 경멸하는 냉소를 입가에 띄우고 딱하다는 듯이 펄펄 뛰는 부친의 얼굴만 내려다보다가,

"아버니는 이렇게 숨어 다니시느라구, 세상이 어떻게 돌아가는지 바깥소식을 모르시니까 이러시지만 인젠 다 됐어요 지금은 부산마자 떨

어졌을 건데 바다 속으로 쫓아 들어가시려구 이러십니까? 내일이면 후회하실 일인데 갸륵하십니다. 그 충성이."

하고 코웃음을 치니까 아버지도 결코 지지는 않는다.

"이 자식 누구를 버릇없이 놀리는 거냐? 뉘 앞에서 버르장머리 없이 코웃음을 쳐? 난 네 애비 아냐. 넌 너요, 난 나 아니냐. 날 잡아갈 테건 언제든지 오라구 하려무나. 달아날 리는 조금두 없으니."

그러나 인제는 기운이 폭 빠져서 잠깐 뜸하더니 타이르듯이 찬찬히 다시 말을 잇는다.

"귀를 막고 눈을 가리고 맷돌 가를 뱅뱅 도는 방앗간의 망아지 새끼 알겠구나? 너만 혼자 아는 듯싶이 큰소리를 한다마는 무방위 지대를 발부리에 거칠 것 없이 내달리던 때와는 달라! 낙동강에서 전멸을 당하구 경부선은 왜관을 벌써 탈환하였겠다, 동부전선은 너무 급진격에 도리어 전선의 밸런스가 취해지지 않아 걱정인 모양인데 인천 원산으루 상륙을 해서 세 동강 네 동강 토막을 쳐 놓으면 그만야. 제정신을 못 차리구 날뛰다가 어느 구렁으로 휩쓸려 들어갈지두 모르구……."

호남이가 알아 들이는 정보지마는, 그래도 자식이니만치 뚱겨 주려는 것이다.

"꿈이십니다그려. 이왕이면 그 꿈을 깨시지 못한 채……."

또 코웃음 섞인 소리로 그래도 차마 뒷말을 아물리지 못하고 뚝 끊자니까,

"그 꿈을 깨지 못한 채 어쩌란 말이냐? 날더러 어서 죽으라구 비는 거냐? 이놈아 며칠이 못 가서 복장을 치고 거꾸러지는 네 꼴을 이 눈으

로 볼 꺼야! 가! 이놈아."

문을 후닥닥 닫는다.

"에그 끔찍스러워라. 좀 고정하구 가만 계서요. 탄해선 뭘 해요."

선옥이는 울상을 하며 얼른 마루로 나간다. 아들을 끌고 나가려 하나 상근이는 안차게 방문 밑에서 떨어지지 않고 이번에는

"이 선생 나 좀 봅시다."

하고 종무를 부른다. 종무는 귀가 먹은 듯이 잠자코 부라질만 하고 앉았다. 빈속에 위스키가 들어가서 훑어냈으니 그렇겠지마는 날은 무더워도 식은땀만 흐르고 속이 덜덜 떨리는 것 같다.

"애 나가서 나하구 이야기하자. 우선 집으루 가자."

선옥이의 달래는 소리가 나더니, 그만 잠잠하여졌다.

사선

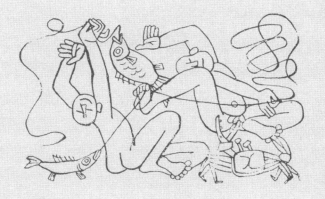

풍비박산

1

상근이는 어쩐 생각이었던지 더 악지는 부리지 않고 부친에게서 뚝 떨어져 모친을 따라 나오기는 하였으나 큰길로 나서더니 상근이는 모친을 따라가는 것은 잊은 듯이 뒤도 안 돌아다보고 턱 턱 턱 턱 쫓겨 가는 사람처럼 달아난다. 그 걸음걸이가 이상하다. 고개를 똑바로 가누고 턱 턱 턱 턱 장단을 맞추어서 걷는 것 같은 나는 듯이 후딱 사람 틈으로 자취를 감추어 버렸다. 걸음걸이도 새로 훈련을 받았는지 전에 보지 못하던 걸음새였다.

선옥이는 쫓아가려던 것을 단념하여 버렸다. 데리고 가면서 살살 달래려던 것인데, 제풀에 피해 달아나니 붙드는 수도 없지마는 애비 앞에도 마구 덤비는 판인데 달래본댔자 고분고분히 들을 리도 없고……도리어 잘되었다고 시원하기도 하였다. 그러나 저는 어떤 생각이 들어서 그러는지 모르겠지만 그렇게 쉽사리 영 떨어져 갈 리도 없고 저 성화를

183

어떡하나? 하고 선옥이는 가슴이 답답하였다.

아니나 다를까, 이튿날 아침을 막 해 치우고 나니까 상근이가 또 달 겨들었다. 자식이건마는 선옥이는 가슴이 선득하며 또 무슨 소리가 그 입에서 나올지 몰라 겁이 났다.

"이리들 들어와요"

문간에 대고 소리를 치니까, 그 또래의 젊은 애 둘이 우중우중 들어 서는 것은 고사하고 뒤따라서 계집아이 둘이 들어서며,

"안녕하세요?"

하고 인사들을 하는 데는 선옥이는 얼이 빠졌다. 아이들도 눈이 똥그래 졌다. 앞선 나이 찬 아이는 어디서 본 듯도 하고 어정쩡하지마는, 뒤에 섰는 아이는 바로 요전에도 다녀간 홍경애 아닌가!

"아니, 경애가 이거 웬일이야?"

경애는 쭈뼛쭈뼛하며 고개를 바로 쳐들지도 못하였다. 인사로라도 웃는 낯을 지어 보이는 것도 아니요, 마지못해 끌려왔다는 눈치가 뻔히 보였다.

"홍경애 '동무'가 왔기루 웬일 될 거야 있습니까. 어머니 이 김난이 '동무' 아시겠죠?"

선옥이는 홍경애 '동무'라는 말에 정나미가 떨어졌다. 이 한두 달 동 안에 '동무'란 말만 들으면 잔등이로 송충이가 기어가듯이 소름이 끼쳐 서, 아무쪼록은 '동무'란 말을 입에 올리는 사람의 곁에는 가지 않으려 고 슬슬 피해 다니는 선옥이었다. 그런 것이 바로 자식의 입에서 그 말 을 듣는 것이었다.

'내가 무슨 죄가 많아서 이런 자식을 두었던구!'

선옥이는 울상이면서 눈치만 슬슬 보고 마루 끝에 섰다.

"저, 의순이가 큰따님이 되죠? 고등학교 때 한 반 아래였죠"

김난이란 아이가 자기소개를 하고 나선다. 그 말을 듣고 생각하니 의순이와 몰려다니던 동무 중에서 본 법하기도 하다. 그러나 어째 왔던 간에 조금도 반가울 것은 없다. 그보다도 경애가 어째서 이 축에 끼워 다니고 여기는 어떻게 끌려왔는지 기가 막힐 노릇이다.

"의순이 시집 갔대죠? 차차 자연 만나게두 되겠지만 만나구 싶어 하더라구 말씀 좀 해 주세요"

선옥이는 코대답을 하였다. 상근이가 이 계집애를 알게 된 것이 필시 누이동생의 연줄이거니 하는 짐작이 나서자 선옥이는 자기 딸도 이놈의 오래비 녀석이나 김난이 따위나 아닌가? 그런 물이라도 들지 않았을까? 겁이 펄쩍 났다. 당장 홍경애가 이 판에 이것들과 얼려 다니는 것을 보면 딸자식인들 마음을 알 수가 있겠느냐는 의심이 드니 세상에 믿을 것이 없다는 허무한 생각만 드는 것이었다.

"저 사랑채에 최가가 그저 있겠죠?"

"응, 있나 보더라."

"이 집을 좀 내가 써야 하겠는데요"

상근이의 낯빛은 한층 더 쌀쌀하여지며 우중우중 나와 섰는 동생들과 눈길이 마주치는 것을 피하면서 집안을 휙 곁눈으로 둘러보았다.

"네가 쓰다니? 살림을 하겠단 말이냐? 그동안 떠돌아다니더니 계집이 생긴 게로구나?"

모친의 말소리는 핀잔 반 비꼬는 것이었다.

"그런 한가로운 이야기할 때가 아녜요. 이 집을 좀 비워 주셔야 하겠어요."

냉랭히 잡아떼는 수작이었다.

"날더러 이 집을 내놓구 나가라는 말이냐? 아무려나 하럼. 너두 짐작하는지 모르지만 이 집두 너 아버지 집이 아니다. 집쥔이 최 주사니 최 주사한테 말해 보렴."

어제만 해도 첫 서슬이라 겁을 벌벌 내고 큰소리를 내지 않으려 하였으나, 어제 큰길에 나와서 자기는 본체만체하고 달아나던 소행이라든지, 젊은 놈들을 끌고 와서 집을 별안간에 내놓으란 말을 듣고 보니, 늙은 아버지한테 대들면서 자수서를 쓰라고 조지는 것을 보고는 이게 사람의 자식인가 하고 분한 것을 참았지마는 인제는 어디 할 대로 해 보라고 맞서는 것이었다.

"거기들 좀 앉아요. 집들은 잘 찾아오겠지? 하여간 급한 대루 간판부터 붙여 놓구 봅시다."

상근이는 제 어머니한테는 대꾸도 아니하고 안방 쪽으로 마룻전에 걸터앉으며 집 보러 온 사람처럼 우중우중 섰는 일행에게 권하였다.

어머니가 안방으로 들어가니까 아이들도 따라 들어갔다. 경애는 식구들이 안방으로 들어가는 것을 보고 곧 쫓아 들어가서 여기까지 끌려오게 된 변명이라도 딱한 사정을 이야기하고 싶건마는 보는 눈들이 무서워서 감히 엄두도 못 내었다. 누구보다도 제일 가까워야 할 김난이가 무서웠다. 상근이도 물론 감시를 하는 것이었다. 김난이는 숫기 좋게 남자들 곁에 앉아서 숙설거리고 있지마는 경애는 그럴 수도 없어서 붙들려 온 죄인처럼 김난이 옆에 오두머니 서서 어떡하면 어서 빠져나가겠느냐는 궁리에 팔려만 있는 것이었다.

"이 집이 원체 최가의 집두 아녜요 일본놈이 달아날 제 취련이 그 늙은 년의 서방한테 맽기구 간 것인데 그 놈팽이가 죽으니까 소리 없이 제 차지가 된 것을 아버지한테 넘긴 것이거든. 지금 와서 중앙시론사 사장집이라면 당장으루 덜커덕 역산(逆産)의 쪽지가 붙을 텐데 적산이거나 역산이거나 집 한 채라두 건지려면 날 맽겨요 결코 더럽게 집이 탐이 나서 그런 건 아니지만……"

"넌 무슨 권리가 그렇게 좋으냐? 에미 애비가 당장 들어 사는 집을 아니, 그건 고사하구 남의 집인 줄 너두 번연히 알면서 당장 내놓으라니 잘못하다간 깝데기 벗기려 들지 않겠니?"

선옥이는 머리를 빗으려고 경대를 내놓고 앉아서도 울화가 치밀고 손이 떨려서 망설이고 있다가, 참다못해 또 탄하고 말았다.

"아무것도 모르면 가만히 계세요. 세상이 어떻게 돌아가는지나 아시구 그러슈?"

모친이 맞서는 기세에 상근이는 훌뿌리는 수작으로 마구 대들었다.

"너두 사람이지? 그래 우리를 어디루 나가라는 거냐? 거리루 내몰지 못해 이 등쌀이냐?"

선옥이는 알지두 못하면 가만있으라는 말에 기가 막혀서 선옥이는 마루로 향하여 돌아앉으며 방바닥을 쳤다.

"왜, 아버지 가 계신데 누게 들킬 염려두 없구 조용해 좋더구먼. 사랑채라두 방 하나 치우면 못 갈 건 뭐예요"

상근이의 부친이 가 있다는 데는 사랑채에 있는 최호남이가 피신을 시켜준 데 말이다. 인민군이 들어온 뒤에 하두 다급하니까 호남 자신도 위험하지마는 우선 현저동에 있는 자기 이모 집으로 끌어다가 숨겨 놓은 것이었다. 그것을 어제는 호남이의 젊은 댁내를 쫓아가서 앞세우고 기어코 찾아낸 것이었다.

"어떤 망할 년이 자식을 낳겠니! 숨은 애비를 샅샅이 찾아내서 자수를 해라 협력을 해라 하구 볶아치구, 에미더러는 집 내놓구 거리로 나가라 하구! 넌 너대루 나가 살구, 난 나대루 사는 거야. 어서 나가거라 쑤엑 쑤엑!"

선옥이를 갈아 붙이며 진저리를 치면서도 속으로는 뒤가 무서운 생각이 들었다.

"왜 내가 어째서요. 아버지 살길을 터 드리자는 거요, 이 집 한 채라두 지니게 하자는 건데!"

"효자다. 효자야! 언제 적부터 그렇게 부모 걱정 집안 걱정을 알뜰히 했던?"

어머니한테 좀 더 시원스럽게 대거리를 못 하는 것이 분해서 상근이는 안간힘을 쓰고 그 키부터 신경질로 생긴 호리호리한 몸집을 훌쩍 일으키더니 뜰 건너질러 안으로 통한 사랑문으로 나간다.

여름 내 사람의 손이 가지 않은 명색만의 화단은 오무라진 자줏빛 꽃송이가 간들거리는 나팔꽃 나무와 수세미 나무가 엉클어진 것만 눈에 띄운다.

"어디 나두 좀 가 볼까?"

하며 난이가 일어나며 남자들을 끌듯이 눈짓을 하였다. 두 남자도 차례차례 어슬렁어슬렁 따라섰다.

이 일행이 화초밭 뒤로 돌아가는 것을 빤히 바라보고 섰던 경애는 안방 영창 밑으로 단걸음에 뛰어오며

"어머니! 나 온 거 보시구 놀라셨죠?"

하고 목소리를 죽여 급급히 말을 걸었다.

"글쎄 말야. 웬일이냐? 설마 그 애를 따라 올 줄야?"

선옥이는 경대 앞에서 일어나 창문 밑께로 다가오며, 마치 유치장 속에서 눈을 기여 가며 말을 주거니 받거니 하듯이 역시 급히 숙설대었다. 아이들도 우으들 몰려와서 눈들이 똥그래서 어서 이야기를 들으려 하였다.

"저하구 같이 있던 애가 바루 그 애예요. 그런 줄 몰랐더니 아주 진짜 빨갱이군요. 아주 그 성화에 죽겠어요."

경애는 정말 눈물이 핑 돌며 어떻게 구원을 해 달라고 매달리는 기색이었다.

"온 어쩌나! 모두들 짜구서 계획적으루 하는 일 아닌가? ……."

선옥이는 저절로 눈살이 찌푸려졌다.

"그래 어떻게 하라는 거야?"

"넌 국군 장교하구 약혼을 했으니 군인 가족 아니냐고 못살게 구는 거죠. 모르는 새 같으면 군인 가족인 줄 알구서야 가만 내버려 두지 않는다는 거예요. 친한 새니까 눈감아 주는 거니 같이 나와 일을 하자는

거요, 또 큰양반은 그이대루, 난 아이두 모르구 집안일두 모른다, 너만
잘하면 모르지만 조금치라두 눈에 거슬리는 일이 있으면 그때 가선 법
대루 처치하는 수밖에 난 모른다구 무시무시한 소리들만 하지 않아요!
무서워서 못살겠어요. 요새 같아서는 사는 것 같지두 않구, 살구 싶지
두 않아요……."

경애는 눈물은 참으면서도 목이 메었다.

"저런 몹쓸 년놈들! 저를 어쩌니!"

하며 선옥이는 펄쩍 뛰었다.

"어머나! 어쩌면 좋아!"

여자중학 삼년인 의영이가 잠잖으니만큼 모든 말경우를 알아듣고 얼
굴이 파래지며 낙심이 되어 한다.

"어쨌든 어디루는 피해야 하지 않겠니? 애비 에미두 몰라보는데, 뒤
집힌 눈에 동생이 뵐 리가 있겠니."

선옥이는 다급해서 서둘러대었다. 경애는 상근이의 바로 손아래인
광근이와 약혼한 사이지마는 이 집에서는 딸같이 귀애하고 약혼 여부
없이 며느리나 다름없이 드나드는 터이다.

"너무 급히 서둘렀다가 눈치를 채는 날이면 큰일이니까!"

말을 채 맺기 전에 화단 쪽에 중얼중얼 말소리가 들리는 바람에 경
애는 질겁을 해서 말을 끊다가

"……어쨌든 이따가 저리 가겠어요."

하고 한마디 소곤대고는 저만치 떨어져 갔다.

"식모 마누라만 있으니 얘기가 안됐지만 별수 없어요. 여기서 사무를

보구 분주하게 드나들면 계시려야 계실 수도 없으니까 길치루 사랑에 나가 계세요. 세간은 어차피 우리가 밥두 지어 먹어야할 거니까 이대루 두시면 내가 잘 맡아둘 거니까……"

안방에 다시 경대로 향하여 머리를 빗고 앉았는 모친은 상근이가 마루에 걸터앉아서 늘어놓는 대로 네 멋대로 지껄여 보라는 듯이 듣고만 있었다.

"그리구 의영이 너 일 좀 봐 주어야 하겠다. 내일부터 사무 좀 봐다우."

의영이 얼굴이 파래지며 마주 보기가 무서운 오라비의 얼굴을 곁눈질로 거들떠보다가는 모친에게서 무슨 말이 나올까 기다리는 듯이 그리로 외면을 하였다.

"흥, 요새 저만 애들 간호부로 끌어간다드구나?"

누이동생까지 끌어내려는 데는 잠자코 있을 수가 없어 선옥이는 코웃음만 쳤으나 섣불리 너무 건드려서 비위를 거슬려 놓아서는 아니 되겠다고 생각하였다.

이거 뭐 예삿일이 아니라 섣불리 서두르다가는 내 자식 남의 자식의 목숨이 왔다 갔다 하는 살판이니 가슴이 더럭 내려앉는 것이었다.

"이것두 내 맘대루는 못하는 것이지만, 자식 덕 오래비 덕을 볼 날두 있을 거니까 잠자쿠 허라는 대루만 해요. 식량 귀한 판에 쌀은 얼마든지 댈 거니까 먹구 일하면 되는 거지."

"맘대루 하렴. 난 뭐 할 거 없니?"

머리를 빗고 난 선옥이는 손도 안 씻고 홧김에 옷을 부등부등 갈아

입으며 비양대려니까

"아무리 자식이라두 그런 객쩍은 소린 안 들어요! 왜 할 일이 없어요. 가만히 있어 보세요."

상근이는 발끈해서 눈을 곤두세고 소리를 바락 질렀다.

"어머니 어딜 가세요. 우리는 어쩌라구!"

의영이의 목소리는 바르를 떨렸다.

"설마 죽이기야 하겠니! 밥 먹여 준다니 얻어 먹구 들어엎댔으렴."

선옥이는 분통이 터져서, 이것들과 물끄럼말끄럼 마주 앉았을 수가 없으니 훌쩍 나서도 머리 뒤를 끌어당기는 듯이 마음에 걸려서 발길이 타박타박 허청 나갔다. 안방에 남은 두 계집애는 목소리를 죽여 마주 울고 앉았고 막내놈은 사내놈이니만치 고개를 틀어박고 돌아앉았다.

2

저러다가 꼼짝도 못 하게 해서 아이들을 빼내지도 못하게 되지나 않을까 하는 겁이 나서 차라리 나오는 길에 데리고 나올 것을 잘못하지 않았나, 하는 생각도 하였으나, 덮어 놓고 데리고 나선들 이 판에 셋씩이나 아이를 맡겠다는 일가나 친척이 있을 리가 없다. 정하면 큰딸 의순이가 제살이를 하고 있으니 식량만 대어 주고 보내 두었으면 좋겠지마는 그런다기로 어린것 둘은 몰라도, 김난이가 의순이를 만나 보겠다고까지 하는 터에 의영이를 보내준다는 것은 어림없는 일이다.

선옥이는 나서야 발길 둘 데라고는 현저동 영감한테다. 하루 한 번씩 심심해서라도 문안을 가는 것이 일과가 되었지마는, 전차도 없고 첩첩이 철시한 시가에는 나날이 인적이 드물어 가는 거리를 타박타박 걷기란 다릿골이 여간 빠지는 것이 아니었다. 어제는 취원이 내외가 다 안 들어와 잔 모양인 것을 생각하고 어쩌면 아현집에서들 잤나 싶어서 거기부터 들러 보기로 하였다. 최 주사 호남의 본집 말이다. 어쩐둥 하다가 열 살 터울이나 되는 사십에 귀가 달린 취원이와 얼려 살기는 하지마는 본댁네는 어린 남매를 데린 삼십 전의 수더분한 살림꾼이다. 호남이는 안방에서 반색을 하고 나왔으나 혼자 있는지 다른 인기척은 없다.

"왜 혼자유?"

"응, 현저동엘 지금 막 보냈는데…… 걸어오느라구 땀이 다 났구려?"

선옥이의 이마에 땀이 촉촉이 배인 것을 씻어 주고 싶을 만치 애처로운 표정으로 인사를 하며 악수를 하여 붙들어 올리려는 자세로 손을 내밀었으나 선옥이는 남자의 손을 밀치고 마루로 올라섰다. 남자가 빈 집에 혼자라는 바람에 선옥이는 잠깐 서먹하는 느낌이면서 이때까지 갖은 시름에 팔렸던 초조한 마음이 살짝 개이며 저절로 얼굴이 살짝 피어올랐다.

"현저동은 왜? ……"

숨이 가쁜 가냘픈 목소리였다.

"오랜만에 시장에 고기가 나왔기에 국을 끓인 길에 안주감두 좀 마련해 보냈지."

"아무튼 무던하구면. 자식보다 낫지."

이것을 실없는 소리로만이 아니라 상근이 생각을 하고 하는 말이었다.

"실없이 욕을 하는구면. 아니, 이렇게 만나 뵙기두 오래간만이군요 난리를 겪자니 한 몇 해 된 것 같구먼. 허허허."

안방으로 앞서 들어서는 선옥이를 따라 들어오며 호남이는 여자의 손길을 잡아끌었다.

"이 양반이 돌았나? 고기를 잡았다면서 아직두 헛헛증이 나시는 게로군? 호호호……."

선옥이는 덥다고 흰 수치마를 벗어서 자리를 싼 위에 걸쳐 얹고 속치마 바람으로 앉으며 주인이 내놓는 부채로 팔딱팔딱 땀을 들이고 있다. 이 두 남녀가 둘이만 만나면 이렇게 반말지거리도 실없는 소리도 곧잘 하게 된 것은 난리가 나기 바로 전 일이었으니 그 후에는 이렇게 한가롭게 조용한 틈을 탈 새도 없었던 것이다.

옆에서는 다섯 살짜리 큰딸아이가 쌔근쌔근 낮잠을 자고 있고 뒷집 수풀에서는 들려오는 매미 소리와 함께 선들바람이 후르르 끼쳐 와서 한나절 폭양은 지글지글 끓는 것 같아도 안팎이 괴괴하니 나른한 몸에 졸음이 소르르 올 것 같다.

"근데 큰일 났어. 그 자식이 오늘 한 떼를 몰아가지구 달겨들더니 대지르구 집을 내놓으라는구먼! 기가 차서!"

선옥이는 한숨 돌린 뒤에 비로소 급한 이야기를 꺼냈다.

"흥, 그거 다 그 자식들이 요새 하는 짓야. 가만 내버려 두어요. 설마 사람 사는 집에 첩을 박을까."

호남이는 오랜만에 모든 시름을 잊고 좋은 기분에 잠긴 것을 깨뜨리는 것이 아까워서 예사로 들어 두려 하였다.

"그것도 그거지만, 아니, 홍경애가 그것들 틈에 끼어 다니니 이건 어쩌우?"

"엉? 경애가? 그럼 김난이란 애두 끼었겠구먼? 듣지 않아두 고년 때
문야."

하며 호남이는 입맛을 쩝쩝 다셨다.

"그건 어떻게 아우?"

"아, 개들이 바루 저 아랫방에 있지 않았었나! 고년, 그렇게 담독한
년인 줄 몰랐구먼. 그 애(경애)두 까맣게 몰랐다가 일이 터지구 나니까
그제서야 눈치를 채구 겁을 벌벌 내며 피해 다녔는데 그예 걸려들구 만
게로군. 이건 좀 머릿살 아픈데! 그눔의 소굴에들 한번 끌려 들어가 놓
으면 좀체 감옥서에 붙들려 들어간 걸 빼내기보다두 더 어려우니 걱정
이지."

여기에 와서는 호남이도 망망해 하였다.

"지금이라두 어디다 든든히 감춰 놀 데만 있으면 그만이겠는데……?"

선옥이는 누웠는 남자의 앞에 앉아서 부채질을 솔솔 해 주며 대꾸를
하였다.

"숨길 데……? 가만있어요 내 어떻게 마련해 보지 뭐 그런 걱정 집
어 치워요 입맛 써!"

하고 호남이는 역시 그런 대로 여자의 감정이 흐트러지려는 것이 싫어
서 말을 막고, 부채질을 하는 선옥이의 팔목을 가만히 끌어당기면서 손
에서 부채를 뺏었다.

경애가 이 집에 와서 하숙을 하게 된 것은, 호남이의 댁내와 사촌간
이기 때문도 있지마는, 이 집이 간살은 얼마 안 되어도 방이 셋이나 되

는데, 남편은 취원이가 내놓지를 않으니 거기에 가서 파묻혀 있고 어린 것들만 데리고 호젓하게 지내는 판인데 경애가 와 있겠다 하여 하숙 여 부없이 받아들인 것이었었다. 그러나 사람을 두고 보니 하나 두나 둘 두나 시중은 일반이라 이왕이면 동무 하나를 끌어오라 해서 온 것이 김난이였던 것이다.

"김난이가 R대학 영문과에서 그 애보다 일 년 위인데 저편에서 달겨들어서 그렇게 친하게 된 걸 보면 무서운 계획이 있었더란 말이지⋯⋯."

어느덧 이야기는 다시 김난이가 이 집에 와 있게 된 내력으로 돌아왔다.

"계획이라니? 무슨 스파이질을 했더란 말유?"

선옥이는 둘째 아들 광근이가 군인이라는 생각을 하면서 어렴풋이 무슨 짐작이 드는 듯싶어서 선득한 낯빛으로 호남이를 치어다보았다.

"맞았어! 김난이란 계집애두 똑똑하구 이쁘장스런 애가 어디가 그런 악독한 계집애 같기나 했을까. 경애를 동생처럼 귀해 하구 우리 애두 뭐 동성연애나 하나 싶었는데⋯⋯하하하⋯⋯계집이란 그런 거야! 사장 선생의 눈에는 이선옥 여사가 열녀루만 뵈는데, 속치마 바람으루 바람이 키어서⋯⋯. 하하하⋯⋯."

"예이!"

하고 선옥이는 반듯이 자빠져서 입을 놀리는 호남이의 아래위입술을 두 손가락으로 꼭 집어서 흔들다가 선웃음을 치며 놓고서

"그래 어째?"

하고 뒷말을 채친다.

"뭐 뻔한 노릇이지. 경애가 귀한 것이 아니라 경애에게 달린 박광근 중위가 더 쓸모가 있었다는 거지. 거기서 냄새를 맡아 내라는 것인데 경애두 알루 깐 애라, 하마터면 그 수에 넘어갈 뻔한 것을 벌써 알아차리구 되레 광근이한테 일러바친 모양인데 그 흑막에서 조종을 한 것이 누구냐 하면 바루 그 동생의 그런 형이더란 말야!"

"아, 듣기 싫어! 그만둬요."

선옥이는 눈살을 찌푸리며 고개를 내저었다.

"왜 내 말이 틀려서?"

"아니 틀리다는 게 아니라, 에미루서 차마 들을 수가 없으니 말이지."

호남이는 이 여자의 그 심정을 짐작할 수 있고 동정한다는 듯이 껄껄 선웃음을 치다가 '에미루서……'라는 그 말이 귀에 걸려서 선옥이의 매끈한 그 얼굴을 다시 한 번 치어다보았다. 어디가 그 칼날같이 날카롭고 악독한 상근이의 어미랄까? 사위를 보고 외손주 새끼가 할머니라고 하기에는 좀 어색한 것만 같지 않다.

"난 이번 통에 몸이 두어 관은 축갔을 거요 우리 취원 여사두 얼굴의 주름살이 여남은 개는 더 늘었을 텐데, 대관절 선옥 여사는 언제 늙으실 작정요? 하하하."

이야기는 다른 데로 번졌다.

"남 악담을 하지. 예서 더 늙으면 어쩌라구! 젊어지는 약은 있대지만 늙어지는 약은 없는지? 호호호."

"왜? 허허허."

또 네 손길은 마주 붙들고 지롱을 하다가 곁에서 자는 아이가 깨는 기척에 선옥이는 발딱 일어나 윗목으로 내려가서 치마를 두른다. 차차 애 어머니가 올 때쯤도 되었다.

"나두 갈 테니 좀 있다가 집 주인 오거든 맡겨 놓구 같이 가십시다."

선잠을 깬 것은 아니나 찡얼대는 아이를 달래며 호남이가 붙들었다.

"호호호……늙은이 대접을 해서 말공대를 다 할 줄 알구!"

반말로 농지거리만 하다가 말공대를 듣는 것이 으레 열적은 듯이 선옥이는 웃다가

"쥔아씨 만나기두 어째 죄밑 같구 겸연쩍구먼 호호호……. 참 그런데 저 애 숨겨 줄 데를 생각해 보세야지. 그 길에 또 하나 우리 딸두 어따 좀 갖다 둬야 하겠는데……글쎄 그 미친 눈이 뒤집힌 자식이 우리 의영이두 껄어내려 드는구먼."

하며 딴 데 정신이 팔려서 정작 급한 의논은 잊어버리고 갈 뻔한 것이 그야말로 겸연쩍은 생각도 들었다.

"자, 그러니 잠깐 기대려 주세요. 밥에미 들어오면 좀 가서 물어보구 오랄 데두 있구 어차피 곰국 해서 점심이나 자시구 함께 가시자구요."

아내가 듣는 데서 무심코 말버릇이 사나울까 봐서 연습이나 하듯이 점점 더 공대가 깍듯하여졌다.

"점심은 무슨 점심……. 아 참 그런데 간밤엔 사랑 마누라두 난봉이 났는지 안 들어와 잤나 보던데?"

취원 말이다. 고자질이나 하는 것 같아서 말을 꺼내기 좋을 건 없으나, 그래도 혹시나 현저동 같은 데서 놀다가 쓰러져 자지나 않았나 하는 공연한 의심이 들어서 말을 비치고야 말았다.

"난봉 나라지! 전쟁 통에 목숨이 간드렁간드렁하는데 난봉은 무슨 난봉."

하며 호남이가 웃으려니까

"허! 입찬소리 그만 해요! 전쟁은 전쟁, 연애는 연애지."

하고 선옥이는 남자에게 오금을 박는 것인지 제 말을 하는 것인지 깔깔 웃고 말았다. 취원은 호남이를 피신시킬 자리를 보러 인사동 소옥이한테를 갔는데 아마 게서 잤으리라는 것이었다. 원남동 집에는 상근이가 나타난 뒤로 호남이는 물론이요 취원이마저 마음이 붙지 않고 자리가 떠서 들어가기가 싫다고 떠도는 것이었다.

"저 아버지두 옭아 넣으려는 자식이니 말할 것도 없지만 내가 뭣 땜에 반역자라구 눈을 까뒤집구 댐비니 마음을 놓을 수가 있어야지 아니 그것두 저 어머니 바람내 주었다구 그런다면 말이나 되겠지만 하하하."

호남이 입에서는 또 실없는 소리가 터져 나오고 말았다.

"예이 주책없는 소리 고만해!"

선옥이는 손찌검을 하는 흉내를 내면서 쓴웃음을 웃고 축대로 나려 갔다.

사실 전부터도 호남이와 상근이는 서로 얄밉게 보고 좋은 새가 아니었지마는 더구나 이렇게 되고 보니 상근이는 호남이가 중앙시론사의 영업주임이었다고 해서 반역자라고는 우그려 넣을 기회만 노리고 있는 것이지마는, 또 하나는 요새로 소위 '의용군'이란 명목으로 동리마다 젊은 애들을 끌어내 가니 인제야 삼십이 좀 넘은 호남이는 어디를 가서 몸을 담아 있을 수가 없이 초조한 형편이다.

"어느 귀신이 붙들어 가는지두 모르게 그러질지? 우리두 이게 마지막이 될지 누가 알겠기에!"

남자의 말이 처량히 들려서 선옥이는 훌쩍 떠오지를 못하고 서성거리다가 영창 밑 쪽마루에 다시 걸터앉으며 심심풀이로 핸드백을 열고 뒤적뒤적하더니

"아주 마지막 물을 맞떠넣어 주는 셈 치구 이거나 씹으십시다."

하고 껌 갑을 꺼내서 어린애부터 하나씩 꺼내 주고 자기도 하나 벗겨 입에 넣었다. 지금은 거리에서도 볼 수 없는 미제 고급품이다. 집에 남은 것을 넣고 다니면서 지금은 옛날의 꿈이었던 싶은 시절을 추억하며 씹어 보는 것이었다.

3

"아 오는구면. 덥지? 수고했어."

어린애를 업고 보자기에 싼 들통을 들고 호남이댁 영애는 땀을 뻘뻘 흘리며 들어오다가

"오래간만이군요. 왜 좀 올러가시지."

하고 선옥이한테 인사를 한다.

"아니 곧 가려는 길인데……미안하군요. 영감님 시중까지 들어 주시구."

선옥이는 일어나서, 등에 업혀 자는 아이를 받으려니까, 옷 더럽는다고 남편에게 등을 들어 대었다.

"영감님은, 취원이 와서 대거리를 해드려서 화투를 하구 소견을 하시

며 심심치 않게 계시더군요. 한데 얼마나 걱정이 되시구 괴로우시겠어요?"

영애는 남편이 껌을 씹으며 아이를 받아다가 방에 뉘고 나오는 길에 집어다 주는 부채로 팔딱팔딱 땀을 들이며 인사를 하는 것이었다.

"그야 뭐 나쁜이겠수. 누구나 당하는 일이니까……."

하며 선옥이는 핸드백에서 영애에게도 껌을 하나 꺼내서 주며 목이 컬컬할 테니 씹으라 권하였으나 껌을 받아 놓고 부엌으로 들어가서 물을 한 대접 떠서 벌떡벌떡 켜고 나온다. 남편의 퇴물인지 다 바랜 회색 양복바지가 수세미가 된 것을 입고 후줄근한 모시적삼에 까맣게 탄 발은 벗고 한 차림차리가 냉수나 마셨지 한가롭게 껌을 씹고 앉았을 여자가 아니었다.

"아 그런데 경애가 김난이 춤에 끌려 나와서 그놈들 틈에 끼어 다닌다는구려."

호남이가 불쑥 말을 꺼냈다.

"아, 저런! 큰일 났구려."

영애가 눈이 뚱그래서 펄쩍 뛴다.

"아 글쎄, 지금 이 아주머니 말씀 들으니 원남동에까지 끌려왔더라니 어서 끌어다가 숨겨놔야 하겠는데 어디 마땅한 데가 없을까?"

"글쎄……."

"이 뒷집이 어떨꾸? 등하불명으루 되레 그런 데가 안전하거든."

뒷집이란 영애가 떠나온 지는 얼마 아니 되건마는 퍽 자별히 지내는 데요, 어린애가 없는 집이라 이 집 두 남매가 밤낮 가서 살다시피 친하게 지내 늙은이 내외에 아들 내외, 단 네 식구가 사는 집이다. 경애도 놀러간 어린애들 데리러 가기도 하여 드나들었고 자기네의 죽은 딸이 살았더라면 경애만 했겠다고 늘 탐을 내고 끔찍이 굴던 터이다.

"하지만 동리서 낯을 아는데……."

"그건 염려 없어. 지금은 동리 사람이나 내무서원이 걱정이 아니라 김난이의 눈이 무서운 건데 김난이가 제아무리 똑똑한들 설마 앞뒷집 사이에 숨겨났을 리라고야 생각할라구……."

경애는 부모도 없이 오라비에게 얹혀사는 애라, 그래서 아이가 달린 오라범댁이 학교 뒤치다꺼리를 하기 어려워할 뿐 아니라, 원체 학교가 멀어서 오라비가 밥값을 물면서라도 이리 와 있게 하였던 것이었다. 그런데 이번에 사변이 나자 하기 방학이고 하여 오라비 집으로 가 있었던 것인데 김난이가 그리로 쫓아다니며 꼬여낸 것이니, 경애가 눈에 안 띄면 으레 오라비 집 아니면 이리로 찾아올 것이니, 오라비 내외가 알뜰 살뜰히 감추어 줄 것 같지도 않고 하니 여기서들 서두는 것이었다.

"어디 가서 물어보죠만……참 그런데 그 후 둘째 분은 통 소식 모르죠? 얼마나 속이 썩으시겠어요?"

영애는 경애의 이야기 나온 끝이라 자연히 출전한 광근이 생각이 나서 선옥이에게 인사를 하는 것이었다.

"소식이 뭐요! 허구헌 날 그런 생각만 하다간 내가 지레 말라죽겠어요."

하고 선옥이는 한숨을 내리 쉬며, 입속의 껌을 탁 뱉어 버렸다. 자기 말에 거짓은 조금도 없건마는 이때까지 호남이와 시시덕거리며 놀던 생각을 하면 자기의 말이 입에 붙은 말 같아서 자식에게라도 미안한 마음이 없지 않고, 한가롭게 껌을 찍덕거리며 씹는 것조차 개전치 않다는 생각이 들어서 제풀에 화를 내며 탁 뱉어 버린 것이었다. 아까 방에서 호남이의 입에서 광근이 말이 나왔을 제는 놀기에 미쳐서 자식 생각이고 무어고 미쳐 돌 여지도 없었지마는, 지금 이 여자에게 '얼마나 속이 썩느냐'는 인사를 받고 보니 새삼스레 내심에 부끄럽고 마음에 찔리는 것이었다.

사변이 터지던 날, 공일이라 집에 들어앉았다가 소집령을 받고 후다닥 뛰어나간 뒤로는 생사를 모르는 그 애다. 살았으리라는 것은 천행을 바라는 욕심이요, 만일 죽어서 혼령이라도 이 꼴을 내려다본다면 에미를 무얼로 알꾸? ……

'에미가 이 모양이면야 자식의 신상에두 좋을 거 없을 거야.'

이런 생각도 떠올라서 마음을 진정하고 가만히 앉았을 수가 없었다.

그것도 그렇지만 속이 썩겠다고 동정을 하는 이 여자가 조금 전까지 속치마 바람으로 방 속에서 뒹굴다가 나온 것을 눈치라도 챘다면 얼굴에 침을 뱉을 것이다. 얼굴에 침을 뱉는 정도로 그칠까? ……아아 무서운 일이다.

"난, 갈 테야. 그럼 뒷집에 물어봐다 주시겠우?"

하고 선옥이는 일어서려 하였다.

"아니 왜, 점심 잡숫구 가세요 곰국을 좀 끓였는데!"

하고 영애가 지성껏 붙들며 급급히 부엌으로 들어간다.

나갈 때 보아 놓았던 남편의 점심밥상에 수저와 밥그릇 하나만 더

엎어 놓아서 상을 내어오고 풍롯불에서 마냥 끓은 국 냄비를 들고 나와서 빽빽이 퍼 놓는다. 오랜만에 보는 곰국의 구수한 냄새에, 선옥이는 군침이 도는 것을 군돈스럽다고 창피한 생각이 없지 않았으나 하는 수 없었다.

"어서 올라가 잡수세요 뒷집에 잠깐 다녀올께요"

"이거 염체 없구먼. 이 집 저 집으루 다니며 우리 내외 치다꺼리하기에 뼈골 빠지겠우."

"아이 그런 말씀 마세요. 상을 따루 봐 드리지 않았다구 나무래진 마세요. 난리 통에 아무려면 어떻습니까. 한집안 식구 같은데……."

영애는 체모를 차리지 않고 남편과 겸상을 한 것을 사과하는 것이었다. 선옥이는 마음이 편할 수는 없었으나 올라와 상 곁에 앉고 말았다. 영애는 자기가 곁에서 보면 선옥이가 남편과 마주 상으로 달겨들기가 더 거북해 할 듯싶어서, 어린것에게 국에 만 밥그릇을 따로 안겨 놓고,

"그럼 난 잠깐 뒷집에 가 물어보구 올께요"

하고 팽이같이 나가 버렸다.

"우리 마누라 그만하면 되겠지?"

둘이 상을 받고 앉으니까 좀 열적은 생각이 들면서 별안간 할 이야기도 없어 그렇겠지마는 호남이는 또 실없어졌다. 선옥이는 신기가 좋아서 할 처지라 생긋 웃어만 보였다. 아닌 게 아니라, 아이들을 귀여워하고 수고했다고 아내를 어루만져 주고 하는 눈치로 보아서 의외로 내외의 의가 좋다고, 선옥이는 시기하는 것은 아니나 좀 부럽게도 생각하는 것이었다. 그렇다고 결코 영감에게 구박을 받는 자기도 아니건마는.

"없는 놈의 계집이 그렇기나 해야지."

호남이는 또 한 번 제풀에 아내 칭찬을 하였다.

"그런 줄을 알면서 웬 난봉을 부리는 거야?"

어느덧 선옥이의 기분은 다시 명랑하여졌다.

"내가 난봉을 부리나! 들쑤셔 내니까 마지못해 대거리를 하는 거지!"
하고 호남이는 코웃음을 쳤다.

"아, 미안하군요. 어쩨 먹는 게 얹힐 것 같다!"

선옥이는 좀 토라져 보였다. 그러나 남자로서는 그 말이 진담이라고
생각하였다.

"아니, 내 발뺌을 하자니까 말이 그렇지! 취소, 취소! 과히 노하진 마
세요. 용서하세요."

반은 실없이 반은 진담으로 호남이는 고개를 숙여 보이며 깔깔 웃었다.

"노할 건 없어두 바른 대루 말이지 고깝긴 해요. 나두 맘을 고쳐먹어
야 하겠다는 생각은 벌써 하구 있지만……."

선옥이는 샐쭉했다. 자기의 나이를 생각하거나 처지를 생각하거나
고까운 생각이 앞을 서는 것이요, 그런가 하면 또 한편으로는 남자를
위해서라도 이런 교제가 길게 가서는 안 되겠다고 뉘우치기도 하는 것
이기는 하였다.

"이거 왜 이래요? 이 험난한 세상에 무엇에 맘을 붙이구 살라구 그런
신산한 소리를 하는 거야. 웃고 지내자두 며칠이나 지낼지 모르는데!"

어느덧 이야기는 따분한 기분으로 끌려 들어갔다.

그래도 선옥이는 국이 맛있어서 달게 먹었다. 상에서 마악 물러나 앉

자니까 영애가 일부러 거레를 하고 때를 맞추어서 돌아온 듯싶었다.

"영감이 없어서 돌아오면 의논해 보겠다구 했지만 되려 반색을 하는 모양이던데요. 내남직없이 굶을 지경이니까 그럴 거예요"

영애가 와서 전하는 하회이었다.

4

선옥이가 현저동에를 와 보니까, 영애의 말대로 취원이가 와서 판을 차리고 있다. 취원은 치마는 벗어 걸고 속치마 바람으로 윗목에 목침을 베고 누워서 잠이 든 모양이요, 영감은 아랫목에서 화투를 가지고 패를 떼고 앉았었다.

"음⋯⋯."

영감은 뜰로 들어서는 아내를 잠깐 거들떠보고는, 자기의 절박한 운명이 화투짝이나 달린 듯싶이 손에 든 것을 놓지 않고 여전히 열심히 팔딱팔딱 제치고 있다.

"그래 어제 그놈은 어디루 갔어?"

눈은 화투에 있으면서 지나는 말처럼 예사로이 묻는다.

선옥이는 좁은 방 속에 들어가기도 싫어서 뒷마루에 걸터앉으며

"말 마세요 집을 제가 쓰겠다니 내놓으라고 막 얼러대구 야단이로군요"

하고 입을 벌리려니까, 취원이 소스라쳐 일어나 앉으며

"뭐요?"

하고 탄한다. 취원이가 영감 앞에서 속치마 바람으로 있는 것쯤 예사지

마는, 자기도 호남집 안방에서 치마를 벗고 누웠던 것은 잊은 듯이 보기에 덜 좋았다. 아니, 자기가 그랬더니만큼 싫은 생각이 드는지 몰랐다.

"그래 뭘 하겠다는 거야?"

영감은 입맛이 쓴 듯이 화투를 밀어 놓고 화를 버럭 내었다.

"무슨 사무소를 꾸미겠다나…… 간판을 갖다 건대요."

"망한 자식! 하필 애비 든 집을 채서 빨갱이 굴을 만들겠다는 거야?"

영감은 속에서 짜내는 소리를 하며, 눈길이 자연 취원에게로 갔다. 말로 산다 하고 계약금만 걸어 놓고 끝전을 못 치른 채 질질 끌어온 터이니 집임자는 아직도 취원이다. 자식놈이 그 모양이니 취원에게도 미안한 노릇이었다.

"가만 내버려 둡쇼그려. 집이라구 난 저승길 같애서 들어가구 싶지두 않으니까! 잘 맡아 두라죠 정부만 다시 들어오면 가지 말래두 갈 건데, 설마 집데미까지 떠 가지구 갈까."

취원은 분하기야 하지마는 코웃음을 치는 것이었다.

영감은 상근이가 경애를 데리고 왔더란 말에 또 한 번 펄떡 뛰었다.

"이따 경애가 이리 오랬으니까 자세 들어보면 알겠지만 그 녀석 눈깔이 뒤집혀서 의영이까지 껄어내서 일을 시키겠다니 큰일이죠"

"허! 그놈 손에 집안을 영 망쳐 놓는 걸 가만 보구 앉았단 말인가!"

영감은 풀 없이 한숨을 쉬었다.

"가만 보구 있지 않으면 이 판에 별수 있겠기에요. 색시들야 어떻게 피할 도리두 있겠지만 선생님이 한시가 급하지 뭐예요. 이러구 앉으셨다가 언제 달겨들지 누가 압니까."

207

취원이 걱정을 하여 주는 것이었다. 아까도 취원과 의논을 해 본 일이지마는 인사동의 소옥이가 요릿집 하던 데는 터전이 넓어서 방도 많고 지하실도 두어 군데나 되고 다락도 여기저기 있지마는 호남이를 피하게 하고 취원도 쫓아가 있을 모양이니 거기에 따라가 있자기가 거북하다. 군식구가 별안간 늘어서 드나드는 사람이 많아지면 자연 동리에 소문도 나고 도리어 위험할 것이다.

"최 군이 웬일인구? 좀 올 텐데……."

영감은 당장 무슨 일을 당할 것만 같아서 바늘방석에 앉은 것만 같으나 아무리 궁리를 해야 갈 데가 만만치 않으니, 역시 허턱대고 호남이와 의논이나 해 보려고 하는 것이다. 아까 호남댁 영애가 왔다가 가는 길에 곧 좀 오라고 부탁을 하여 보냈던 것이다. 호남이 역시 오려는 생각이었지마는 선옥이와 작반을 하여 오는 것이 싫어서 한걸음 뒤늦게 오려고 선옥이부터 보낸 것이었다.

"아니, 윤식이 그동안 집에 좀 들릅디까? 마누라 좀 못 가 봤지? 어떻게들 지내는 모양야?"

영감은 다급하니 어제 오늘 사위 생각을 하는 것이었다. 윤식이가 야당계의 신문기자이기도 하고 그리 세상에 알린 존재도 아니고 하니, 이 사위 애를 내세워서 어디 피신할 곳을 물색해 볼까 하는 궁리를 하여 보았던 것이다. 영감이 이 집으로 갓 왔을 제 큰딸 내외가 밤중에 잠깐 다녀갔지마는 자주 올 것 없다고 일러 보낸 뒤에는 다시는 못 보았다.

"아이들이 심심하면 주르를 갔다 오구 하니까, 소식은 늘 듣지만, 윤식이도 아직 무어 피해 다닐 지경은 아니구 그런대루 지내나 보더군요"

"식량 걱정은 없는지?"

"예, 그거야 뭐. 그래두 큰집에서 좀 돌봐 주니까."

풋내기 신문기자로 월급생활을 하다가 길이 뚝 떨어지니 굶지나 않는가 하는 걱정도 없지 않은 것이었다.

"그 애두 아직 삼십 전 젊은 애니 그 난장 맞은 '의용군'인가 하는데 끌려가지나 않을지 걱정야."

"설마! 그 약은 사람이 붙들려야 갈라구. 동네서 인심이 좋아서 그럭저럭 서루 싸고 돌구 잘 지내나 봐."

선옥이도 언제까지 마루 끝에만 앉았기가 안 되어서 안마루로 올라와서 내다보고 알은체를 하는 주인마님한테 인사를 하고 건넌방으로 들어왔다. 선옥이도 치마가 구기는 것이 아까운 생각이 없지 않았으나 벗지는 않고 그대로 방문 밑에 앉았다. 누가 보면 속치마 바람인 취원이 방 임자 같고 선옥이가 손님 같아 보여서 취원은 좀 마음에 열적기도 하였다.

"한데 그 자식이 돈암동엔 안 갔겠지? 설마 윤식이가 그눔하구 왕래가 있거나 하지는 않겠지?"

"그런 눈친 없어요. 의순이가 받자위를 할쎄야 말이지."

큰딸 의순이는 돈암동서 어린것 하나를 데리고 세 식구가 사는 것이다.

"그러니 말야. 하두 막막하기에, 그 애들한테 가 있을 수는 없지만, 윤식이 친구란다든지 저의 집붙이루 가 있을 만한 데가 없을지? 내 친구라야 모두 제 몸 하나 갖추기에 쩔쩔매는 터이니 어디를 갈 데가 있어야 말이지."

영감은 이 말을 꺼내려고 이때까지 한참 캐어 보았던 것이다.

"글쎄요……하지만 그놈을 육장 따라다니는 그 뭐라던가? ……응, 김난이란 계집애가 우리 큰애하구 동창이라구 돈암동에를 찾아 가겠다구 하던데!"

선옥이는 눈이 똥그래졌다.

"응? 그래? ……."

하고 영감도 눈이 커대지며 뜻밖에 딸의 내외도 그쪽에 길이 닿지나 않았나 싶어서 놀라는 것이었다. 그러나 또 한참 생각을 하더니

"뭐 그럴 리가 있나! 전에 알던 새라 해서 어떻게든지 꾈어넣려구 그러는 거겠지. 하여간 이따라두 가 의논해 봐요 어떤 형편인가 알아두 보구."

하며 아내에게 이른다.

"글쎄……가 보긴 하겠지만, 하두 무시무시한 세상이 됐으니깐! 온, 자식이 그 모양이지, 경애가 그놈을 따라다니는 걸 보고는 세상에 믿을 사람이라군 없는 것 같애서……."

"아니, 십 년, 이십 년……검은 머리가 파뿌리가 되두룩 살면서두 죽을 때까지 못 믿는 게 내왼데! 호호호……."

불쑥 취원이 이런 소리를 하며 선옥이를 쳐다보는 데는 선옥이도 마음이 멈칫하였다.

"어, 지금 오나."

호남이가 큰기침을 하며 들어오는 것을 보고 영감은 반색을 하였다. 박영선 영감은 이렇게 외롭게 들어앉아서 믿을 만한 자식이 없고 의논

한마디 제대로 할 데가 없으니 여러 해 앞에 두고 부리던 이 사람밖에 의지할 데가 없는 것이었다.

호남이도 들어서는 첫눈에 취원이 속치마 바람으로 누웠다가 일어나 앉은 것 같고 선옥이가 단정히 앉았는 것이 눈여겨 보이기도 하고 우스워 보였다.

"애들아 대문을 그렇게 한만히 열어 두어 됐니? 닫아라."

호남이는 안방의 이모한테로 가서 인사를 하고 이종사촌 아이들에게 일렀다.

"뭐, 문 신칙은 해서 뭘 하나. 어떤 놈이 오기루 들구 뛸 데나 있기에 말이지."

영감은 껄껄 웃었다. 이 집에 처음 와서는 문 신칙을 단단히 하기도 하였지마는 큰아들 상근이가 다녀간 뒤로는 될 대로 되라고 자포자기 하는 마음도 들거니와 동리에서라도 도리어 수상하게 여길 것 같아서 내버려 두는 것이었다.

"그건 고사하구 어디 마땅한 데가 없을까?"

"글쎄올시다. 아무리 생각해 봐두 이만한 데가 없는데 그래두 지내 보시는 게 어떻겠어요? 어딜 가신대야 사원들은 모두 식량사정이 말이 아니어서 뻔히 굶는 지경이니 살림 하나를 떠맡아야 할 지경이니 뭘루 댑니까? ……상근 군만 하드라두 저두 사람이면야 아무려니 함부루야 하겠습니까."

호남이는 어떻게 생각이 들었는지 이렇게 권하는 것이었다.

"이 사람 말 말게. 자식이면 별수 있나. 집까지 뺏겠다구 지랄이라는

데."

서둘러 줄 줄 알았던 호남이가 이렇게 누그러지는 수작을 하는 데에 영감은 적잖이 실망을 느꼈다.

"참 그런 말 잠깐 들었는데요……."

"뉘게?"

"지금 잠깐 원남동에 들러오는 길예요"

선옥이가 집에 와서 소식을 들었다고 했다가는 말이 외착이 날까 보아서 이렇게 떠댄 것이었다.

"그래, 어떻게 됐습디까? 법석들이겠지?"

취원이가 묻는다.

"응, 아직은 오지 않았더군. 올 테건 오라지. 어디 저의 멋대루 해 보라지. 나중에 불이나 지르구 나갈까 봐 걱정이지만……."

호남이도 마음이 이리 놓이고 저리 놓이고 하여서 악에 받치는 소리를 하는 것이었다.

"그럼 난 잠깐 돈암동 다녀와요"

선옥이는 일어섰다. 상근이가 당장이라도 여기에를 또 달겨들 것만 같아서 조마조마하고 영감 일이 한시가 급하기도 하지마는 이 자리에 끼어 앉았기가 거북하고 싫어서 어서 빠져나가고 싶었던 것이다.

"아, 다녀오겠우? 하지만 예서 거길 어떻게 걸어갔다가 오나."

영감은 일루의 희망이 거기에 있는지라, 반색은 하면서도 그 먼 데를 걸어갔다 오라기가 미안하고 애석해 한다.

"아 그럼, 뭐 탈 게 있어요. 걸어라두 갔다 와야죠."

"점심이나 자셨우?"

"네 먹구 나왔에요."

조금 아까 호남이 집에서 곰국에 점심을 먹은 배는 든든하였다. 인제는 이런 거짓말을 예사로 하게 된 것이 선옥이는 속으로 부끄럽기도 하였다. 그러나 이 걱정 저 걱정에 뒤범벅이 된 머리에는 한 가지 생각이 오래가지는 못하였다.

원남동 집에까지는 어느 정신에 왔는지? 힘 안 들이고 후딱 왔다. 그러나 문전을 바라보자 그리 작은 편은 아닌 대문이 활짝 열리고 좌우 문설주에 하얀 새 나무로 만든 기다란 문패가 딱 붙어 있는 것을 보고 선옥이는 가슴이 선뜻하여지며 발길을 멈추었다. 거리에서 다른 집 문전에 붙은 것을 보고도 외면을 하며 슬슬 피해 가는 선옥이는 차마 마주 바라보지도 못하고 눈이 아물거려서 글씨도 분명히 보이지 않았다. 차마 문 안에 들어서기가 서먹하건마는 누가 무어라든지 여기는 우리 집이다, 하는 버티는 생각에 마당까지 들어서며 그래도 내 집 같은 생각이 없었다.

대청과 안방 건넌방에는 테이블과 의자가 쭉 늘어 놓이고 젊은 남녀들이 떡떡 제자리를 차지하고 앉았고 오락가락 분산하였다.

선옥이는 얼이 빠져서 멀거니 대청을 치어다보고만 섰으나 상근이는 안방의 테이블을 차지하고 앉았는지 눈에 아니 띄우고 찾아보려는 경애도 나서지를 않는다. 물론 아이들은 사랑채로 쫓겨 나갔는데 간 데가 없다.

"에구, 인제 오세요?"

그제서야 부엌에서 귀순 어머니가 나오면서 알은체를 한다. 귀순 어머니도 혼이 다 나갔는지, 새 주인의 위세에 눌려서 겁이 나니까 그런지 어엿이 알은체를 하는 것이 아니라 쭈뼛쭈뼛하는 기색이었다. 선옥이는 그것이 못마땅도 하였지마는 전부터 호남이와의 관계를 눈치채고 내색이 달라진 것을 짐작하는 터이라 선옥이는 대꾸도 않고 사랑으로 휙 나가 버렸다.

"에구 어머니! 어머니!"

하고 방에도 안 들어가고 마루 끝에 쪼그리고 앉았던 세 아이가 내달으며 울상인 것을 보고 선옥이는 눈물이 핑 돌았다.

"얘, 어서 가자. 옷들은 다 내왔니?"

아이들은 입을 벌리면 당장 울음이 터질 것 같아서 아무 말들 없이 계집아이들은 마루로 올라가서 쫓겨 가는 사람처럼 옷을 부둥부둥 갈아입고들 있다.

좁아터진 마루에는 안방의 금침이며 당장 입을 여름철 옷가지들을 주섬주섬 되는 대로 쌓아놓았다.

"글쎄 이게 웬일예요, 난리 난리하니 이럴 수가 있어요"

멍하니 자기 방인 아랫방 밑에 나와 섰던 철이 할머니가 겨우 틈을 타서 말을 거는 것이었다.

"난리 통 아뉴. 집이나 잘 보구 있어요 곧 또 올 테니."

선옥이는 송장감이 다 된 이 늙은이하고 긴 이야기를 할 경황도 없어서 얼쯤얼쯤 대꾸를 하였다.

"우리 아씬 어디 가셨어요? 언제 오세요"

"아, 인제 오실 거니 염려 말구 있어요."

헤어지기가 싫고 겁이 나서 하는 철이 할머니를 떼어 놓고 선옥이는 세 아이를 앞세우고 뒷문으로 도망꾼처럼 빠져나오면서도, 삼 년이나 데리고 있던 자기 집 식모 귀순 어머니가 어쩌면 쫓아와서 보지도 않는가 하고 혼자 분해 하였다.

5

선옥이는 치가 떨리게 분하고 아이들 정상이 가엾어 덮어 놓고 끌고 나섰으나 갈 데라고는 큰딸 의순이의 집이었다. 그나마 갖다가 둔다는 것이 또한 걱정이다. 방 셋에서 아랫방은 세를 놓고 건넌방은 사위가 쓰는데 커다란 아이들을 셋이나 우르를 끌고 들어가서 안방에서 복대기를 치게 하기가 미안한 일이요 그것은 고사하고 김난이의 말눈치 같아서는 의순이 집에도 쫓아가서 못살게 굴 모양이니 첫째 제 오라비가 끌어내려는 의영만은 형의 집이라고 안심하고 맡겨 둘 수가 없다. 어디 영감의 일가라고 변변한 데가 있나, 자기의 친정이라고 발길을 둘 데가 있는가……선옥이는 아이들을 앞세우고 따라가면서도 망단하였다.

"아유, 어머니 웬일이세요? 아이들을 모두 데리시구."

의순이는 아랫방 식구들도 나가고 적적하던 판에 반색을 하며 내닫는다. 마루에 엎대고 찡얼거리는 어린것은 의영이가 들어서는 길로 선뜻 안아서 '아줌마 왔다. 할머니 할머니……' 하고 얼러 주고 있다.

선옥이는 그 '할머니'라는 소리에 가슴이 저릿하며 어린것을 탐탁히 알은체할 새도 없이 머릿속에는 호남이의 얼굴부터 떠오르고 아까 호남이 집의 안방에서 뒹굴던 생각이 앞을 서서 부끄러운지 뉘우치는지 알 수 없는 생각이 껌벅거리며 지나쳐 갔다.

"애, 얼마동안 이 애를 네가 맡아 주겠니?"

선옥이는 올라와 앉으며 급한 말부터 꺼냈다.

"그러죠, 아, 아이들은 무슨 까닭예요?"

"애, 기맥히는 소리 마라. 글쎄 그 오라범 녀석이 집을 차지하구 우리를 내모니 어쩌니. 그나 그뿐이냐, 글쎄 이 애를 데리구 일을 하겠다니 그러다가 간호부루 끌려가거나 하면 어쩌니."

"아유 하느님두 무심하지! 세상이 어떻게 되려구 이 모양인구."

의순이는 바르를 하였다.

"어쨌든 애 좀 네 동무 집이구 어디 좀 갖다 둘 데 없겠니? 쌀을 팔아 주마."

"글쎄요. 능 안댁에나 물어볼까요."

영리하고 싹싹한 의순이는 척하면 생각이 금시로 도는 것이었다.

"응, 그거 참 좋지."

모친은 미처 생각지 못하였지만, 듣고 보니 짐작이 있다. 능 안댁이란 시당숙집 말이다. 홀어머니가 나이 지긋한 아들 내외와 딸 하나를 데리고 사는 집이다.

"애, 거기 마침 좋구나. 너 아버지두 좀 가 계시게 하면 어떻겠니?"

선옥이는 반색을 하며 덤비는 소리를 하였다.

"글쎄요……의영이 하나쯤은 모르죠만, 아버니까지야 거북해서……."

그럴 듯도 하였다.

"참 그런데 애아범은?"

모친은 아까부터 눈에 안 띄던 사위를 찾았다.

"요샌 어두커니 새벽밥을 먹구 나가면 밤중에나 들어오죠"

"그건 왜? 어딜 다니니?"

모친은 눈이 뚱그래졌다.

"다니긴 어딜 다녀요 집에 들어 앉았으면 위태위태하다구 떠돌아다니는 거죠."

"그래 어쩌니. 헌데 이 애는 오지 않던?"

이 애란 상근이 말이다.

"아뇨 왔단 큰일이게요"

하며 의순이는 머리를 살랑살랑 내두른다. 큰오라비가 온다는 소리만 들어도 소름이 끼치는 모양이었다.

"너 아버지께선 윤식이한테 의논을 해서 자리를 옮겨 보려 하시는데. 아무튼 큰오빠가 계신 데를 알구 어제는 가서 하두 뼈진 소리를 했으니, 영감님이 맘이 놓이셔야지. 보안댄가 보위댄가 하는 것을 껄구 오면 어떡헌단 말야."

"에이 망할 놈의 세상!"

의순이는 섰다면 발이라도 콩 구를 듯이 이를 가는 소리를 하며 몸을 들썩하였다.

선옥이는 뜰에 비친 해가 기우는 것을 보고, 언제까지 이러고만 있을 수 없어서 딸을 재촉하여 하여간 능 안에를 가 보자고 일어섰다. 아주 의영이도 데리고 갈까 하였으나 그래도 그렇지 않아서 모녀만 나섰다.

이야기는 의외로 간단히 끝이 났다.

"절간 같은데, 오는 사람두 없구 종용하니 영감님께서두 오세서 쉬시래죠."

절간같이 종용한 것만이 아니라, 여승같이 참하니 종용한 능안 노마님은 선선히 영감까지 부녀를 맡으마고 승낙을 하였다. 마침 방도 아랫방이 비어 있어 잘되었다.

"만일에 무슨 조사라두 있으면 시아주버니라구 하십쇼그려."

선옥이는 이렇게 일러도 두었다.

"하지만 애가 들어오면 한번 물어봐야 하겠으니까 너 내일 아침에 한 번 더 오렴. 내일 떠나오시게 해두 늦진 않겠지."

아들과 의논하여야 하겠다는 말이었다. 그도 그럴듯하였다.

일이 손쉽게 피이고 나니 선옥이는 이때까지 버티고 다니던 기운이 푹 까부라져서 의순이 집에 돌아와서는 쓰러지고 말았다.

일편 막내딸에게 허리를 주무르게 하면서 의영이더러

"내가 가야 하겠지만 너 좀 아버지게 갔다 오렴. 내일이면 떠나시게 될 거니 하룻밤만 끔뻑 참으시라구. 내일은 아침결에 내가 모시러 갈 거니."

그리고 경애가 오거든 호남이 집으로 가게 하라고 일러서 둘째 딸을 현저동으로 보냈다.

이날 선옥이는 큰딸의 집에서 묵으면서 그저 상근이가 현저동에를 찾아가지 말고 이 밤만 고이 넘겨줍시사고 축원을 하였다. 잠은 안 오고 곰곰 생각 끝에 자기의 저지른 죄로 무슨 화나 닥쳐오지 않을까 겁이 나서 자리 속에서 마음으로 합장을 하며 빌어도 보았다.

이튿날 개동에 선옥이는 어제와 다름없는 햇발을 보는 것만 다행하다는 생각으로 부엌일을 자기가 맡고 의순이를 능안 집으로 일찍 보냈다.

"어머니 됐어요 됐어. 어서 그대루 두구 가세요 아버지 모시구 오세서 아침은 예서 잡숫게 하세요."

금시로 달려온 딸은 둘러대었다.

"가까이 와 계시는 건 좋지만 뭘 그렇게 헛겁을 집어먹고 서두를 건 없어."

검다 쓰다 말이 없던 윤식이는 옆에서 핀둥이를 주듯 이런 소리를 하는 것이었다. 저부터 집 속에 들어앉았으면 마음이 안 놓인다고 새벽같이 나돌아 다니면서 그건 무슨 소리인구 싶었다.

선옥이는 아버지를 호위해 오느라고 오늘은 막내딸 의경이를 데리고 나섰다. 밤 사이에 남편이 어찌 되었을까 애가 씌우면서도, 올 때는 들를 수가 없고 가는 길이니 아현 마루턱까지 나가서 호남이의 집에를 들렀다. 호남이를 만나자는 것이 아니라 경애 소식이 궁금해서다.

호남이는 어젯밤으로 인사동 소옥이네 집으로 숨어 버리고 없었다. 어린것 하나만 데리고 있는 영애는 적적해서 잠도 변변히 이루지 못했는지 눈이 깔딱하고 까칠해 보였다.

"네, 엊저녁에 경애 왔에요. 가 보시겠어요?"

하고 영애는 밥을 지다 말고 어린것을 들쳐 업고 나섰다. 집을 비워 놓고 나온 영애는 집만 대어 주고 가 버렸다.

"아이, 어떻게 이렇게 일찍 오세요"

경애는 귀양살이를 와서 친어머니나 만난 듯이 반색을 하며 문간까지 뛰어나왔다. 선옥이는 죽었는지 살았는지 모르는 둘째 아들 광근이 생각이 와락 나면서 어쨌든 아들에게라도 면목 없이는 되지 않았다는 마음에 어제 온 아이건마는 반갑고 기쁘기도 하였다.

"이렇게까지 해 주셔서 참 고마워요 무슨 마굴에 빠졌던 것을 구해 주신 것만 같아요. 이틀 동안이나 끌려다니느라구 그 죽을 고생을 한 것을 어떻게 다 말씀하겠어요"

경애는 반가운 생각과 설운 사정에 눈물이 핑 돌았다.

"응, 그래. 자세한 사정은 나중 듣기루 하구, 난 어서 가 봐야 하겠어. 아버지를 다른 데루 모셔 가려 가는 길야."

선옥이는 총총히 가려는 기색이었다.

"어디루 옮겨 가세요? 아이, 어쩌면 아드님을 피해 다니시게 되다니 말이 돼요"

하고 경애가 또 기가 막혀서 울음 섞인 소리로 따라 나서려는 것을 선옥이는 막으며,

"어딜 나와. 들어가라. 몸 조심하구 있거라. 때가 오면 다 만날 날이 있겠지."

하고 일러 들여보냈다. 그것은 물론 전선(戰線)에 나간 아들 생각을 하고 한 말이었다. 그러면서도 선옥이의 눈은 저절로 이 장래 며느리의 배로 갔다. 그렇게 보아서 그런지 요새로 유난히 불룩해 보였다.

'저것이 유복자나 되지 않았으면……'

하는 생각이 선옥이의 머리에 쓸쓸히 떠올랐다. 부모 없이 자라난 경애 자신이 가엾기도 하였다.

6

자리를 뜨지 못해서 조바심을 하던 차에 떠나게 되었다 하여 한밤을 뜬눈으로 밝히다시피 한 영선 영감은, 마누라가 어두커니 막내딸을 데리고 들어서는 것을 보고 죽었다가 살아온 사람이나 만나듯이 반가워하였다.

가는 길에 요새도 시장에 나돌기 시작한 소고기를 서너 근 사고 지게꾼까지 불러 가지고 들어간 선옥이는, 짐을 후딱 지워서 의경이를 안동해 내보내고, 주인마님에게는 고기를 인사로 내놓고 서둘러 나왔다. 내외가 짐꾼을 압령하고 가자면, 길가에서 내무서원에게 수상쩍게 보일까 보아 짐꾼은 딸아이를 시켜 앞장서게 하고 선옥이는 영감을 부축하듯이 하며 멀찌감치 따라가는 것이었다. 아무래도 체면에 파나마모자를 쓰고, 노타이에 윗저고리는 안 입었어도 산뜻한 양복바지에 구두를 신은 그 차림차리가 거리의 빨갱이 순검의 눈에는 예사로이 보이지 않을 것 같아서 겁이 나는 것이었다. 전부터 좌익분자들에게 극우(極右)라고 낙인이 찍힌 '중앙시론'의 사장 박영선이라는 것이 발각만 되는 날이면 당장에 어느 귀신이 잡아가는 줄도 모르게 사라질 것이 뻔한 노릇이니 살얼음을 밟고 가는 것 같아

"아니, 최 군이 벌써 저의 집에는 없더라지?"

창덕궁 앞을 지나, 구름다리 밑을 빠져나오면서 인적이 듬성듬성하고

고요하니까, 영감은 아까 들은 말은 다시 한 번 채쳐 묻는 것이었다. 자식이라고 있는 것이 화근덩어리요 믿는 데라고는 없이, 적이 의지가 되던 호남이마저 앞에서 없어진 것이 서운해서 하는 말이었다. 자기가 어디로 옮겨 가서 자리를 잡는가 보아나 주고 자취를 감추지 않은 것이 섭섭하기도 한 것이었다.

"그래요 둘이 인사동으루 갔겠죠."

대답을 하는 선옥이도 마음이 서운하였다. 어제, 호남이의 말처럼 이것이 마지막 영이별이나 아닌가 싶어 세상이 무심하였다.

영감은 월여를 들어앉았다가 거리로 나와 먼 길을 걷는 것이라, 오금이 붙은 듯이 다리가 지척지척하였다. 현저동을 떠나서부터 돈암동 종점까지 오기에 한 시간은 착실히 걸렸을 것이다. 딸의 집에를 들리고 싶기는 하지마는, 피해 다니는 사람이 원수 외나무다리에서 만난다고, 어디서 어떻지를 모르는 일이요 짐꾼도 있고 하여 능안으로 직행하기로 하였다.

이목이 번다한데 짐을 지어 가지고 들어가서 이웃 간이라도 어떨까 하고 염려가 되었으나 나와서 맞아 주는 주인아들이란 젊은 사람이

"상관없습니다. 그만 신용은 있으니까요."

하고 자신 있이 대꾸를 하며 상냥스러이 웃는 것을 보니 적이 안심도 되는 것이었다. 젊은 주인도 친절히 곰살스럽게 굴지마는, 마님부터 얌전하니 집안 식구들이 모두 인심이 좋아 보이는 것도 천만다행이었다. 의순이 집에서는 만들어 놓은 아침밥을, 의영이를 데려오는 길에 아이들이 날라 오고 한참 부산하였으나, 영감은 오랜만에 식구들과 함께 모

인 것 같아서 인제는 마음이 턱 놓이고 좋았다. 선옥이는 당장 갈 데도 없지마는 아이들과 남편 떨어질 수도 없으니 딸의 집 안방을 차지하고, 낮이면 영감에게 와서 시중을 들고 가끔 묵기도 하게 되어 모든 게 편하였다.

그러나 며칠 지내며 보자니, 주인 아들이 아침이면 일어나는 길로 의관도 안 하고 어두커니 나갔다가, 아침 점심을 먹으러 드나들고, 저녁에는 늦게나 돌아오고 하는 것이, 동리 출입이기는 하겠지만, 한가로이 장기판이나 쫓아다니는 것은 아닐 텐데, 무엇을 하는 것인구 하는 의심이 들기 시작하였다. 의영이가 학생아이인 주인집 딸과 손이 맞아서 오던 날부터 안방에서 주인 모녀와 함께 지내게 되었기에

"주인 아들은 무얼 한다던? 네 오라비 따위로 사무소나 꾸며놓은 데 나가는 눈치는 아니던?"
하고 물어보았으나

"모르겠어요 그인 들어와야 무슨 말이 있나요. 밥만 먹구 휙 나가 버리구 집안엔 영 붙어 있지 않으니까요"
할 뿐이었다. 영감은 차차 그것이 더 의심스러워서 새로운 걱정이 또 생겼다.

"그 이상한데! 잘못 찾아들었나 봐. 대관절 젊은 애가 무얼 하는 위인인지 좀 물어봐요."

영감은 마누라에게도 이런 소리를 하였다.

"무에 이상해요. 당신이 괜히 신경질루, 자라에 놀랜 사람이 솥뚜껑 보구 놀라는 셈이지. 걱정 마세요 이때껏 전기회사에 다녔다는데 할

일 없이 편둥편둥 놀구 있으니 그럴 거 아녜요"

마누라의 말을 들으면 그럴 듯도 하였다. 하루는 윤식이가 장인이 격
장에 와 있다 하여 나가는 길에 새벽같이 인사로 들렀기에,

"자넨 어디를 그렇게 다니는 건가? 가만히 보니까 이 집 아들두 부리
나케 날마다 나다니는 모양이던데……"
하여 넌지시 물어보니까,

"그저 그렇죠 아마 동회에 나가서 일을 좀 돕는 척하구 있는 게죠 이
판국에 별수 있습니까. 나중이 걱정이지만 그렁저렁 지내는 것이겠죠"
하고 윤식이는 대수롭지 않게 대꾸를 하는 것이었다.

"응, 딴은 그런 눈치야."
하여 영감은 고개를 끄덕끄덕하며, 처음 떠나오던 날 짐을 끌어들이고
부산을 떨어서 안되었다니까, 그만한 신용은 있으니 상관없다고 자신
있는 소리를 하던 것이 다 까닭이 있어 그랬던 것이라고 짐작이 나섰
다. 그 편이 자기를 위해서는 영 해롭지 않을지 모르겠다고 도리어 안
심도 되었다.

"허지만 자네두 어두커니 나가서 밤중에나 들어온다 하니, 동회에를
다니는 건가? 상근이 따위 놈하구 어울려 지내는 건 아닌가?"
하고 영감은 그래도 마음이 안 놓여서 떠보기도 하였다.

"온 천만의 말씀입니다. 그랬다가 정부가 다시 들어오는 날이면 어떡
헐라구요"
하고 윤식이는 펄쩍 뛰는 것이었다.

영선 영감은 적이 안심이 되었다. 그러나 허구한 날 이러고 갇혀 들

어앉아서 긴긴해를 보내자니 영감은 살이 내릴 지경이었다. 인제는 취원이도 찾아오지를 않으니 화투 동무도 없이 무료하기 짝이 없었다. 요새로 심해진 폭격소리에 앉았다가도 깜짝깜짝 놀라서 일어나 들창구멍으로 비취는 푸른 하늘을, 그나마 원광으로 바라보는 것이 유일한 소견이 되었다. 들창인들 마음대로 내다보다가 밖으로 지나는 동리 사람의 눈에 띄울까 보아 사렴이 되는 그런 신세였다.

안마루에 틀어 놓은 라디오에서 아침저녁으로 똑같은 선전방송을 듣는 것도 지루하였지마는, 날마다 갈아대는 전날 정객들의 떨리는 목소리가 흘러나오면 영선 영감은 차마 들을 수가 없어서 귀를 막고 싶었다. 자수서를 쓰고 그 덕에 집 속에 들어앉아 있게는 하여서 선전 앞잡이를 하는 것인지는 몰라도 귀에 담지 못할 그 김일성 예찬의 낯간지러운 소리란 들을 수 없었다. 영선 영감은 거기에 비하면 불편은 해도 이렇게 숨어 있는 자기가 얼마나 상팔자인지 모르겠다고 생각하였다.

당장 입을 옷이 달린다고 어린아이의 옷을 가지러 원남동 집에를 갔다가 온 마누라가 한바탕 푸념을 하는데도 영감은 듣기는 싫으면서 자연 귀를 기울이지 않을 수 없었다. 귀순 어미와 사랑채의 식모, 취원이네가 부리던 철이 할머니와 이 두 식모를 부리며 무슨 합숙소처럼 굉장히 살림을 벌이고 젊은 남녀들이 우글거리며 흥청망청 지내더라는 것이었다.

"여보, 그건 고사하구, 아니, 이럴 수가 있우……원남동서 나오다가 골목께서 윤식이와 마주쳤는데, 꿈질하며 얼굴빛이 달라지는 걸 보니, 가슴이 덜컥 내려앉는구면요!"

선옥이는 숨이 턱에 닿는 듯이 눈이 커져서 이런 소리를 하는 것이었다.

"뭐? 그게 무슨 소리야?"

영감은 눈이 뚱그래졌다.

"저는 요 동네 친구를 찾아간다고 우물쭈물하더구먼마는, 아무래두 수상해!"

영감은 멍하니 얼른 대꾸도 못 하였다.

폭격 밑에서

1

"아이, 난 누구라구! 어서 들어와요 나 여기 있는 건 어떻게 알구?"

아이 보는 년이 들어와서 누가 와서 '할머니'를 찾는다길래, 그러지 않아도 혹시나 하는 생각으로 뛰어나왔던 선옥이는, 중문 밖에 오두머니 섰는 호남이를 보고, 뒤에서 보는 아이만 없더면 손이라도 붙들 듯이 반기었다. 헤어진 지가 벌써 댓새나 되지마는 졸연히 만날 것 같지 않고, 이러다가는 영 뿔뿔이 헤어지고 말지나 않을까 하던 사람이 불쑥 찾아 왔으니 손목이라도 끌어 들이고 싶은 것이었다.

"이리 오신 줄은 알았지만 그래두 궁금해서 곧 좀 와 뵌다면서⋯⋯. 그래 선생님은 안녕하세요?"

호남이는 따라 들어오며 인사를 하였다. 손에는 무엇인지 종이에 싼 것을 들었다.

"그래두 제법이군. 이 살판에 누가 이렇게 찾어줄꾸!"

선옥이는 손아래동생이나 어르듯이 칭찬을 하여 준다. 자고 새면 이 걱정 저 걱정에 무엇에 정신이 나간 사람처럼 웃음이란 것을 모르고 멀거니 먼 산만 바라보고 지내던 사람이, 별안간 생기가 돌고, 연해 입가에 싱글싱글 웃음이 떠오르는 양이 금시로 한 여남은 살 젊어진 것같이 예쁘게도 보였다.

호남이는 듣는 아이들이 있을 텐데 함부로 농지거리를 붙이는 것이 안되었다는 생각을 하며 마당에 들어서니 집이 텅 빈 듯이 조용하다.

"아이들은?"

아이들이 없는 것을 보니 호남이는 말씨부터 달라지며 손에 들었던 신문지에 싼 것을 부엌 쪽 쪽마루로 탁 내던지며 마루 끝에 펄썩 주저앉는다.

"쥔 애는 시장 나가구, 아이들은 아버지한테 문안 갔지."

셋방 든 아랫방의 내외가 시장에 나가서 고물상을 벌렸는데 의순이는 거기에를 쫓아다닌다는 것이었다. 고물상이라야 그날그날 먹기에 급해서 동리 여편네들이 들고 나오는 옷가지며 잔 세간 나부랭이를 개값으로 붙들어서 넘기고 하는, 요새로 부쩍 늘은 넝마장수지마는 의순이도 차차 팔아먹는 데에 맛을 들려서 웬만한 것은 들고 나가서 팔아다가는 용돈을 쓰는 것이었다.

"이건 뭐야. 없는 돈에."

선옥이는 신문지에 싼 것을 폈다. 뻘건 살코기가 한 서너 근은 되었다.

"영감님이나 구워 드리라구."

"효성이 지극하군! 그러니 기특하다는 거지."

하고 선옥이는 생긋 웃었다. 선옥이는 많지 않은 금붙이나마 들고 나가야 될 만치 차차 꿀려 나가는 판이라 이런 것이 반가웠다. 거기다가 비하면 호남이는 제집살이를 따로 하면서도 그런 걱정은 없었다. 원체 취원이가 든든하겠다, 호남이 자신도 책사와 잡지사의 회계를 도맡아 보았더니만큼 사장 선생보다도 현금을 쥐고 있는 것이었다.

"이거 안주해서 약주나 한잔 자시려우?"

"술은……. 이제 선생님 뵈러 가야 할 텐데."

그러나 선옥이는 아이 보는 년이 업고 있는 외손주놈을 받으면서 장에 나가서 아줌마더러 얼른 들어오는 길에 찬거리와 조고만 술 한 병을 사 가지고 오라고 일러 내보냈다.

"들어갑시다. 날은 선선한데 샤쓰 바람으루 그거 뭐요."

하고 남자를 아랫목에 앉히고 방문을 닫았다. 안겨서 자는 아이는 발치께로 포대기를 깔고 가만히 뉘었다.

"아니 그 와이샤쓰 좀 빨아나 입을 일이지, 여편네를 둘씩이나 두구, 모두 조막손이가 됐더란 말인가? 아무리 난리 통이기루. 이리 벗어 줘요 내 빨아 대려 줄게."

하고 선옥이는 핀둥 반 놀리는 소리로 웃는다. 아닌 게 아니라 바지 위로 걸친 오른 샤쓰가 괴죄죄하고, 머리도 기닿게 자랐다. 호남이는 여자처럼 싱글해 보이다가

"따는 요새 같에서는 둘이 반(半)만 못해!"

하고 깔깔 웃어 버린다.

"흐응! 말재주 늘었네! 누구 듣기 좋으란 소리야."

하고 선옥이는 정말 젊은 애처럼 삿대질을 하듯이 하며 남자에게로 달려들다가.

"머리나 좀 깎지. 요샌 이발소두 열렸던데, 내 깎아 줄까."

하고 남자의 귀밑께로 늘어진 머리를 살짝 쓰다듬어 본다.

"그만둬요 뜯다 놓친 닭처럼 맨들어 놀려구. 허허허."

하며 호남이는 도리질을 하였다.

선옥이는 영감이 오랫동안 병원에 입원해 있는 동안 두어 번이나 머리를 손질해 준 솜씨가 있는지라 자신이 있어 그런데 장난으로인지 마침 보를 싼 재봉틀 위에 양가위가 놓인 것을 보고 달려들며 맞붙들고 깔깔들대었다. 결국 가위를 빼앗긴 선옥이는 남자에게로 몸을 실려 버렸다. 아이보기를 시장에 내보낸 것도 이렇게 마음 놓고 실랑이를 하며 노는 맛에 그런 것이겠지마는 만났다가 헤어진 뒤에는 인제부터는 좀 점잖게 지내야 하겠다고 후회도 하고 나이가 부끄러운 생각도 드는 것이나, 만나기만 하면 역시 이렇게 끌리고 마는 것이었다. 요새같이 비행기의 폭음과 함께 날이 새이고 정신에 사는 것 같지 않은 시절에 이렇게 젊은 남자가 찾아와서 깔깔대고 노는 것만 해도 지친 신경을 녹여 주어서 몸 보양이 되는 것 같고 한때라도 시름을 잊어서 살아 있는 행복을 살 속으로, 뼈 속으로 느끼는 듯싶기도 한 것이었다.

윙윙 쌩쌩하는 폭격기 소리를 바로 머리 위를 두 대 세 대 연달아 지동치는 소리를 퍼뜨리며 지나간다. 공습경보가 나자마자, 벌써 폭격 소리가 산더미 같은 왜륵을 쇠통 속에 모래로 쏟는 듯이 와르륵 와르륵하고 무지무지하게 멀리서 들려온다. 가뜩이나 괴괴한 사방이 쥐 죽은 듯이 무서운 정적 속에 잠겨 버렸다. 인적이 뚝 끊기고 싹 쓴 듯한 훤한 큰 길거리가 머리에 떠오르기도 한다.

얼마가 지났는지 경보 해제의 사이렌이 불기 시작하였다.

뒤미처서 똑 닫힌 대문소리가 삐걱 나면서

"계십니까?"

하는 젊은 애의 목소리가 뾰롱뾰롱히 들렸다.

방 안에 주춤하고 다음 소리를 기다리던 선옥이는 머리를 가다듬고 매무시를 매만진 뒤에, 아랫목에 눈이 휘둥그레서 오두머니 앉았는 호남이에게 꼼짝 말고 가만히 있으라는 듯이 눈짓을 하고는 방문을 열고 마루로 나섰다.

찾아온 젊은 아이는 벌써 중문 안에 들어와 섰고 뒤에서 또 하나 기웃이 안을 들여다보고 섰는 머리가 협수룩한 청년이 섰다.

"박의순 씨 계시죠?"

없다고 할까 보아서 지레 넘겨짚는 말 티다.

"나가구 없에요. 어디서 오셨에요?"

앞에 선 노상 젊은 애는 노타이 샤쓰 바람에 이름을 적은 것인지 조그만 종잇조각을 든 것으로 보아서 동 인민위원회(洞人民委員會: 동회)에서 나왔거나 한 모양이나, 기웃거리다가 뒤따라 들어온 자는 상스럽게 심술궂게 생긴 위인이 날이 선선해서 그렇겠지마는 제법 부유스름한 양복을 위아래를 맞추어 입은 것으로 보아서 어디서 온 자인지 궁금하다. 어디서 왔거나 낯 서투른 사람이 달겨들어서 찾는 것은 겁이 나는 것이었다.

"어딜 갔에요?"

묻는 말에는 대답이 없이 핀잔을 주듯이 뾰롱뾰롱히 묻는다.

"시장에 나갔에요"

"쥔 있죠"

눈은 댓돌에 놓인 검정 사내 운동화로 갔다.

"아뇨 없에요"

"방엔 누가 있우?"

양복저고리를 입은 자가 검정 운동화를 눈으로 가리키며 볼멘소리를 하고는 안방 영창이라도 열어 보고 싶어 하는 기세다.

"우리 동생이 다니러 온 거예요"

선옥이는 좀 뜨끔해서 말도 어눌하여지며 머리맡 영창을 활짝 열어 보였다. 밖에서 들여다보기 전에 호남이가 벌떡 일어나 해쓱하여진 얼굴을 내어 보였다. 소위 '의용군'인가에 끌어내려고 잡으러 온 것은 아닌가 하고 호남이는 간이 달랑달랑하였다. 그러나 선옥이는 이 놈팽이가 평복은 하였어도 보안서원이거나 그런 것이거니 싶어서 가슴이 더럭 내려앉았다.

"쥔은 어디 다뉴?"

이북 사투리를 쓰는지 안 쓰는지 하는 데는 미처 생각이 들 새 없이 그 우락부락한 말 티에 기가 질려서 으레 그런 데서 왔으려니만 싶어서

"뭐, 전엔들 어디 다니는 데 있었나요"

하고 윤식이가 제 처더러도 신문기자라는 것은 숨기라고 일러두었다는 말을 들은 것이 있는지라 이렇게 대꾸를 하고 나서 묻지도 않는 말을

연달아 꺼냈다.

"요샌, 우리 아이가, 저 원남동 우리 집에 차려 논 민애청(民愛靑) 사무소에 나가서 같이 일을 하죠 이 사람두 한집 속에 살아서 모두 한통속예요"

하고 창 안에 섰는 호남이를 가리켰다.

"네, 그래요 자제는 누군데요"

하며 헙수룩한 자는 말씨부터 고아졌다.

"박상근이래요. 이번에 이북서 같이 나려왔에요"

이때처럼 서슴지 않고 자랑이나 하듯이 쾌쾌히 아들의 이름을 불러 본 때가 없었다. 그러나 선옥이는 무엇에나 씌운 듯이 내가 왜 이러누? 하고 은근히 겁도 났다.

"아주머닌 왜 여기 와 계세요?"

이번에는 젊은 애가 물었다.

"이 집 딸애가 살기 어려우니까 변변치 않을 장사를 한다구 시장엘 나가죠 그래서 집이 비니까 아이두 봐 줄 겸 집 지키러 잠깐 와 있는 거예요"

선옥이는 인제는 마음이 놓여서 싱긋 웃어도 보였다.

"어쨌든 이따 들어들 오거던 장윤식하구 박의순 씨 인민위원회루 오라구 일러 주세요 또 나오지 않게 해 달라구 하세요"

어린 청년이 이르는 것이었다.

"뭐 땜에 그러세요?"

"그건 아실 것도 없구. 나도 몰라요"

상근이를 내세워서 그런지? 다른 트집은 없이 순순히 가 주는 것만 다행하였다. 그러나 무엇 때문에 딸 내외를 부르는 것인지 '민애청'을 쳐들었으니까 얼마쯤 안심은 되면서도 역시 애가 씌우지 않을 수 없었다.

"흥, 아들 덕 단단히 보았구면?"

호남이도 졸이던 마음이 확 풀려서 비양대며 웃었다.

"그럼 어쩌나! 이런 급한 때나 써먹지. 난 우리 애숭이 영감이 내 눈 앞에서 끌려나 나가지 않는가 싶어서 어찌나 놀랬는지! 내게 절해!"
하고 무서운 고비를 넘긴 뒤에 확 풀어진 달뜬 기분에 남자에게로 또다시 두 활개를 벌리고 덤비었다.

②

반찬거리와 술병을 아이년에게 돌려 가지고 들어온 의순이는 호남이에게 설면한 듯이 말없이 눈으로만 인사를 하며 부엌으로 들어가 버렸다. 모친의 눈에는 젊은 애끼리의 부끄러워하는 기색 같기도 하나 무슨 눈치를 채인 것이나 아닌가 하여 좀 열적기도 하였다.

"무어? 인민위원회라든가 똥대가린가, 아무튼 동회에서 사람이 왔다 갔는데 너의 내외더러 나오라더라. 왜 그러니?"

"저번에두 한 번 불려 나갔에요 나더러 무슨 선전원이 돼 달라나요. 여맹에두 들구, 애아범더런 민애청에 나오라구⋯⋯에이 머릿살 아퍼! 뭐라구 핑계 댈 말두 없구⋯⋯."

의순이는 눈살을 째붓하며 도마부터 꺼내 놓는다.

"그거 성이 가시는구나. 그래 뭐랬니?"

일주일이나 같이 지내면서 처음 듣는 말이다.

"뭘 뭐래요. 밥을 굶을 지경이니까 시장에 나가는데 언제 그럴 틈이 있느냐구 잡아떼어 버렸지만……."

그래도 너무 마구 잡아떼기만 어렵고 걱정이라는 기색이었다.

"이건 어떡허라는 거예요?"

의순이는 탐스러운 고기 덩어리를 자배기에 툭 던지고 물을 떠서 부으면서 신통치 않은 듯이 좀 퉁명스러운 소리를 한다. 밥을 굶게 되어서 옷을 팔아먹는 판인데 무슨 대수로운 손님이라고 술대접을 하겠다고 소주병을 사 들고 다니게 하는 것인구 하는 꽁한 생각도 있었지마는 왜 그런지 술안주를 차리기가 마음에 내키지를 않았다. 젊으나 젊은 제계집은 내버려 두고 어머니와 동갑네나 되는 취원이와 사는 호남이를 원체 못마땅하게 생각하는 의순이기도 하였다.

"그만둬라. 내 하마."

모친이 부엌으로 들어가서 물에 담근 고기를 씻으니까 의순이는 못 이기는 체하고 물러나서 풍로에 불을 피우기 시작하였다.

더운점심을 새로 짓고 고기를 볶고 굽고 한참 부산한 동안에 능안에 갔던 아이들이 달겨들었다. 호남이는 따로 상을 볼까 하였더니 모친이 큰 상을 내놓고 아이들과 함께 호남이 마주 앉아서 먹는 것을 보고 의순이는 거기에 끼우기가 싫어서 안방에는 들어가지도 않았다.

"아니, 정말 장 군(張君)이 원남동에를 나가나요?"

선옥이가 따라 주는 술을 받으면서 호남이는 아까 그 사람들에게 윤식이가 상근이한테 가서 함께 일을 한다고 하던 말이 생각나서 물어보는 것이었다. 아이들이 들으니까 말공대는 제대로 깍듯하여졌으나, 아이들이 보기에 어머니가 호남이에게 술을 쳐 주는 것이 이상하여 눈을 반짝거리며 치어다본다.

"글쎄 진짠지 가짠지 어쨌든 매일 가는 모양인데 아무려면 속에서 우러나서 그럴라구. 위협에 못 이겨서 껄려 나가는 건지? 신문기자라면 껄어간다니까 보신책(保身策)으루 얼렁얼렁하는 건지두 모르지."

사위 자랑은 장모라지마는, 사위마저 빨갱이가 되었다고는 생각하는 것만도 무서워서 매우 이해성 있는 변명을 하여 주는 것이었다.

"사람이 살다간 별꼴두 다 당하지!"

선옥이는 한참 만에 입에서 무엇이나 퉤 뱉듯이 혼잣소리로 한탄을 한다.

"무에?"

호남이가 선옥한테 마다는 것을 한잔 권하며 대꾸를 한다.

"그까짓 것두 자식이라구, 묻지도 않는 말을 무슨 자랑이나 되는 듯이 주워섬긴 것을 생각하면 기가 차서 말예요."

동회에서 온 것인 줄 알았더라면 그렇게까지 겁을 집어먹지 않는 것을 자다가 생각만 해도 이에서 신물이 나는 상근이를 내세운 것이 분하고 창피스러워서 선옥이는 속이 꺼림칙한 것이었다.

"어머니 난 아버지게 갔다 와요."

의순이는 부엌에서 고기를 재어 담은 사기합(砂器盒)을 들고 나와서 마룻전에 놓고 방으로 들어와 보자기를 부리나케 찾는다.

"왜? 그거 갖다 줄려구? 내 인제 밥 먹구 가지구 갈 테다. 넌 어서 점심이나 먹어라."

"점심 잡수기 전에 어서 가서 구어 드려야죠."

의순이는 후딱 고기합을 보자기에 싸 들고 옷을 그대로 입은 채, 소매를 걷은 옥양목 적삼에 후줄근한 뉴똥치마 위로는 허릿바를 잘끈 동이고 동리집이나 가듯이 헤죽헤죽 나갔다. 의순이는 부친에게 그만 정성이 없는 것도 아니지마는 상이 나기를 기다리고 밖에서 빙빙 돌기도 어색하고, 한집안같이 지내는 호남이와 한 상에서 밥을 먹거나 술 한 잔쯤 받아 먹는다기로 대수로운 일은 아니지마는 어쩐지 눈 서투르고 공연히 곁에 있기가 안된 것만 같이 생각이 드는 것이었다.

하지만, 선옥이 역시 딸을 내보내 놓고 좀 마음에 걸리는 것이 없지 않았다. 무어 눈치채게 할 일은 없지마는, 신통치 않아 하는 기색이 좀 이상도 하고 부친에게 가서 무슨 딴소리나 하지 않을지? 별말야 할까마는 애가 씌웠다. 영감만 하드라도 혼자 쪽지고 들어앉았을 것을 내버려 두고 여기서 별식을 만들어서 호남이 대접을 하고 있으면서 정작 자기에는 딸을 시켜서 고기저름이나 보냈는가 하고 화를 내지나 않을지 염려다. 내남없이 제정신에 사는 것 같지 않고 목숨이 간당간당하는 것처럼 바짝 조(燥)해진 신경만 공중 걸려서 사는 때라, 요새로 부쩍 불관한 일에도 짜증만 내는 영감의 얼굴이 빤히 보이는 듯싶다.

"윤순아, 아주머니 밥상 봐 놓구, 이 상에서 너 어서 밥 먹어라."

선옥이는 상을 물려 내놓고 식모아이더러 이르면서 부리나케 세수를 하고 나갈 차비를 차렸다.

"별안간 언제 적 정성이 이렇게 뻗쳤누? 난 좀 술기나 내려야 가지."

얼근한 호남이가 경대 앞에 앉아서 콤팩트로 얼굴을 폭폭 두드리는 양을 바라보며 놀렸다. 아이들은 뜰에 내려가 없었다.

"잔소리 말어. 그럼 게서 한잠 자라구."

선옥이는 웃지도 않고 가볍게 핀잔을 주며 일어나서 나들이옷을 부둥부둥 갈아입었다.

호남이도 따라 나섰다.

"내 얼굴이 벌개?"

거리에 나와서 호남이는 그래도 애가 씌우는 듯이 나란히 걸어가는 선옥이에게 얼굴을 들여대었다.

"괜찮어. 술 한 잔 먹기가 예사지."

선옥이는 가볍게 웃음으로 대거리를 하였다. 이 남자와 만난 뒤에는 언제나 가벼운 후회와 남편에게 미안하다는 생각이 들어서 남자에게 대해서도 뜨악하니 한걸음 뒤로 물러서는 감정이요 그런 기색이지마는 이렇게 숫보기 젊은 애처럼 그 주홍빛이 된 예쁜 얼굴을 들이대니 거기에 끌려서 참으려는 웃음이 저절로 피어 나오는 것이었다.

"엇! 저기 오는군."

호남이의 소리에 선옥이는 찔긋해서 무엇이나 들킨 듯이 입가의 웃음이 스러져 갔다.

의순이는 고개를 떨어뜨리고 제 발끝만 보며 다가온다.

"아버니 잡췄니?"

"아뇨"

잠깐 발을 멈췄다.

"왜?"

"진지 잡순 뒤예요. 역정이 나셨에요."

의순이는 호남이의 눈길을 피하면서 어머니를 획 치어다보았다.

"무엇 땜에 그러시던?"

선옥이의 얼굴에는 불안한 빛이 약간 떠올랐다.

"어서 가거라."

의순이가 잠자코 섰으니까 헤어졌다.

호남이는 지나는 길에 쓸쓸한 이 상점 저 상점을 기웃거리며 겨우 청주 한 병을 구해 들었다. 제 얼굴에 주기가 있는데 영감이 역정이 났다니 빈손으로 들어가기가 어려워서 그런 것이었다. 무어, 발라 맞추자는 수작이 아니라, 노인 대접해서 위로 삼아 술 한 잔이라도 대접하겠다는 그만 성의는 있었던 것이다.

"응, 자네 어떻게 왔나? 난 붙들려 간 줄 알았지."

영감은 마누라는 거들떠보지도 않고 호남이에게 빨간 얼굴을 좀 못마땅한 듯이 눈을 치떠서 물끄러미 보며 비꼬는 소리를 한다.

"아, 진작 못 와 봬서 죄송합니다. 그때두 자리를 잡으시는 걸 뵙구 저두 옮겨야 할 건데 하두 서두는 바람에 그만 ……."

하고 호남이는 변명을 하는 것이었다. 그러나 영감은 다시는 대꾸가 없이 덤덤히 앉았다.

선옥이가 안마루로 가서 마주 나온 딸도 보고 주인마님한테 인사도 하고 돌쳐오니까, 방 안에 맥맥히 앉았던 호남이가.

"사모님. 약주를 한잔 잠깐 거냉을 해드리시죠."

하고 툇마루 끝에 놓고 들어온 술병을 눈으로 가리켰다.

"아, 난 술 안 먹어. 언제 끌려갈지 모르는데 술이 취해 앉아서 되겠나."

영감은 쾌쾌히 도리질을 하였다.

감옥에 들어앉은 거나 다름없는 영감은 온종일을 누웠다 앉았다 하며 마누라가 오지 않나 하고 어머니 기다리는 어린애처럼 조 비비듯 하다가, 선옥이가 딱 들어서면 반색을 하며 내다보던 영감이 오늘은 무엇에 화가 났는지 알 수가 없다. 호남이가 자기 떠나는 것을 모른 척하고 먼저 자취를 감추어 버린 것을 못마땅해 하더니 그래서 그런지? 얼굴이 빨개서 주기를 띠고 찾아 온 것이 괘씸해서 그러는 것인지? 어쩌면 의순이가 와서 무어라고 입을 놀려서 그런지? 선옥이는 가만히 눈치만 보고 마루 끝에 앉았다가

"아, 무엇 땜에 괜히 화를 내시는 거요? 남 거리에 나다니기두 위태한 것을 애를 써 찾아 온 사람두 있는데!"

하고 영감을 핀잔을 주었다. 그러나 영감은 여전히 입을 봉하고 한나절 볕이 쨍한 마당만 내다보고 앉았다.

그늘진 곳은 유난히 검고 맑은 공기가 상글하니 가을빛이 완연히 짙어졌다. 요새로 보기 드문 잠자리가 하나 둘 저쪽 담 밑으로 깔린 화초밭 위를 한가로이 날아들고 날아간다.

"그래, 지금 가 있는 덴 있을 만한가?"

겨우 영감의 입이 떨어졌다. 말이 없으니 속을 몰라서 걱정이 되던 선옥이는 귀가 번쩍하며 반가운 눈초리로 영감을 치어다보았다.

"선생님두 아시다시피 집은 넓으니까요 여차직하면 어디루든지 피할수 있구 뒷문으루두 샐 수가 있으니까요. 하하하……."

호남이도 영감의 말문이 열린 것이 다행해서 반색을 하며 깔깔대었다.

"응, 그렇기야 하겠지."

영감도 소옥(素玉)이가 요리점을 할 때에 자주 가서 잘 아는 집이다.

"아니, 말씀 들으니 어째 여기두 시원치 않지 않습니까?"

호남이가 이번에는 정색으로 말을 꺼내며 걱정을 해 준다.

"시원치 않구 말구가 있나요 머리 감추구 꼬리 목 감춘 격인데……호호호."

옆에서 선옥이가 안에서 들을까 보아 소곤소곤한다.

"그눔이, 윤식이란 놈까지 상근놈한테를 매일 나간다지, 이 집 젊은애는 인민위원회가 하는 동회에 나가서 한몫 단단히 보는 눈치지, 기껏안전지대라구 찾아 들어선 데라는 게 호랭이 굴에를 들어왔는지, 섶[薪]을 지고 불구뎅이엘 뛰어든 셈인지 알 수가 없네!"

영감은 느럭느럭 한마디 한마디씩, 초조하던 혼잣걱정을 들어주는사람이라도 있는 것이 다행한 듯이 털어놓으며 담뱃갑을 끌어당겨서한 개 붙이려 한다.

"가만히 계십쇼. 이 담배 붙입쇼."

하고 호남이가 얼른 양담배 갑을 꺼내서 놓으며 라이터 불을 그어 대려고 꺼내 든다.

"응, 자넨 아직두 형편 괜찮으이그려."

영감은 집으려던 국산 궐련에서 손을 떼고 '럭키스트라이크'를 한 개 빼서 붙여대는 불로 입을 가져갔다.

"글쎄, 그러니 말씀예요. 와 뵈니 집은 요렇게 협잡한데 어쩐지 마음이 안 뇌는 군요. 아쉰 대루 또 한 번 저 있는 데라두 옮겨 보시면 어떨까요? 거기라두 아주 안전지대는 못 되죠마는……"

물론 역적모의나 하듯이 수군수군하는 말이었다.

"그게 급한 대루 좋겠군요!"

선옥이는 반색을 하며,

"나두 첨부터 그런 생각이 있었지마는, 한데 몰리는 게 어떨지 모르구, 덧붙이로 가자기가 미안해서 말을 못 냈었지만 하루라두 맘이 뇌니 좋지 않아요"

하고 영감의 의향을 묻는다. 그러나 영감은 선뜻 대답을 아니하고 혼잣생각에 팔려 앉았다.

선옥이는 신바람이 나서 옆에 놓인 술병을 넌지시 들어다가 부엌에 들여 놓고 주인며느리를 불러내서 아까 가져온 고기를 구울 교섭을 하였다.

며느리가 부리나케 나와서 부엌 뒷문에다 풍로를 내놓고 불을 피우고 석쇠를 내놓고 두 여편네가 부산하였다.

3

선옥이나 호남이가 영감이 또 딴소리 없이 술잔을 드는 것이 고맙고 안심이 되었다. 그러나 다시는 별 이야기가 없었다. 신문이 있나 라디오라야 판에 박은 듯한 저희들의 선전방송뿐이요 무슨 새로운 정보를 듣는 것도 없으니 할 이야기도 없었다.

영감이 혼자서 술을 댓 잔 하고 상을 물리려 할 제 주인아들이 늦게야 점심을 먹으러 들어왔다. 지금 세상에 고기 구경을 하기가 어려운데, 주인마님과 아들 상에 놓으라고 한 접시 내어놓은 것을 보고 아직도 점심을 먹으러 들어오지 않은 아들을 불러들인 것이다.

호남이는 젊은 주인이 들어오는 것을 보더니, 마침 잘되었다고 일어섰다. 동(洞)의 인민위원회에 나간다는 젊은 애를 보니 겁이 난다는 것보다도 생리적으로 싫어서 더 앉았기가 싫었던 것이다. 아까 의순이의 집에서 하도 데어서도 두 자리가 편편치 않았다.

"그럼 생각해 보세요. 언제든지 오시두룩 준비는 해 놓겠습니다."

호남이는 이런 인사를 남겨 놓고 나섰다. 이것은 호남이가 선옥이와 그러한 사이가 되었다 하여 무슨 컴컴한 생각이 있어 꿍꿍이속으로 하는 생색은 아니었다. 연래로 영감 앞에서 일을 하고 신임을 받아오던 의리로 이렇게나 하여서 죄땜을 하리라는 생각이 어렴풋이 있을 따름이었다.

"나두 가야 하겠에요. 요새는 의순이가 시장엘 나가니까……."
하여 선옥이도 따라 나섰다. 이것을 본 영감은 서운하기도 하고 실쭉하였지마는 하는 대로 가만 내버려 두었다. 그러나 영감은 자기만 돌려내고 젊은것하고 놀러 나가는 아내를 하는 수 없이 바라보고만 있는 듯이 쓸쓸한 마음을 어찌하는 수도 없었다. 의순이가 와서도 별말을 한 것이 아니요, '지금 집에서 최 주사하구 점심 잡수세요' 하는 한마디밖에 들은 것이 없으나 어쩐지 이상하게도 마음에 꺼림칙하고 덜 좋았다.

"그래두 영감님이 마음이 풀리세서 좋구면."

길로 나오면서 호남이는 무엇에 잔뜩 눌렸다가 풀려 나온 듯이 깊은 숨을 커닿게 쉬었다. 말은 아니하여도 선옥이만큼 똥이 끓었던 모양이다. 선옥이는 해죽 웃기만 하였다.

"세상에 죄는 짓구 못 살 거야. 나두 그렇게 악한 놈은 아니건만 ……."

이만큼 오다가 호남이는, 영감이 별안간 까닭 없이 화를 내는 것을 달래느라고 은근히 진땀을 빼던 것을 생각하고 무심코 이런 소리를 하였다.

"누구는! 그런 소리 해 뭘 해! 그렇게 되느라구 그런 거지. 모두 팔자 땜야."

선옥이는 제 생각도 그러니, 부스럼을 긁어내는 것 같아서 듣기 싫다고 말을 막았다. 그러면서도 이상히도 부쩍 남자가 귀엽고 떨어지기가 아까운 생각이 들어서 딸의 집으로 들어갈 길을 지나쳐, 그대로 차도 아니 다니는 전찻길을 끼고 호남이를 따라갔다.

"어서 들어가요"

호남이는 말렸으나,

"아냐. 같이 가요. 혼자 보내기가 염려두 되지만, 어디 가서 소옥이한 테 물어두 보구, 영감님이 가 계실 데를 마련두 해 보구……."

"뭐 그 걱정은 말라구요. 맽겨 둬요"

그러나 선옥이는 쓸쓸해 하는 영감을 떼어 두고 나온 것부터 마음에 가책이 있으면서도, 그 반동이라 할지 남자를 떨어지기가 싫고 혼자 보내기가 염려가 되어서 여전히 줄줄 쫓아가는 것이었다.

그러나 정작 인사동까지 가서 소옥이 집 문전을 바라보자 선옥이는 차마 따라 들어갈 용기가 나지를 않았다. 취원이를 만나기가 겁이 나고 싫었다.

"난 가요. 영감님이 맘이 내켜서 이리 오시겠다면 내 올게 다신 오지 말아요"
하고 선옥이는 딱 결단하고 홱 돌쳐서다가 다시 쫓아와서,

"아무래두 그렇게 해야 좋지? 떨어져 있어 가지군 또 한끝이 맘이 안 뇌여서 못살겠어."
하고 은근히 매어 달리는 수작을 콧소리를 섞어서 하는 것이었다.

선옥이가 또 다시 타박타박 걸어서 간신히 딸의 집에를 돌아오니까, 식모아이와 집을 지키고 있던 의순이가 내달으며 취원이 다녀갔다 한다.

"응? 언제?"

"조금 전에요. 최 선생 아저씨가 나간 지가 오랜데 안 들어오는 게 걱정이 돼서 찾아왔대요."

요새도 의용군인가 하는 것을 거리에서도 막 붙들어 간다는 소문이 있으니 그렇기도 하겠지만, 이 집은 어떻게 알고 찾아왔을구 싶었다. 그러나 생각해 보니 의순이의 혼인 때 취원이도 이 집까지 와서 보았던 듯싶다.

취원은 막내놈 영근이를 앞세우고 능안으로 영감을 찾아갔다 한다.

뒤미처 영근이가 쭐레쭐레 왔다.

"사랑채 아주머니 거기 있던?"

사랑채 아주머니란 취원이 말이다.

"응, 아버지하구 술 먹나 보든데."

"잘 만났구나."

선옥이는 코웃음을 쳤다.

아까 술상을 치우려니까 영감은 또 좀 있다가 먹겠다고 그대로 놓아 두라더니 아마 그 상에서 혼자 마시다가 취원을 만났으니 좋아라 하고 맞붙어 앉아서 먹는 양이 보는 듯싶었다.

거진 해 질 머리나 되었다. 선옥이가 정릉으로, 인사동으로 한 고팽이를 하고 와서 그런지 몹시 고단해서 한바탕 늘어지게 자고 눈을 번쩍 뜨니까 앞에 취원이 앉았다. 취원이 방에까지 들어오는 것을 가뭇같이 몰랐지마는, 들어와서 흔드는 바람에 눈을 뜬 모양이다.

"어떻게 왔우?"

선옥이는 깜짝 놀라 일어나 앉으며 머리를 쓰다듬었다.

"응, 우리 애송이 영감 찾으러 왔지. 어서 내놔요"

취원은 약간 취기가 도는 소리를 하며 입을 빼쭉하고 눈을 흘기듯이 치떠 본다. 술을 여간 먹어서 얼굴에 나타나는 취원이도 아니지마는 그리 취한 눈치도 아니었다.

"내가 당신 영감을 감췄답니까! 호호호."

선옥이는 찌푸려지는 눈살을 얼른 펴고 좋은 낯으로 웃었다.

"아니 그건 고사하구 무슨 정성이 뻗혀서 자기 영감 내버려 두구 따라나서서 어딜 갔었습니까?"

취원은 코웃음을 치며 시비조로 대어들려는 기세다.

"아 그렇게 염려가 되거든 뀌어 차구 다니든 모시구 따라다니든 할 일이지! 호호호. 내가 알 게 뭐구."

선옥이는 어디까지나 실없이 농조로 얼러맞추었다.

"따는 그래! 내가 내 영감 건사를 잘못해 그렇지만, 오늘 영감님더러 두 그랬지! 마누라 신칙 좀 잘하라구."

하며 취원은 헛웃음을 쳤다.

한참 뜸하던 비행기소리가 또 우르를 하고 가까워 온다.

"헐 일두 없던감? 그깐 소리를 하러 저 무서운 폭격 밑을 허위단심 기어 왔구려? 호호호……. 잘 잡숫지두 못하구 노심초사에 지쳐 누웠는 늙은이를 마음만 들쑤셔 놓구, 괜히 남 이간이나 붙이러 다니는 거란 말요? 뭐유, 별안간 그건 무슨 종없는 소리란 말유?"

선옥이는 반은 웃음엣소리처럼, 반은 꼬집는 소리로 탄하였다. 선옥이는 이때껏 한집에서 지내야 취원이와 이렇게 마구 말을 건네 본 일도 없지마는 금시로 지체가 떨어진 것 같아서 불쾌하였다. 하여튼 영감더러 마누라 신칙을 잘하라고 일렀다는 그 말이 생각할수록 분하였다.

"미안합니다. 실내마님 체모에 그럴 말씀 들으시긴 매우 괴난쩍으실 겝니다. 호호호. 난 가요"

취원이는 시비조로 판을 차리려는가 하였더니, 의외로 더 질깃질깃 하게 따지려는 기색도 없이, 가볍게 웃어 버리고 일어선다. 기생퇴물로 놀아 보던 여자라, 속이 트이고 연삽한 데가 있어서 그런지도 모르겠지마는 더럽게 투기를 하고 가로막고 나서는 것이 창피스럽다고 돌려 생각한 것인지도 몰랐다.

"이건 무슨 소리야? 까닭 없이 불만 질러 놓구. 말을 깡그리뜨리구 가는 게 아니라……."

선옥이는 새침하니 정색을 하며 마주 일어나서 붙들어 앉히려 하였다. 선옥이의 말투가 어느덧 반말지거리로 나간 것도 처음이다. 그것은 그 놀던 여자라고 해서 하대를 하자는 것이 아니라, 한편으로는 어쩐지 그만큼 흉허물이 없다는 친숙한 생각이 드는 것이기도 하였다. 그러면서도 이 여자에게 무슨 감잡힌 일이 있어서 빌붙는 눈치가 보이지나 않을까 하는 염려도 할 만치 앞뒤를 재는 선옥이었다.

"뒀다 얘기해요. 아닌 게 아니라 폭격 소리를 들어가면서 그런 구접스런 얘기를 하기가, 죄가 내릴까 봐 무섭기두 하구면. 난 저 소릴 들으면 소름이 끼치구 머리가 횡해져서……."

취원이는 주기가 빠져나가니까 그렇기도 하겠지마는 딴은 기분이 좋지 않아서 얼굴이 해쓱하여졌다.

"그러니 좀 앉어요. 저 폭격이나 끝나야지. 나가면 뭘 하우. 가지두 못할걸."

취원은 주저앉았다. 나가야 공습경보가 해제되기까지는 문밖의 처마 밑에 섰는 수밖에 없을 거다.

이번에는 용산이나 마포 쪽인지 연달아서 산더미가 무너앉는 소리가 진동을 해 온다.

"자, 그건 그렇구, 이 살얼음판 같은데 모처럼 날 찾아 왔다가 그대루 가서야 되겠우. 취중에 생시 맘 나온다구, 마침 술 한 잔 있으니 다시 좀 취해 가지구 할 말 있건 다 하구 가요. 어디 좀 들어봅시다."

선옥이는 핀잔을 주는지? 달래는 것인지? 이런 소리를 하며 부엌으로 나려가려고 마루로 나선다. 선옥이는 역시 한집에 살던 정리에 그대로 쓸쓸히 보내기가 안되었기도 하였지마는, 정말 술김에 좀 더 툭 쏟아 놓는 말이 듣고 싶었던 것이다. 취원이의 속에 무엇이 들어 있는지? 궁금하여 은근히 애가 닳았다.

"아, 난 곧 가요. 술은 무슨 술."

취원은 말리면서도, 아직까지 폭격 소리가 뜸하다가는 등덜미를 우리는 것처럼 쿵쾅거리며 몸서리를 치게 하니 다시 일어설 용기가 아니 났다. 그러나 그 몸서리는 신경이 쇠약하여진 취원이나 치는 것이지, 지금 부엌에서 손수 고기를 볶고 있는 선옥이는, 어쩐지 마음이 느긋한 데가 있고 한참을 달게 자고 나서 고단한 것도 풀려 그런지 태연무심히 예사로 들리는 것이었다.

"아니, 이 난리 통에 술은 웬 술이유? 여길 가두 술, 저길 가두 술, 암만 해두 무슨 까닭이 있는 술인가 보군?"

선옥이가 손수 술상을 들고 들어오는 것을 보고, 취원은 반색을 한다기보다도 비양거리는 소리를 하였다.

"까닭은 무슨 까닭. 영감 퇴주(退酒)두 못 자실 건 아닌데, 당신 영감 자시다가 남기구 간 술을 치우겠우."

선옥이는 실토를 하면서, 다락에서 반쯤 남은 소주병을 꺼내놓는다.

"엉! 우리 영감이 자시던 술이라면 더 맛이 있을 텐데…… 사모님이

날 술을 줄 때가 다 있으니 암만 해두 이게 입 틀어막는 술이지.”

그러지 말자면서도 취원의 입에서는 또 꼬집는 소리가 나왔다. 사실 선옥이한테 술대접을 받기란 처음 되는 일이다.

“아니, 이 색시가 폭격 소리에 정말 머리가 돌았나? 웬 강트집이야?”

선옥이는 웃으며 술을 쳤다.

“듣던 중 반가운 인사로군. 색시 소리를 다 듣구! 호호호.”

“그럼 뭐요? 아직두 스물짜가 든 새신랑하구 사니 색시라구 할 밖에.” 하며 선옥이도 깔깔 웃었다.

그리 반가울 것도 없는 터에, 빡빡히 앉았느니보다는 음식상을 새에 놓고 마주 앉으니 그래도 마음들이 풀렸다.

“그래, 나두 한잔 할까?”

선옥이도 권하는 대로 한잔 받아 마시고 나서

“안주도 없는 술 한 잔 내구 큰소리하는 것 같지만 이 술이 무슨 술인 줄이나 아우? 영감님을 맡아 준다기에 하두 고마워서 잘 좀 모셔 가 달란 말예요” 하고 부탁 겸 슬며시 변명을 하였다.

“온, 딴소리! 마누라는 뒀다가 뭘 한다는 겁니까. 내 남편 하나 숨기기에두 간이 달랑달랑하는데, 무슨 팔자에 당신 영감까지 맡으라는 거요. 이런 경우 없이 보게!”

진담인지 실없이 그러는 것인지 취원은 펄쩍 뛴다.

“호호호…… 누가 경우 없는 소린지! 그래, 소싯적 생각을 하기루 그렇게 잡아떼야 옳단 말유?”

선옥이는 웃으면서도 생각이 있어서 하는 말이었다. 기생시절에 우리 영감의 귀염을 받던 너 아니더냐는 말이다. 그러한 것을 모르는 것이 아니지마는, 언제나 너에게 관대하였고, 그런 내색이라도 보이더냐는 수작이다.

어느덧 폭격 소리가 끊어지고 비행기의 자취도 가뭇같이 스러져 버렸다. 공습경보 해제의 사이렌 소리에 일어선 취원이는 취흥으로도 그랬겠지마는 좋은 낯으로 헤어져 갔다.

자수서

1

선옥이가 인사동으로 호남이를 찾아가 보고, 능안으로 곧장 영감한
테 하회를 알리려 가니까 사위가 와 앉았다.

"응, 웬일야?"

선옥이는 의외라느니보다는, 무심결에 좀 놀라는 표정으로 방 안을
들여다보았다. 한집 속에서 아침저녁으로 보는 사람이지마는 제집 속에
서 보는 것과 달라 여기에서 만나니, 이상하게도 설면한 생각이 들며
무슨 일이 생겼나 하는 예감이 앞을 서서, 경계하는 마음이 드는 것이
었다.

"오래 못 와 뵈었기에 잠깐 들렸죠."

엉덩이만 들먹하며 대꾸를 하는 윤식이의 낯빛은 해쓱하니 딱딱하고
쌀쌀하였다. 지금이 서너 시는 됐는데 집에 돌아오는 길도 아닐 것이요
일부러 찾아온 모양이다. 입을 봉하고 뜰 밖으로 한눈을 팔고 앉았는

252 홍염 사선

영감의 기색도 좋지 않았다. 영감도 어떻게 되었느냐는, 인사동에 갔던 하회를 물으려고 하지 않았지마는 선옥이 역시 그댓말을 사위가 듣는 데서 꺼내려 하지 않았다. 선옥이는 오늘로라도 영감을 인사동 호남이가 가 있는 소옥이네 집으로 옮기게 할 작정으로 내외 의논을 하고 따지러 갔다가 온 것이었다.

어제는 취원이가 취담인지 진담인지 박영선 영감을 못 맡겠다고 하였지마는 누가 절더러 맡으라는 건가? 집주인이 소옥인데, 소옥이더러 방 하나 빌리라는 것이지, 하는 생각으로 뛰어갔던 것이었다.

"방은 얼마든지 비어 있으니 오시는 건 상관없지만 여기라구 절대 안전한 것은 아니니까 알아 하시래요."

소옥이는 거절할 수도 없고 누구보다도 취원이 실쭉해 하는 눈치에 뜨악해 하는 말눈치였다. 취원은 이러라 저러라 말이 없었다. 취원이 그러하니 호남이도 제가 앞질러 서두르던 것과는 딴판으로 잠자코 있었다.

"영감님이 오시드래두 마나님까지 들락날락하면 동리 사람 눈이 무서울 거요, 마님이 시중을 안 들면 영감님이 불편하실 거요……."

사실 그렇기도 하지마는 소옥이는 슬며시 내외가 함께 와 있을 생각은 말라는 귀띔을 하는 것이었다. 취원이가 눈치챈 일이 소옥이의 귀에 안 들어갔을 리 없으니 제 아랑곳은 아니건마는 호남이와 선옥이를 한 집 속에 두고 보기는 싫다는 말일 것이라, 선옥이는 슬며시 돌려내는 것 같아서 겸연쩍기도 하였다.

윤식이는 선뜻 가려는 기색도 아니요 무슨 이야기를 하는 것도 없이 마냥 멀거니 앉았기만 하니 갑갑해 못 견디겠다. 전에는 싹싹하게 이야기도 곧잘 하고 명랑한 편이었는데 그것도 빨갱이의 물이 들어서 그런지 사변 이후로 성질이 별안간 변한 듯이 잔뜩 찌푸린 얼굴을 펴지를 못하고 말수가 없어졌다. 보고 듣느니 신산하고 암담한 일뿐이니 생각 있는 젊은 애면 눈살을 펼 새도 없겠지마는 저는 저대로 남에게 말 못할 고민이 있는지도 모를 일이다.

"허, 그놈이 내게 아무래두 자수서를 씌우고야 말겠다는구먼!"

영감은 혼자 곰곰 생각하다가 분통이 터지는 듯이 마누라더러 들어보라고 한마디 하고는 한숨을 꺼지게 쉰다.

"그래서 이 사람이 심부름을 온 거로구먼?"

선옥이는 그 대꾸를 사위에게 핀잔주듯이 하며 말끔히 치어다보았다.

"조금이라두 불리할 것 같으면 저부터라두 하시라구 하겠에요. 그거라두 말 방패막이는 되니까요. 그것두 안 내뒀다가 급한 경우에 불문곡직하구 나서라면 어쩝니까."

윤식이는 이때껏 장인에게 한 소리를 장모에게 또 한 번 뇌었다.

"흥, 자네두 인젠 속속들이 빨갱이가 됐네그려!"

선옥이는 혀를 찼다.

자수서란 어째서 쓰라는 것이요, 어떻게 쓰는 것인지 선옥이는커녕 영감 자신도 어정정한 것이지마는 숨어있는 것을 달래서 끌어내다가 끌고 가든지, 귀신도 모르게 없애 버리든지 할 것만 같아서 선옥이는 말만 들어도 몸서리가 치어졌다.

"그놈이 난 안 잡아간다던가? 날더런 자수서 쓰라구 일러 보내지 않던가?"

선옥이는 광근이 생각을 하면 치가 떨려서도 그놈의 말은 안 듣겠다는 결심이다. 에미 생각이 이럴 제야 그 자식의 에미 애비 생각인들 남보다 나을 것이 무어냐 싶었다. 윤식이는 다시는 장모의 말에 대꾸도 않고 그런 듯이 고개를 떨어뜨리고 앉았다.

"그래, 자수서를 내면 어떻게 한다던가?"

영감은 한참 만에 무슨 생각이 돌았는지 아까보다는 순탄한 목소리로 묻는다. 옆에서 선옥이는 그 부드러운 말소리에 깜짝 놀라서 영감을 치어다보았다.

"별 게 있나요. 형식적으루 잠간 취조야 하겠죠마는 그것만 치르구 나오시면 맘 놓구 다니시게 될 거니 얼마나 시원하겠습니까. 예방주사 맞으러 갔다 오시는 셈예요"

윤식이는 영감의 다수굿한 말눈치에 귀가 번쩍 띄어져서 잔웃음까지 입가에 어리었다.

"잠간이 뭐야. 말 들으니까 이틀 사흘씩 밤을 새며 취조를 받구 그대루 가둬 두었다가 끌구 간다는데?"

선옥이가 코웃음을 친다. 호남이에게서 들은 말이었다.

"온 별소리두! 끌어가려면 아무렇겐 못 해서 일일이 자수서를 받구 이 바쁜 때 취조는 해 뭘 할까요"

윤식이는 가만히, 그러나 열심히 변명을 하는 것이었다.

"어디 생각해 보세. 이건 자네를 믿구 하는 말야."

딴은 일류지(一流紙)인 ××신문의 정당 출입 기자로 똑똑한 위인이요,

정보가 빠르고 관찰이 정확하다고 귀해 하던 사위다. 그 사위의 권고니 생각해 보마는 말도 괴이치는 않으나, 선옥이는 펄쩍 뛰었다.

"아이, 이 영감님이 망녕인가? 이렇게두 맘이 약해지셨단 말람? 뭘 생각해 보시겠다는 거예요"

하고 가로막고 나섰다.

"아냐, 곧이곧솔루 고집만 부릴 게 아냐. 이런 위급한 비상 시기에는 임기응변이라는 것도 있어야 하는 거지……."

영감은 생각을 이렇게 돌리고 나니, 마음이 조금은 느긋해졌는지 맨숭맨숭한 아래턱을 왼손으로 살살 문지르며 서두는 마누라를 종용히 제지를 한다.

"이거 큰일 나려나 보군! 어쨌든 끝장이나 보구 말이지. 이왕 고생한 끝에 조금만 참으면 될껄! 자순지 난장인지 내가 가서 할 테야. 그래 영감이 저 몸으로 지척거리구 가서 이틀 사흘씩 잠을 못 자구 얻어맞어 가며 배겨낼 듯싶우? 지레 돌아가려구! 그 참혹한 송장을 내 손으루 치느니 내가 대신 가지. 어딘지 자네 나하구 같이 가세."

선옥이는 당장 나설 것처럼 사위를 당조짐을 하였다.

영감이나 윤식이나 잠자코 앉았다. 영감도 밤을 새워 가며 두들겨 팬다는 말에, 여간 고문(拷問) 정도가 아니려니 싶어서 말만 들어도 어깨가 으슬으슬하였다.

"무슨 끝장을 보시겠다는 거예요? 끝장이 오기 전에 서두르시라는 거 아닙니까."

윤식이는 일어서며 입을 벌렸다.

"어린애 설날을 기다리듯이 추석까지는 어떻게 되려니 하구 턱없이 바라지만, 누가 날짜를 받아났대요 이십 세기의 기적을 바라는 것두 분수가 있지, 낙동강 가에서 북풍이 불기 시작하기루 그렇게 쉽사리 밀구 올러올 것 같습니까."

"알구 보니. 아주 돌았네그려! 속이 비어서 허(虛)해 그런 거야. 내, 대둔변을 내서라두 고깃근이나 사 가지구 갈 테니 어서 집에 들어가 누었게."

선옥이는 사위한테 너무 듣기 싫은 소리만 하고 대든 것이 안되어서 웃음엣소리로 눙쳐 버렸다.

어쨌든 마주 앉았기가 답답한데 윤식이가 어서 가 주는 것만 시원하였다.

"에이 시끄러워. 오늘루 얼른 떠나십시다."

선옥이는 사위를 보내 놓고 서둘렀다.

"뭐라구들 해?"

"뭐라긴 뭐래요. 설마 오시지 말라구 내대기야 할까. 꼭 안전하다구 책임은 질 수 없다지만……."

실쭉해 하는 눈치들이란 말은 아니하였다.

"그두 그래. 한 발자국이라두 외진 데루 빠져나간다면 모르지만, 복판으루 파구 들어간다는 건 생각할 일이야. 가만있어. 좀 두구 보자구."

"그건 또 별안간 무슨 딴청이슈? 여기야말루 길바닥에 앉은 셈이요, 불떼미 속에 날 잡아 잡슈, 하구 붙들러 올 때만 기다리구 있는 셈이지 뭐예요."

영감은 잠자코만 앉았다.

"글쎄 윤식이 춤에, 괜히 맘이 들먹거리는 건 아니슈?"

"그두 그렇지만……."

"그두 그렇지만, 또 어쨌다는 거예요?"

선옥이는 영감의 뒷말을 기다리다가 걱정이 되는 눈초리로 말을 되받는다. 영감은 말대꾸하기도 싫은 듯이 눈살만 찌푸리고 앉았다.

영감은 또 어서 자리를 떠야 하겠다는 생각이면서도 인사동으로 가기는 마음이 썩 내키지를 않았다. 그것은 어제 호남이가 다녀간 뒤부터이었다. 취담이지마는 취원이가 '마나님 신칙을 좀 잘하세요' 하던 그 소리도 귓가로만 들리지는 않았던 것이다. 게다가 윤식이에게 그런 소리를 듣고 나서 사태가 얼마나 이대로 질질 끌려 나갈지 모르는데 당장 급한 불부터 꺼 놓고 볼 일이 아닌가 하는 생각도 드는 것이었다.

"설마, '임기응변'으로 그 '예방주사'라던가를 맞으시려는 객기는 아니겠지?"

영감이 왜 짜증을 내는가 하고 눈치만 물끄러미 보다가 또 한 번 다져 보았다. 그 말이 비양거리는 것 같아서 가뜩이나 영감의 귀에 거슬렸다.

"잔소리 말아요. 될 대루 되겠지."

영감의 와락 역정스럽게 핀잔을 주기란 처음 되는 일이다. 결혼생활 이십여 년 동안에 없었던 일인 듯도 싶어서 선옥이는 깜짝 놀라기도 하고 야속하기도 하였다.

"그럼 좋을 대루 하세요. 난 어서 좀 가 봐야 하겠어요."

선옥이는 맥맥히 마주 앉았기가 싫은 중이 나서 심사는 났으나 예사로이 한마디 하고 일어서 버렸다. 영감은 다시는 대꾸도 없이 모른 척하고 담배에 불을 붙이고 있다.

거리로 나온 선옥이도 이 생각 저 생각에 갈피를 잡을 수가 없이 머릿속만 뒤숭숭하고 타박타박 걸음이 아니 걸렸다.

윤식이가 그길로 벌써 집에 들어가지는 않았겠지마는, 사위가 못마땅해서 딸의 집에 들어가기도 싫었다. 그래도 장에 들러서 고기 한 근을 사서 들고 들어갔다.

사위를 위한다느니보다는 달래서 덧들이지 말자는 생각이었다.

"애, 이거 애아범 볶알 주든 구월 주든 해라."

"네, 어제 먹었는데 또 웬 고기는……?"

딸은 좋아하였다.

"하두 헛소리를 하는 걸 보니, 속이 비어서 그런가 보더라."

"?……"

"글쎄, 애아범마저 자수를 하시라구 영감님을 조르구 다니는구나!"

"에에?"

의순이의 눈이 커대졌다.

2

"이거 갖다가 영감님 드리시구 도장 맡아다 주세요."

영감이 인사동으로 옮아앉은 지 한 이틀쯤 돼선가 아침에 윤식이가 세수를 하고 안방으로 들어가더니 수건질을 하며 봉투를 하나 들고 나

와서 건넌방에 들이민다. 방 걸레질을 치던 선옥이는 엎드린 채 돌려다보고

"왜 날더러? ……자네가 갖다 드리지."

하며 깜짝 놀란 듯이 눈이 커대졌다.

요새로 점점 더 사위가 무서워지기까지 하였던 차이라 선옥이는 직감으로 그 봉투가 무엇일 듯싶은 짐작이 들어서 찔끔하며 얼떨결에 나온 말이었다.

"어제 갔더니 어디 계시던가요?"

하며 윤식이는 픽 비웃듯이 입을 삐쭉하고 나서 금시로 눈을 곤두 뜨며

"왜들 그러세요? ……"

하고 무슨 책망이라도 하려는 눈치로 입귀를 쫑긋쫑긋한다.

"뭐, 떠나신 데루 찾어가 뵈려면 못 뵐 건 아니지만 어쨌든 도장이나 맡어다 주세요 내용을 보시면 영감님두 마다군 아니하실 테니까요."

하고 봉투를 방 안에 들여 놓는다. 선옥이는 할 말이 없으니 걸레에서 손을 떼고 가만히 앉았다.

영감이 인사동으로 떠난 것이 엊그제 일이다. 물론 윤식이에게는 비밀이었다. 제 처더러도 그댓말은 말라고 일러두었지마는 결국 눈 가리고 아웅이지 별수 없는 상 싶다. 그러나 의순이의 입에서 나오지 않아도, 어리배기 아닌 윤식이는 벌써 짐작이 들었을 지도 모를 일이다.

하여간 선옥이는 그 봉투에 손을 대기가 싫어서 건드리지도 않고 모른 척하고, 마치 그 봉투를 피해 나오듯이 건넌방에서 나와서, 뜰로 부엌으로 서성거리며 사위가 어서 밥을 먹고 나가기만 기다렸다. 어쩐지

길에 나가서 내무서원의 이상스러운 테두리가 넓은 누런 모자만 멀리 보아도 겁이 더럭 나고 가까이 가기가 싫어서 슬슬 피하듯이 요새는 사위가 가까이 있는 것이 싫었다. 이 집에 온 것이 잘못이지, 어디로 우리도 자리를 떠야 하겠다는 생각에 골똘한 선옥이었다.

"어머니 진지 잡수세요."

"응, 언제 나갔니?"

선옥이는 돌아서서 부엌 탁자에 걸레질을 치다가 공연히 깜짝 놀라며 돌려다 보았다.

"그럼요. 벌써 나갔는데요."

의순이는 부엌문 밑에 서서 대꾸를 한다.

"그 어느새 자취도 없이 바람개비처럼 나갔니."

선옥이는 가슴이 후련해서 무슨 무거운 짐이나 푼 듯이 얼굴 살이 펴졌다. 이 마님에게는 윤식이가 자취를 내지 않고 드나드는 것이, 늘 이상스럽기도 하고 마음에 께름칙하기도 하여진 것이었다.

"어머니, 그 편지 뭐예요?"

안방에 올라와서 아이들을 몰아 놓고 밥상을 받으며 의순이가 물었다.

"모르겠다. 왜 늬가 더 잘 알 테지?"

선옥이의 말에는 좀 뼈가 들었다.

"몰라요 무슨 말 하구 다니나요."

의순이는 남편에게도 불평인 듯한 말눈치였지마는 모친의 말에도 쏘아 주는 어기이었다. 그러나 어머니는 물끄러미 딸의 기색을 살피는 눈초리로 바라보고 있다. 의순이는 모친의 그 눈과 마주치는 것이 싫었다.

선옥이는 딸도 제 남편과 한통인가 싶어서 의심이 드는 것이었다.

"그래두 넌 아는가 했는데?"

"온, 어머니두! 보시다시피 요새는 아범두 집에 들어와서 무슨 말을 벙긋이나 하는 줄 아세요."

의순이는 남편이 요새는 홱 달라진 데에 불편이요 의심이 버쩍 나면서도 뉘게 말 한마디 못 하고 속을 태우고 있는 이런 사정은 몰라주는 모친이 야속하기도 하였다. 선옥이는 그럴 듯도 싶고, 정말 그럴까 싶어서 고개를 갸웃하기도 하였다.

"애 을순아, 건넌방에 가서 그 편지 좀 이리 가져오너라."

주인아씨가 소리를 치니까, 을순이가 밥 먹던 숟갈을 치우고 쪼르를 가서 봉투를 집어 들고 왔다.

두둑한 봉투를 받아서 속을 꺼내어 펼쳐 보며, 의순이는 별것이 아니라는 듯이 거진 웃음을 띠면서

"응, 자수서로구먼!"

하고 예사로이 한마디 하였다. 잔뜩 노려보며 남편의 사형선고장이나 되는 듯싶이 끔찍끔찍해서 손도 대기가 싫어하던 선옥이는, 또 한 번 그 태연한 딸의 얼굴을 유심히 치어다보았다. 아무래도 내외간이란 다를 것이라는 의혹이 또 들었다.

"아니, 그래두 아버지 편을 들었는데요. 그럼, 아무래두 아버진데! 아마 오빠하구 둘이 의논을 하구 아버지한테 유리하게 글을 지었나 봐요."

의순이는 한번 쭉 훑어보면서 다행이라는 듯이 이런 소리를 하였다.

"무어랬니?"

선옥이는 상근이를 오빠라구 부르는 것도 듣기 싫었고, 제 남편의 편을 드는 말눈치에 실쭉해서 낯빛이 틀려졌지마는, 그래도 그 사연이 어떻게 되었는지 궁금하였다.

"중앙시론 사장이라는 것은 쑥 빼 버리구 벌어먹기 위해서 책사를 하다가 홍문관(弘文館)에 출자(出資)까지 했다구 하였으니 그만하면 됐죠 뭐예요. ……어머니 아세요? 홍문사가 뭔지?"

의순이는 의기양양하였다.

"몰라. 그 어디냐? 그런 말은 못 들었는데. ……."

선옥이는 어렴풋한 소리를 한다.

"그 왜 좌익서적(左翼書籍) 출판하던 데 아니에요 종로 네거리 모퉁이의……."

"응, 그런 데 있었나? 나 그거 몰라."

"어쨌든 이렇게만 해 들여가면 설마 아버지를 함부룬 안 할 거니 염려 없지 않아요"

의순이는 제 남편의 공을 세우려는지, 모친을 안심시키려고 그러는지, 먹던 밥도 잊은 듯이 신이 나서, 어머니에게라도 생색을 내려 하는 것 같았다.

"응, 그래?"

선옥이는 얼마쯤 반색을 하는 듯이 대꾸를 하면서도, 반신반의인 눈치였다. 어쩐지 그 말소리가 자기의 귀에도 금시로 퍽 늙은 무식한 노파의 텅 빈 목소리같이 들려서 서운하기도 하였다.

"허지만 우렁이 속 같은 그눔의 속을 누가 아니. 무슨 요사를 부리는지."

무엇에 휘둘린 듯이 아무래도 의심이 드는 선옥이는 딸의 속이 못 미더워서 또 한 번 떠보려는 소리였다.

"어구, 어머니두! 아무러면……."

의순이는 질겁을 하며 웃었다.

그래도 낮에 선옥이는 의순이가 일깨기도 전에 봉투를 허리춤에 넣고 집을 나섰다. 거리에 나가서면, 음식점 이외에는 저자[商店]가 첩첩히 닫혀 있고, 지나는 사람끼리도 까닭 없이 마주 노려보며 경계를 하는 살판에 핸드백을 들고 다니기가 눈 서투른 세상이었다.

"이거 윤식이가 주두군요. 도장만 찍으시라나. 헌데 벌써 영감이 여기 와 계신 걸 아는 눈치더군요"

선옥이는 허리춤에서 봉투를 꺼내서 영감 앞에 던지듯이 놓았다.

영감은 잠깐 동안 모른 척하고 거들떠보려고도 아니하였다. 윤식이가 보내더라는 말에, 벌써 알아차리기라도 하였지마는 선뜻 건드리기가 싫었었다. 그도 그렇지마는 마누라가 곰살스럽게 내놓는 것이 아니라, 퉁명스럽게 내던지듯이 툭 밀어놓는 것이 못마땅하였던 것이다.

'세상이 뒤집히니까……내가 이러구 쪽지구 들어앉아서 숨두 제대루 못 쉬구 있으니까, 넘보구 이러는구나! ……'

하고, 영감은 가뜩이나 토라진 것이었다. 영선 영감은 당장 발등에 불이 떨어질 것 같으니까 말은 없으나마, 속에는 꽁하니 뭉친 생각이 있는지라, 요새로 시원한 낯빛을 보이는 일이 없었다.

"이상두 해라! 그거 좀 펴 보세요. 남 앨 써 가져온 걸!"

하고 선옥이는 원망하듯이 편잔을 주었다.

"보나 마나! 그대루 둬!"

영감은 짜증을 내었다. 영감은 제육감(第六感)으로 그것이 자수서를 저희끼리 써 온 것이려니 하는 짐작이 들기도 하였지마는, 그렇게 앞질러서 쾌쾌히 막아 내던 마누라가 가지고 와서 어서 보라고 조르는 것이 이상하기도 하고 싫었다.

자수서를 써 가지고 정치보위대라던가 보위부로 쭐레쭐레 가지고 갈 용기도 나지 않거니와 무슨 까닭으로 자수를 하겠느냐는 생각으로 일단 마음을 돌렸던 것을 자기 마음속으로 취소를 하고 그저께 이리로 옮아왔지마는 주인인 소옥이나 취원이와 호남이까지도 어쩐지 설면설면히 푸대접인 눈치에 화가 나는 것을 꿀꺽꿀꺽 참고 앉았던 판이다.

이것이 필시 무슨 조건이 있는 거려니 하는 겉짐작이요, 그 조건이란 것은 아무래도 바로 아내인 선옥이 탓이리라고 울화가 터지건마는 두고 보리라고 혼자 번민만 하여 감옥에 갇힌 듯이 숨을 죽이고 들어엎댔는 것이었다.

영감은 마누라를 보니 공연히 더 화가 발끈 나서 이 집이 전같이 요리를 팔았더라면

'애, 술상 얼른 들여라.'

하고 소리를 쳤겠지마는 앞에 놓인 누런 봉투는 본체만체하고 가만히 자기 마음을 진정하느라고 눈만 깜박이며 앉았다.

여기는 이 크낙한 집에서도 뒤꼍으로 돌아 빠지는 작은 사랑채에서도 안방 건넌방을 내놓고 헛간 옆의 조고만, 옛날 청지기방 같은 데다.

"약주가 없군요. 한 병 사올까요?"

영감의 좋지 못한 신기를 풀려고 선옥이는 달래듯이 말을 붙였다. 영감은 말은 없이 그러라고 고개만 끄덕거렸다.

안채와 뚝 떨어진 여기에서, 뒷문으로 나간 선옥이는 얼마 만에 안에서 술상을 보아 가지고 나왔다. 그래도 김치 깍두기에 고기 통조림을 뜯고 하여 먹을 만하다. 그러나 다른 때 같으면 적어도 주인마누라인 소옥이는 쫓아 나와 보아 줄 것 같은데 내외끼리 잘 먹으라는 것인지 아무도 얼씬도 아니하는 것이 영감은 또 못마땅하였다.

"안에 들어가서 모두들 나오라구 해요"

모두들이란 첫째 호남이와 취원이, 그리고 주인인 소옥이 말이다. 그러나 선옥이가 안으로 들어간 지도 얼마 만에야 호남이만 따라 나와서

"아, 약주를 잡숫는군요. 에이, 전 못 먹습니다, 어젯밤에두 옆집에서 뒈져 갔대구, 어디 잠시 한때 맘이 뇌야죠."

하며, 술상을 벌인 것이 못마땅하다는 눈치로 여자들은 밤에 마음이 안 놓여서 뜬눈으로 꼬박이 새느라고 낮잠에 곯아떨어져 끌어낼 수가 없다는 변명을 늘어놓는 것이었다.

영감은 어쩐지 그 말이 곧이들리지 않았다. 어젯밤에 옆집을 뒤져서 남자를 끌어내 갔다면 이 집에는 어째 안 들렀던구? 그런 말을 들은 일도 없거니와 무슨 핑계 같기만 하다. 선옥이가 왔기 때문에 자리를 피하느라고 하는 것 같기도 하지마는, 그보다도 경이원지(敬而遠之)해서 자기 마누라를 돌려내는 것은 아닌가? 하는 어렴풋한 의심이 앞서는 것이었다. 역시 영감의 귀밑에는 '마나님을 좀 신칙하세야지' 어쩌고 하던

취원의 비양거리던 말이 쟁쟁히 스러지지를 않는 것이었다.

"그건 하여튼, 이 편지 좀 꺼내 보게."

영감은, 아무리 궁축(窮蹙)해서 이 지경이 되었다 하기로, 이놈이 내가 술상을 벌였다고 못마땅해서 내색을 보일 법이 있느냐고 속으로는 아웅하면서도 천연히 옆에 놓인 봉투를 내밀었다.

"그건 뭡니까?"

그동안에 취원이 무슨 소리를 하여서 그런지, 나날이 달라지는 세태에 잔뜩 겁을 집어먹고 틀어박혀 있어서 그런지 호남이는 감히 봉투에 손을 대지 못하고 영감의 기색만 바라본다.

"나두 아직 안 봤네마는, 하여튼 좀 꺼내 봐."

영감은 예전에 호남이를 비서처럼, 웬만한 편지는 쓸어맡겨서 먼저 뜯어보고 처리하게 하던 버릇으로 그러는 것인지 자기도 손에 대기가 겁이 나고 싫어서 그러는 것인지, 혹은 내용을 뻔히 짐작하는 것이니 호남이의 판단을 구하자는 생각인지도 모르겠다.

"에구, 이게 뭡니까? 바루 자수서이군요."

호남이는 봉투를 들어 알맹이를 꺼내서 떨치더니, 손에 대지 못할 것이나 만진 듯이 손끝이 떨릴 뿐 아니라 말소리조차 제대로 나오지 않는 듯싶었다.

"글쎄, 그런가 봐. 좀 읽어 보게."

하며 영감은 천천히 술병을 들어서 자기 잔에 붓는다.

호남이는 자기의 말소리와 거동이 너무 당황했던 것을 옆에 앉은 선옥이에게 눈치채게 한 것이, 안되었다는 생각이 들어서 힐끗 선옥이를 치어다보며 소리를 내서 읽기 시작한다.

"흐응!"

하고 영감은 자기가 들을 만한 데까지 듣다가 탁 막으면서

"응, 그만하면 알았네. 자 술이나 한잔 들게."

하고 자기의 잔을 비워서 호남이에게 건넨다.

작품 해설

이종호(성균관대)

냉전체제하의 한국전쟁을 응시하는 복안(複眼)

1. 분단과 전쟁, 인공(人共)과 반공(反共)의 한가운데서

염상섭은 1945년 8월 15일 해방을 만주(滿州) 단둥[安東]에서 맞이했다. 그가 삶과 죽음을 가로지르는 사건들 속에서 국경과 삼팔선을 넘어 서울로 다시 돌아온 것은 1946년 6월 무렵이었다. 해방기 미군정하에서 염상섭은 『경향신문』 창간(1946.10.6.) 편집국장을 맡으면서 공적인 영역으로 복귀했고, 당시 이념적 대립 속에서 좌우로 분열되어 있었던 민족을 통합하고자 애쓰면서 "진정한 해방"[1]을 염원하였다. 그리고 작가로서는 <조선문학가동맹>의 중앙집행위원(1946.11.8.)·서울시 집행위원(1946.11.23.)으로 보선(補選)되어 활동하면서, 좌파(문학가동맹)의 '정치주의'와 우파(문필가협회)의 '순수성' 모두를 지양하며 그 양자의 "합류 가능성"을 타진하는

---

1) 염상섭, 「노안(老眼)을 씻고」(『경향신문』, 1946.12.12.), 『염상섭 문장 전집Ⅲ』(한기형·이혜령 엮음), 소명출판, 2014, 26쪽.

등 "문단의 통일시대를 희망"(1947.11.)하였다.[2] 그리고 이후 그는 『신민일보』 편집국장으로 활동(1948.2.10.)하면서, 남북협상을 지지하는 '문화인 108인 지지성명'(1948.4.14.) 및 단독정부수립반대와 통일자주독립을 촉구하는 '330문화인 성명'(1948.7.26.)에 참여하는 등 정부수립 직전까지 좌우 모두를 비판하며 분단과 냉전체제에 맞서고 있었다.[3] 말하자면 염상섭은 분단을 전제로 하여 위로부터 수립되는 두 개의 국가권력에 맞서 민족이라는 아래로부터의 공동체에 기초한 자주통일을 강력하게 요청하고 있었던 것이다.

염상섭의 이러한 사유와 행위는 좌우라는 이념적 프레임에 기반을 둔 인식하에서는 통상적으로 '중간파'로 이해되곤 한다. 다만 염상섭 그 자신은 '중간파'라는 레테르를 통해 자기규정하는 일이 별로 없었으며 그러한 방식의 집단적 세력화에는 큰 관심을 기울이지 않았다는 점은 충분히 고려되어야 한다. 그럼에도 한반도에 두 개의 정부가 수립되고 삼팔선을 경계로 분단이 현실화되는 '48년체제'를 전후한 시기, 그의 정치·문화적 횡보(橫步)는 당시 여러 논자들에게 중간파의 맥락에서 해석되었으며 그 이후에도 그러한 맥락화는 지속되었다.

당시 문학장에서 '중간파'·'중간파문학'이라는 개념은 1949년으로 접

---

2) 「문맹중앙위원회―문학운동결정서 등 발표」, 『일간 예술통신』, 1946.11.11.; 「문학대중화운동」, 『조선일보』, 1946.11.29.; 「신문학운동의 회고와 전망―김동인, 염상섭 양 씨(氏)에게 문학을 듣는 좌담회」(전2회, 『중앙신문』, 1947.11.1.~11.2.), 『염상섭 문장 전집III』, 61쪽; 김재용, 「8·15 이후 염상섭의 활동과 '효풍'의 문학사적 의미」, 『한국문학평론』, 1997. 여름호 등 참조

3) 『중앙신문』, 1947.11.1.~11.2.; 「조국흥망의 막다른 □간(間)에서 백팔(百八) 문화인도 단연 궐기」, 『우리신문』, 1948.4.29.; 「330문화인성명, 양군(兩軍) 철퇴(撤退)의 일로(一路)만이 각축(角逐) 반발(反撥) 시의(猜疑)를 일소하는 정로(正路)」, 『조선중앙일보』, 1947.7.27. 등 참조. 해방기 염상섭의 이러한 활동에 관한 연구로 이봉범, 「단정수립 후 전향의 문화사적 연구」, 『대동문화연구』(제64집), 2008.12 참조

어드는 시기에 백철에 의해 최초로 사용되기 시작했다. 백철은 계용묵, 정비석, 박영준 최정희, 황순원, 손소희, 주요섭, 이무영 등과 더불어 염상섭을 '중간파문학'으로 구분하여, 집단화하여 드러내면서 조연현·김동리 등의 우파 문인들과 대립선을 구축하였다. 그는 이러한 작업을 통해 문학장 내의 좌우의 대립선을 중간파와 우파의 대립선으로 재편하였다.[4]

주지하듯이 48년체제가 구축된 대한민국(남한)에서, 좌파문학자들의 활동은 더 이상 불가능했다. 그들은 삼팔선 이북으로의 추방 및 격리의 형식으로 배제되어야할 존재들이었다. 좌파문학자들이 공론장에서 추방되면서, 이들을 대신하여 우파문학자들과 이념적 대결구도를 형성하게 되는 것은 중간파라고 호명되었던 문학자들이었다. 이들은 월북하지 않고 결과적으로 남한의 국민이 됨으로써 공론장에 잔류할 수는 있었다. 하지만 삼팔선을 따라 적과 동지의 구분이 첨예해지고 있었던 그때, 남한에서 '중간파'라는 호명은 중립의 의미로 받아들여지기보다는 월북한 좌파를 대체하는 또 다른 '붉은 이름'으로 간주되었다. 가령 김동리는 '문화인 108인 지지성명'(염상섭 참여)을 주도하며 세력화를 꾀한 문화인들을 "소위 중간파로 처세하는 기회주의들의 집단"으로 규정하며 "남로당 직계의 문학가동맹원"과 연관 짓는다.[5] 정태용은 염상섭과 백철을 구체적으로 겨냥하여 중간파문학 불가론을 강력하게 주장하는데, 염상섭에 관해서는 "전형적 기회주의자"로 비난하며 그가 주장한 '민족문학' 및 '문학의 자유성'은 "구국문학"으로 수렴되지 않으면 안 된다고 비판을 가한다.[6] 요

---

4) 백철, 「[기축(己丑) 신년의 문화건설 전망 소위 중간파의 진출―예상되는 금년의 창작계」, 『세계일보』, 1949.1.1.;「현상은 타계될 것인가―주로 기성작가의 동향에 관한 전망」(전6회), 『경향신문』, 1949.1.5.~1.12.
5) 김동리, 「문화인에 보내는 각서―주체의 일관성 가지라」, 『동아일보』, 1948.8.29.
6) 정태용, 「문학의 자유―백철·염상섭 양씨를 박함」(전4회), 『조선중앙일보』, 1949.1.19.~1.22.

컨대 염상섭을 위시한 소위 '중간파문학'은 한편으로는 김동리의 말대로 이념상 붉은 혐의가 두어져 배제되어야함과 동시에 다른 한편으로는 정태용의 말처럼 국가(대한민국)의 이름으로 포섭·동원되어야하는 이중의 입장에 놓여있었다. 조연현은 해방문단을 정리하면서, 염상섭을 비롯한 중간파문학자를 "문맹[조선문학가동맹―인용자]이 제시한 문학적 이념의 공명자나 지지자들"로 규정하고 "남로당 제5열들의 문화적 음모"에 가담한 자들로 평가하면서, 전향하기 전까지는 '행동과 문학관이 상이했던 존재들'이라며 명료하게 대립선을 그었다.[7] 조연현의 회고에 따르면, 실제로 염상섭은 조선문학가동맹 가입 이력과 그간 좌우 모두를 지양하는 중간적 태도로 말미암아 1949년 8월 이후에도 문단 안팎과 국가기관으로부터 '용공(容共)적 혐의'를 받고 있었다.[8]

제주4·3항쟁(1948.4) 및 여순사건(1948.10) 등 국가폭력의 가시화와 국가보안법제정(1948.12) 등의 법률적 정비, 그리고 <국민보도연맹> 창설(1949.4) 등의 감시·동원시스템의 구축을 통해, 반공주의가 현실정치와 일상의 공간을 장악해 들어갔다. 이러한 가운데 이념적으로는 좌우를 지양하고 그리하여 결과적으로 남북한 국가체제 모두를 지양했던 염상섭이 취할 수 있는 현실정치적 선택지는 거의 없었다. 오히려 냉전과 반공이데올로기하의 남한 사회 내에서는 그 존재 자체가 위태로워지고 있었다. 염상섭은 단정수립 이후 여러 방면에서 고립되어 어려움을 겪었으며[9], 창

정태용의 이 글은 백철의 「현상은 타개될 것인가―주로 기성작가의 동향에 관한 전망」(『경향신문』, 1949.1.5.~1.12)·염상섭의 「문단의 자유 분위기」(『민성』, 1948.12.)에 대한 직접적인 반박문이었다.

7) 조석제[조연현], 「해방문단 5년의 회고」, 『신천지』, 1949.9~1950.2. 참조
8) 조연현, 『내가 살아온 한국문단』(조연현문학전집1), 어문각, 1977, 248~249쪽 참조
9) K생, 「문인생활 별건기―월탄 박종화 씨와 횡보 염상섭 씨」, 『민성』, 1949.6 참조

작과 대학강의에 전념하는10) 방식으로 '용공 혐의'로부터 벗어나고자 했지만 그것만으로는 충분하지 않았던 것 같다. 기어이 "두 개의 세계를 몸소 체험한 월남작가"의 문학단체인 <월남작가클럽> 결성(1949.12.3.)에 참여하고 지도위원으로 선출되는 행보를 보여야만 했다.11) 그리고 급기야는 "전향문학인을 포함한" <한국문학가협회> 결성(1949.12.17.)에 준비위원으로 참여하여 '중앙집행부위원장'으로 선출되지 않으면 안 되었다.12) 조연현은 이와 관련하여 "그전까지 행동이요 문학관을 달리해온 염상섭(중략) 제씨도 참가"했다고 서술하며 그날의 풍경을 묘사하고 있다.13) <조선문학가동맹>의 '중앙집행위원'으로 보선된 이후, 만 3년만의 일이었다.

해방기에서 한국전쟁 발발 전까지 분단과 반공의 풍압 아래에서, 염상섭은 <조선문학가동맹>의 중앙집행위원에서 <한국문학가협회>의 중앙집행부위원장으로의 전향을 감내하지 않으면 안 되었다. 하지만 이러한 전향의 제스처에도 불구하고 그를 향한 '용공 혐의'는 쉽게 거두어지지는 않았던 것 같다. 이 상황 속에서 그의 문학적 · 정치적 전망과 상상력은 한반도 전체에서 남한으로 축소되어 재정향되는 과정을 겪을 수밖에 없

---

10) 「문화인동정」, 『경향신문』, 1949.9.19.; 「문화인동정」, 『경향신문』, 1949.10.5. 참조
11) 「월남작가 클럽 결성」, 『경향신문』, 1949.11.24.; 「월남작가 구락부 결성」, 『자유신문』, 1949.11.24.; 「월남작가회, 반민족문학 반대를 강령으로 내세우고 결성」, 『서울신문』, 1945. 12.4.; 「월남문학자 클럽 대표에 김동명 씨 선출」, 『경향신문』, 1949.12.6.; 「문화인동정」, 『경향신문』, 1950.1.16.; 「'월문(越文) 클럽' 주최 월남예술인의 밤」, 『경향신문』, 1950.1.26. 등 참조 <국민보도연맹>과 '염상섭'의 관련성에 대해서는 김재용, 「냉전적 반공주의와 남한 문학인의 고뇌」, 『역사비평』, 1996 겨울; 이봉범, 앞의 글 참조.
12) 「한국문학가협회 결성, 전향 · 무속(無屬) 작가도 참가」, 『동아일보』, 1949.12.13.; 「한국문학가협회 결성식」, 『경향신문』, 1949.12.14.; 「민족문화의 개화 위해 한국문학가협회를 결성」, 『동아일보』, 1949.12.18.; 「중집위 33명 선출, 위원장엔 박종화 씨」, 『동아일보』, 1949.12.19.; 「한국문학가협회 중앙집행위원결정」, 『경향신문』, 1949.12.19. 등 참조
13) 조석제[조연현], 「해방문단 5년의 회고」(5), 『신천지』, 1950.2., 220쪽 참조

었다. 다시 말해 염상섭은 『효풍(曉風)』에서 『무풍대(無風帶)』로의 변화를 통해 보여주었듯이, "'분단극복을 위한 조선학'의 비전을 '부르주아 독재의 혼탁상을 그려내기 위한 남한학'으로 축소할 수밖에 없"었다.14) 이런 제약 속에서도 염상섭은 당시의 세태에 영합하기보다는 허용된 공간에서 긴장을 유지하며, "시대의 참된 청년남녀들의 혹은 즐겁고 혹은 설은 사정을 호소"하고 "새 나라, 새 시대에 반드시 나와야 할 이상적 새 여성은 그 어떠한 것일까를 머리에 그려보면서"15) 장편소설 『난류(暖流)』를 연재해나간다. 그는 언제나 그렇듯이 현실의 가장자리에서 최선을 추구하고자하는 고집스러운 면모를 유지했다.

『난류』는 한국전쟁 발발 3일 후인 1950년 6월 28일에 미완(총125회 연재)인 채로 중단된다. 그리고 6월 28일은 주지하듯이 이승만 정권에 의한 한강철교 및 한강인도교의 파괴로 말미암아, 서울시민들의 운명이 엇갈린 날이기도 했다. 이승만 정권은 수도 서울을 버리고 남쪽으로 피난을 떠났지만, 많은 사람들은 서울에 그대로 남았고 또 남을 수밖에 없었다. 당시 145만 명에 달하는 서울시민 중에 약 40만 명 정도가 피난을 떠났으며 100만 명 남짓의 사람들이 서울에 남았다. 이후 9월 28일 서울 수복 후, 한강을 건너 남쪽으로 피난을 간 사람들은 '도강파'로 불리며 애국자로 대접을 받았으며, 반면에 서울에 남아 '인공치하(人共治下)'에서 삶을 지속했던 사람들은 '잔류파'로 호명되어 부역자·빨갱이로 몰려 고통을 받게 된다.16)

---

14) 안서현, 「'효풍(曉風)'이 불지 않는 곳: 염상섭의 『무풍대(無風帶)』 연구」, 『한국현대문학연구』(39), 2013.4. 158쪽.
15) 염상섭, 「작자의 말─『난류(暖流)』」(『조선일보』, 1950.2.2.), 『염상섭 문장 전집Ⅲ』, 179~180쪽.
16) 김동춘, 「서울시만과 한국전쟁: '잔류'·'도강'·'피난'」, 『역사비평』, 2000.5; 한수영, 「한

염상섭은 한국전쟁을 서울 돈암동 집에서 맞이했다. 그는 가족들을 데리고 피난을 떠나지 못한 채, 북한 인민군의 인공치하에서 3개월을 보내야만 했다. 기존의 정치·경제적 질서가 정지된 시공간에서도 생존을 위한 일상은 지속해야 했고, 때로는 인민재판을 통해 쓰러져가는 생명을 목도해야 했으며, 이후 9·28 서울수복 이후에는 잔류했던 시민들에게 겨누어졌던 비이성적인 부역 혐의를 견뎌내지 않으면 안 되었다. 결국 염상섭은 소위 '잔류파' 가운데 한 사람이 되었던 것이다. 서울 수복 직후 그가 50대의 늦은 나이에 해군입대를 결심하게 되는 것은 표면적으로는 이무영의 권유를 통해서였다.[17] 하지만 이는 앞서 언급한 이념적 갈등과 대립에 기대어 볼 때, 근본적으로는 용공 혐의를 받아온 잔류파로서 스스로 신원증명을 하지 않으면 안 되는 당시의 상황으로 말미암은 것이라고 할수 있겠다.

이처럼 분단과 전쟁이라는 격변 속에서 도강과 잔류, 인공과 반공이라는 대립선들이 어지럽게 중첩되는 바로 그 시기의 자장과 중력 속에서 생성된 소설이 「홍염」·「사선」 연작이었다.

2. 『자유세계』라는 미디어 공간과 민족문학의 신경지

「홍염(紅焰)」은 염상섭이 한국전쟁을 경험하고 쓴 첫 장편소설로, 『취우(驟雨)』(『조선일보』, 1952.7.18.~1953.2.10.)보다 시기적으로 앞서는 작품이

국전쟁기 도강파와 잔류파」, 『논쟁으로 읽는 한국사2: 근현대』, 역사비평편집위원회 엮음, 역사비평사, 2009 참조

17) 김종균, 『염상섭연구』, 고려대학교출판부, 1974. 41쪽 참조

다. 그리고 「사선(死線)」은 인물과 내용이 고스란히 이어지는 「홍염」의 연작이다. 그리하여 「홍염」 연재본에는 '6·25편'이라는 부제가, 그리고 「사선」의 연재본에는 '「홍염」의 속편'이라는 부제가 각각 붙어있다. 「홍염」과 「사선」 연작은 4년가량의 시차를 두고 작성되었는데, 간단하게 각각의 서지사항을 정리해보면 다음과 같다.

* 「홍염」은 『자유세계』[출판사: 홍문사(弘文社), 1952년 1월호(1회), 3월호(2회), 4월호(3회), 5월호(4회), 8·9월합병호(5회), 10월호(6회), 12월호(7회), 1953년 1·2월합병호(8회)에 전8회로 연재되었다.[1952.1~1953.2]
* 「사선」은 『자유세계』[출판사: 자유세계사(自由世界社), 1956년 10월호(1회), 11월호(2회), 12월호(3회), 1957년 3·4월합병호(4회)에 전 4회 연재(미완)되었다.[1956.10~1957.4]

「홍염」은 전쟁 중에 염상섭이 해군장교로 근무하던 시기에 연재되었으며, 「사선」은 전후에 그가 '자유문학상'(아시아재단, 1956.3.)을 수상하고 「화관(花冠)」(『삼천리』, 1956.9~1957.9.)을 쓸 무렵에 연재되었다. 그러니까 두 연작의 연재 시기는 각각 그 시대적 성격이 다소 상이하다고 할 수 있는 한국전쟁기와 전후 재건기인데, 이 4년가량의 시차를 이어붙이고 통합하는 것은 『자유세계』라는 월간지이다.

『자유세계』는 "1952년 1월 25일자로 창간된 정치문제 중심의 종합지"로 이승만 자유당 정권에 맞선 야당지도자 조병옥(趙炳玉)이 발행인이었으며 우파 성향의 문학평론가 임긍재(林肯載)가 편집장을 맡았다.[18] 이러

---

18) 최덕교 편저, 『한국잡지백년3』, 현암사, 2004, 491~493쪽 참조

한 인적 구성과 전반적인 논조에 기대어 살펴보면, 이념적 스펙트럼은 북한 및 공산주의에 반대하는 '반공(反共)'과 이승만 정권의 독재정치에 반대하는 '민주(民主)'의 결합으로 수렴되고 있었다고 할 수 있다. 반공과 민주를 기치로 내건 종합지가 창간 연재장편소설의 작가로 당시 해군장교였던 염상섭을 선택했으며, 염상섭은 그러한 제안에 응해 한국전쟁 이후 첫 장편소설을 연재하기에 이른다. 이는 『자유세계』라는 미디어 차원에서도, 그리고 염상섭 개인적인 차원에서도 매우 상징적인 사건이었다고 할 수 있다. 문단 내의 이념적 의구심에도 불구하고, 1950년대 "염상섭은 당대 저널리즘 전체를 통틀어 섭외 1순위 작가"였으며 특히 신문과 잡지들은 첫 연재장편소설의 작가로 염상섭을 섭외하기 위해 치열한 경쟁을 벌여야만 했다.[19] 즉 『자유세계』의 입장에서는 한국근현대문학사의 상징적인 인물이자 현역 해군장교라는 확실한 신원을 소유하면서도 또한 친여당적이지 않았던 염상섭을 창간호의 장편연재소설의 작가로 섭외함으로써, 경향의 일관성 및 종합지로서의 위상을 강화할 수 있었다. 그리고 염상섭 개인으로서는 분단과 전쟁이라는 현실적 조건하에서 그가 오랫동안 견지해온 문학성과 정치성을 최소한으로 구부리며 그가 취할 수 있는 최선의 장소를 선택할 수 있었던 것이다. 부연하면 『자유세계』가 내건 '반공'이라는 기치는 염상섭의 신원을 증명하는 요소가 되었고, 독재에 맞선 '민주'라는 기치는 그가 평생에 걸쳐 지향해온 민주주의적 가치를 훼손하지 않아도 되는 요소가 되었던 것이다.

김승환이 예리하게 지적하고 있듯이 당시 조연현을 비롯한 여타의 많은 우파 문인들이 전시문학론과 반공문학론을 제창하고 전쟁문학과 전투

---

19) 이봉범, 「1950년대 신문저널리즘과 문학」, 『반교어문연구』(29), 2010.8 283쪽 참조

문학을 강요하면서 시국에 영합하는 태도를 보였음에 반해, 염상섭은 부화뇌동하지 않고 허용된 공간에서 자신의 발화를 묵묵히 이어나가는 방식을 통해 그러한 경향에 맞섰고 그들과는 다른 문학적 견해를 견지하고자 했다.20) 「홍염」을 연재할 무렵, 염상섭은 「한국의 현대문학」이라는 글을 통해 "6 · 25의 악몽과 같은 일시의 분요(紛擾)쯤은 문제도 아니다"라고 당시의 혼란스러운 상황을 일축하면서, "차라리 민족통일 · 민족정신의 강인하고 줄기찬 단결력으로써 민족문학은 금후 일층 활발히 신경지를 개척하고 발흥할 기운에 제회(際會)하였다"고 당시의 상황을 적극적이고 낙관적으로 받아들인다.21) 즉 그는 '반공과 전쟁의 문학'이라는 문학적 본령을 벗어던진 활자들이 문단을 배회하던 시기에 민족통일을 염원하는 동시에 새로운 내용의 민족문학을 주장하는 행보를 보였던 것이다. 다만 그가 개척하고 발흥하고자 하는 '신경지로서의 민족문학'이 어떠한 내용 및 의미를 담고 있는 것인지에 대해서는 상세히 부연되고 있지는 않다. 하지만 한국전쟁기에 작성되었던 여타의 다른 글들을 통해 그 지향과 구체적인 내용을 가늠해 볼 수 있다.

한국전쟁기에 염상섭이 사유하고 있었던 문학적 지향 내지 문학론은 크게 두 가지로 나누어 살펴볼 수 있다. 먼저 하나는 문학의 정치성과 민주주의에 관한 논의이다. 염상섭은 「작가와 분위기—정치소설이 나와도 좋을 때다」라는 글을 통해, "정치소설이라는 새로운 분야가 개척"되기를 기대했다.22) 그가 지향하는 정치소설이란 "대중과 함께 일세(一世)의 정치를 바로잡고 민주정치 체험"을 가능하게 하는 것이었다. 염상섭은 미군점

---

20) 김승환, 「염상섭론—상승하는 부르주아와 육이오」, 『한국학보』(74), 1994, 6쪽 참조.
21) 염상섭, 「한국의 현대문학」(『문예』, 1952.6), 『염상섭 문장 전집Ⅲ』, 209쪽 참조.
22) 염상섭, 「작가와 분위기—정치소설이 나와도 좋을 때다」(전2회, 『연합신문』, 1953.2.19.~2.20), 『염상섭 문장 전집Ⅲ』, 217~221쪽 참조.

령의 세월동안 대중적인 차원에서 민주주주의가 정착하지 못한 상황을 진단하면서 하나의 생활양식으로 자리 잡을 수 있는 "대중의 정치수련"이나 "민주주의교육"의 필요성을 제기한다. 그러면서 문학이 지닌 대중성을 충분히 고려하는 가운데 "민주주의 육성을 위한 대중교육의 교재"와 같이 "민주정치의 상식적 발달"을 꾀하며 "민주이론"을 정착시킬 만한 정치소설이 나와 주기를 바라고 있었다.

다른 하나는 당대 현실에 대한 해부·분석을 통한 문학적 성찰에 대한 논의이다. 염상섭은 당시 전쟁에서 우파 문인들이 수행하고 있었던 역할과 양태를 충분히 인지하면서, 그와는 다른 성격의 문학에 관해 초점을 맞추고 있었다. 즉 "포성보다도 이 겨레의 부르짖음이 먼저 듣고 싶고 초연 냄새보다도 민족혼이 어떻게 향기로운가를 맡아보고 싶다"고 언급하며, 당시 우파 문인들을 중심으로 슬로건화되고 있었던 "전시문학이나 전쟁문학"이 지닌 한계와 문제점에 대해 간접적이지만 분명하게 비판하면서 자신이 추구하는 문학의 방향성을 제시하였다. 염상섭은 문학이 이념적 도구로 전락하는 것을 경계하면서 "이번 사변[한국전쟁—인용재의 전모와 성격이 문학을 통하여 해부 분석되고 결론을 짓게 계시되고 반성에 이끌어가서 새살림을 배포하는 길잡이가 되어 주어야 할 것"이라고 명료하게 주장한다. 즉 그는 한국전쟁이라는 냉전체제의 비극을 문학이 어떤 방식으로 감싸 안을 것인지를 고민하고 있었다. 그리고 "만일 국민정신이 썩었다면 얼마나 악취를 풍기는가 여실히 맡아"보면서 "우리를 반성하고 고취하고 명년의 갈 길을 잡"아야 한다고 그 방법론을 구체적으로 제시하기에 이른다.[23]

---

23) 염상섭, 「광명(光明)의 도표(道標)되기를」, 『부산일보』, 1952.1.1.(여기서는 신영덕, 「전쟁기 염상섭의 해군 체험과 문학활동」, 『한국학보』(67), 1992.6., 51~52쪽에서 재인용)

이와 같이 한국전쟁기 간헐적인 형태로 제기한 염상섭의 문학론을 정리해보면, 한국전쟁을 야기한 당대 부조리한 현실에 대한 면밀한 분석과 반성이 한 흐름으로 놓여 있었으며, 또한 그러한 현실을 극복하고 새롭게 정초할 원리로서의 민주주의에 대한 지향이 다른 한 흐름으로 자리하고 있었다고 할 수 있다. 즉 염상섭은 전쟁을 야기한 현재의 시간에 대한 성찰을 통해 향후 나아갈 미래의 시간을 가늠하고 있었다. 이런 의미에서 염상섭의 문학론과 실제 창작을 동일시하기는 어렵지만, 양자의 긴밀한 관련성 및 상호보완적 성격은 충분히 고려할 필요는 있다. 따라서 한국전쟁을 소설적 사건이자 배경으로 삼고 있는 『취우(驟雨)』·「새울림」·「지평선」 연작을 비롯하여, 여기서 다루고 있는 「홍염」·「사선」 연작은 그러한 문학론과 방법론의 자장 속에서 이해될 때, 소설적 형상화에 담긴 의미가 보다 입체적이고 다각적으로 드러날 수 있을 것이다.

3. 소나기가 쏟아지는 인공치하의 서울

「홍염」·「사선」 연작은 지금까지의 염상섭 연구 전반에서 크게 주목을 받아오지 못했다. 염상섭 연구의 초석을 놓은 김종균이 서지사항을 정리하고 인물의 설정과 성격을 중심으로 줄거리를 정리한 것이 연구의 시작이라고 할 수 있다.24) 그 이후 신영덕은 한국전쟁기의 염상섭 소설을 논의하는 과정에서 「홍염」을 『취우』와 비교하면서 그 구성상의 파탄과 주제의 모호성에 대해 지적한 바 있으며25), 조남현은 한국현대소설사를 정

---

24) 김종균, 『염상섭연구』, 고려대학교출판부, 1974, 239~241쪽.
25) 신영덕, 『한국전쟁과 종군작가』, 국학자료원, 150~152쪽.

리하면서 '전시제작소설'의 하나로 「홍염」의 줄거리를 간략하게 거론하기도 한다.[26] 그리고 시라카와 유타카(白川豊)의 경우 1950년대 염상섭의 장편소설을 정리·분석하는 가운데 「홍염」과 「사선」에 대한 간략한 서지 사항과 내용을 언급하였다.[27] 최근 들어 정소영은 「홍염」과 「사선」의 내용 전반을 정리·분석하면서 소설 전체의 서사를 이끄는 삼각관계와 좌익인물에 대한 부정적 묘사에 주목한 바 있다.[28]

「홍염」·「사선」 연작은 『취우』와 같은 시기에 연재되기 시작했으며, 그 내용도 한국전쟁기 '인공치하'에서 살았던 시민들의 삶을 다루고 있다는 공통점이 있다. 『취우』는 '서울시문화상'(1954)의 수상작이 되고, 연재 후 단행본으로 출간(1954)되면서 자연스럽게 많은 관심을 받게 되었으며 『효풍』과 더불어 해방 이후 염상섭의 소설세계를 대변하는 대표작으로 자리매김했다. 반면 「홍염」·「사선」 연작은 연재 이후 오랫동안 본격적인 연구의 대상은 물론 대중적 독서의 대상도 되지 못했다. 그 원인으로는 몇 가지를 들 수 있는데, 우선 물리적인 자료 접근의 어려움을 꼽아야 할 것이다. 이 소설은 염상섭 작품을 정리한 여러 연보에 항상 한자리를 차지하고 있었음에도 불구하고 그 물리적인 실체와 내용을 확인하기가 쉽지 않았다. 그 다음으로는 서사 구성의 미완결을 들어야 할 것이다. 전편 「홍염」이 8회 연재되었음에 반해 후편 「사선」은 4회 연재로 중단되었는데, 완결을 위해서는 단순히 연재횟수 및 분량으로만 따져보아도 대략 전체 분량의 사분의 일 정도가 부가되었어야 한다. 즉 결말부가 작성되지

---

26) 조남현, 『한국현대소설사: 1945~1959』, 문학과지성사, 2016, 367~368쪽.
27) 白川豊, 「廉想涉の1950年前後の長編小說について―<曉風><暖流><驟雨>を中心に」, 『朝鮮學報』(217), 2010.10; 「廉想涉の朝鮮戰爭後の7長編について : 1953~59年を中心に」, 『朝鮮學報』(243), 2017.4.
28) 정소영, 「해방 이후 염상섭 장편소설 연구」, 세종대학교 석사학위논문, 2016, 44~49쪽.

않음으로 인해서, 소설의 전체적인 주제 및 방향성은 모호하게 남고 말았다. 이러한 구성의 미완결은 상업적 이윤을 고려하기 마련인 단행본 출간에도 부적합한 조건이었기 때문에, 이 연작은 자연스럽게 오랫동안 대중 및 연구의 관심으로부터도 벗어나 있었다.

「홍염」·「사선」 연작은 전쟁 발발 직전인 1950년 6월 23일부터 대략 서울 수복을 전후한 무렵까지의 시간을 염두에 두고 있다. 그리고『취우』는 전쟁 발발 직후인 6월 28일부터 대략 1951년 1·4후퇴 직전까지의 시간을 다루고 있다. 시간적 배경의 미묘한 차이는 있지만, 두 작품 모두 동일하게 인공치하의 일상을 다루고 있다. 그 뿐만 아니라 흥미로운 점은 두 작품은 다음과 같은 장면과 상징을 통해 직접적으로 서로 연결되어 있다는 것이다.

> 빈지를 들인 가게 터전 안을 지나며 보자니 골무대를 문 늙은이가 손주 새끼를 데리고 문전에 나와 앉아서 멀거니 피난민의 행렬을 바라보고 있고 하릅강아지가 비를 맞아 가며 가로 뛰고 세로 뛰다가 우두커니 서서 바라보곤 한다. 의순이는 짝 벌려진 문 안으로, 뜰에서 젊은 아낙네가 오락가락하고 연기가 나고 하는 것을 힐끗 들여다보며 여기는 어째 이렇게 평화스러운가 싶었다.
> 비가 여기도 줄줄 오건마는, 마치 다리 건너에서는 소나기가 오는데 이 짝은 해가 쨍쨍이 든 것 같다고 생각하였다. 비는 멈칫하여졌다.(126~127쪽)

이 장면은 「홍염」(6회, 『자유세계』, 1952.10, 220~221쪽)의 '피난'이라는 장의 한 부분이다. 소설에 등장하는 '박의순'은 우익 논진의 한 사람인 '박영선' 영감의 큰딸이자 야당계 신문기자 '장윤식'의 아내이다. 거짓 승

전 홍보가 난무하는 가운데 밀려드는 피난행렬을 응시하면서, 그녀가 느끼는 감상을 옮겨놓은 대목이다. 피난을 떠나는 사람들과 서울에 남는 사람들은 현재 같은 하늘 아래에 놓여있지만, 이들은 곧 도강파와 잔류파로 그 운명이 엇갈리게 될 예정이다. 여기에 염상섭은 쏟아지는 소나기와 쨍하고 내리쬐는 햇볕의 대비를 겹쳐놓음으로써, 앞으로 얼룩지게 될 삶과 일상의 전개를 암시하고 있다.

그런데 「홍염」 속의 이 대목은 한편으로 『조선일보』에 『취우』가 연재되기 직전에 실린 「작자의 말」(1952.7.11.)에 언급된 내용과 거의 동일한 내용으로 이루어져 있으며29), '소나기'라는 비유는 직접적으로 「취우」의 제목으로 연결되기도 한다. 물론 각각 다른 소설들 속에 유사한 장면이나 사건들을 겹쳐놓거나 혹은 단편소설의 대목을 장편소설에 삽입하면서 중첩시키는 방식은, 염상섭이 즐겨 사용해온 수법이기도 하다. 그렇다손 치더라도 「홍염」의 이 대목은 『취우』와 「홍염」·「사선」 연작이 긴밀하게 연결되어 있으리라는 암시를 준다.

---

29) "피난민이 길이 메게 쏟아져가는 어느 길갓집 문전에 손주새끼를 데린 노인이 식후에 바람을 쏘이려 나왔는지, 곰방대를 물고 앉아서, 한 발자국이 새로워라고 허덕지덕 앞을 다투어 밀려가는 사람 떼를, 멀거니 구경하고 있는 앞에서는, 노란 강아지 한 마리가 꼬리를 치며 놀다가, 저도 이상한지, 신기한지 오도카니 바라보고 섰는 것을 눈길에 보고, 나는, 여기가 어딘데 이런 별유천지의 평화향(平和鄕)도 있는가 싶었다. 그러나 거기는 금방 저녁밥을 먹다가 내던져두고 나온 자기 집 동리에서 돌팔매를 쳐도 날아올 만한 데고 보니 총소리도 뒤따라오는 것이었다. 그것은 마치 피난민은 당장 소나기를 맞으면서 오는데, 이 노인은 쨍쨍한 햇발을 받고 앉았는 것 같이 보여서 이상하기도 하고 부럽기도 하였다. 나는 이번 난리를 겪어오면서 문득문득 머리에 떠오르는 것은 썰물같이 밀려나가는 피난민의 떼를 담배를 피우며 손주새끼와 태연무심히 바라보고 앉았는 그 노인의 얼굴과 강아지의 오도카니 섰는 꼴이다. 길 이 편에서는 소낙비가 쏟아지는데 마주 뵈는 건너편에는 햇발이 쨍히 비추는 것을 눈이 부시게 바라보는 듯한 그런 느낌이다. 생각하면 이러한 큰 화란을 만난 뒤에 우리의 생활과 생각과 감정에는 이와 같이 너무나 왕창 뛰게 얼룩이 진 것이 사실이다. 나는 그 얼룩을 그려보려는 것이다. '소나기 삼형제'를 써볼까 한다." 염상섭, 「작자의 말—『취우(驟雨)』」(『조선일보』, 1952.7.11.), 『염상섭 문장 전집 III』, 212~213쪽.

기본적으로 『취우』와 「홍염」·「사선」 연작은 인공치하의 일상을 다루면서, 우파 부르주아들을 주요 인물들로 내세우고 있다. 좌파 공산주의자나 혹은 그러한 경향의 동조자들은 대부분 안온한 일상을 깨뜨리는 방해꾼이나 침입자로서의 역할을 할 뿐이다. 그리고 등장인물들은 세대적으로 크게 기성의 (부모) 세대와 젊은 세대로 구분되고 있는데, 같은 세대들 간에 사건이 발생하기도 하고 다른 세대들 간에 갈등이 증폭되기도 한다. 그리고 소설 전반을 이끌어가는 것은 세대들 간의 삼각관계에 기반을 둔 연애감정의 긴장인데, 이를 표면으로 삼아 이면에서는 세대를 넘나드는 이념적 · 정치적 · 경제적 대립과 갈등이 증폭되어 간다.

4. 염상섭 소설 세계에서의 「홍염」·「사선」

「홍염」·「사선」 연작은 『취우』와 크고 작은 공통점을 공유하고 있지만, 뚜렷이 드러나는 차이점에 좀 더 주목할 필요가 있다. 그러는 가운데 「홍염」·「사선」 연작만이 지니고 있는 특이성을 확인할 수 있을 것이다. 두 작품의 서사 전개에 있어 주요한 요소로 등장하는 부르주아의 성격, 세대 관계의 특성, 연애 및 삼각관계의 양상을 중심으로 그 차이점을 확인해보자.

『취우』는 '한미무역(韓美貿易)'이라는 미국을 중심으로 하는 자본주의적 경제 질서에 입각하여 살아가는 부르주아에 초점을 맞추고 있다. 물신화된 화폐가 담겨 있는 보스턴백을 사수하기 위해 피난생활을 전전하다가 납북되는 '김학수' 사장을 중심으로 회사 직원인 '신영식'과 '강순제'

등이 배치된다. 이에 반해 「홍염」・「사선」 연작은 반공이라는 이념에 기초한 정치적 부르주아를 중심으로 사건을 전개시킨다. 북한에 맞서 "백만 무장을 제창"하며 "미국의 신의와 유엔 정신의 실천을 바라고 기다리는" 박영선 영감은 우파정론지를 출판하는 '중앙시론사'를 이끈다. 그리고 박영선 영감을 중심으로 아내 '이선옥', 퇴물 기생 '장취원', 출판사 사원 '최호남' 등이 자리를 잡는다.

세대적인 측면에서 보자면, 『취우』는 젊은 세대에 더 초점이 맞추어져 있으며, 그들이 앞으로 계속해서 펼쳐 보일 수 있는 가능성에 주목하는 이야기라고 할 수 있다. 한미무역 회장 '정필호'와 사장 '김학수'는 해방과 분단을 거쳐 한국전쟁에 이르는 시공간 속에서 불공정한 방법을 통해 부를 편취하며 남한에서 경제적 헤게모니를 쥔 부르주아를 대변하는 인물들이다. 이런 인물들은 이야기가 전개되어 감에 따라 배경화되기 시작하며, 젊은 세대들이 부각되며 그들의 이야기로 귀결된다. 반면 「홍염」・「사선」 연작에서 서사의 주된 내용을 이루는 것은 부르주아 기성세대들 간의 애정갈등 양상이며, 피난생활을 통해 표출되는 퇴폐적 일상이다. 호기롭게 백만 무장설을 주장했던 "안온한 선비"였던 박영선 영감은 피난생활 속에서 생기를 잃고 술로 불안을 달래며 지리멸렬한 일상을 이어간다. 젊은 세대들의 이념적 대립과 갈등, 부역과 변절은 언제 터질지 모르는 잠재적인 뇌관으로 설정되어 있지만, 이들의 이야기가 기성세대의 이야기를 압도하는 중심 서사로 올라서지는 못한다. 이야기의 방점은 기성세대에 두어져 있다.

소설의 서사를 이끌어 나가는 연애와 삼각관계의 측면에서도 두 장편소설은 뚜렷한 차이를 보여준다. 『취우』에서의 삼각구도는 소설의 전개에 따라 '김학수—강순제—신영식'→'장진—강순제—신영식'→'강순제—

신영식—정명신'과 같이 역동적으로 변화하면서 젊은 세대의 문제로 귀착되고, 최종적으로 '새로운 시대의 이상적 여성상'으로 그려지는 강순제와 이념과 전쟁에 억눌린 수동적인 남성상인 신영식의 문제로 귀결된다. 여기서 연애는 화폐물신주의, 축첩, 이념적 대립, 피상적 인간관계 등 전/근대적 타락한 질서를 넘어서 전쟁의 소용돌이 속에서 새로운 인간관계를 재구성해나가는 윤리로서 작동하기도 한다. 「홍염」·「사선」 연작의 삼각관계는 아내와 아이를 둔 '최호남'을 가운데 두고 일제시대부터 기생노릇을 해온 '장취원'과 박영선 영감의 아내 '이선옥' 사이에서 전개된다. 장취원은 경제적 후원과 물질을 매개로 최호남과의 관계를 이어나가고, 이선옥은 젊은 최호남과의 애욕 속에서 병든 남편과 이념적으로 대립하는 자식들의 문제를 회피하는 일상을 보낸다. 그리고 최호남은 수동적 자세를 유지하며 두 기성세대 여성의 후원을 통해 자신의 가족을 돌보며 인공치하의 일상을 영위하는 묘한 생존법을 보여준다. 이 삼각관계는 소설 전체에서 지속적인 긴장을 형성하기는 하지만, 그 긴장감의 강도에 비해 서사가 진척되지 않으며 주제적인 측면에서도 유의미한 변화를 이끌어내지 않는다. 오히려 이 삼각관계는 전쟁과 이념적 대립 속에서 당면한 현실적 문제를 외면하거나 지연시키는 장치로서 기능하고 있다.

　「홍염」·「사선」 연작은 『취우』에 비하자면 한계 지점이 명확하다고 할 수 있다. 미완결로 인한 구성상의 취약은 두말할 나위도 없으며, 더 중요한 차이는 작가가 지지하는 인물을 좀처럼 찾기 어렵다는 것이다. 『취우』에서는 (연작 「새울림」·「지평선」에 이르면 또 달라지기는 하지만) 신구(新舊) 세대의 여러 인물들 가운데 젊은 세대 여성인 '강순제'가 전체 서사를 이끌어 나간다. 작가는 '강순제'를 법률상 남편인 공산주의자 지식인 '장진'과 결별을 시키고, 의용군으로 끌려갔다가 돌아온, 경제학을 전공한

지식인 '신영식'과 결합시키면서 소설의 결말을 맺는다. 『취우』를 통해 염상섭은 『난류』에서 의도한 '새 시대에 걸맞은 이상적 새 여성상'을 다시 부각시키면서, 당대 현실에서 허용 가능한, 그리고 지향할 만한 윤리와 정치성을 보여주고 있다고 할 수 있다. 하지만 「홍염」 · 「사선」 연작에서는 염상섭이 지지하는 인물이 뚜렷이 드러나지 않으며, 염상섭은 소설 속에 등장하는 모든 인물들에 대해 일정한 비판적 거리를 유지하며 그들의 부패와 타락을 형상화한다.

요컨대 『취우』는 한국전쟁의 혼란 속에서도 젊고 능동적인 여성인물을 통해 경제적 부르주아의 삶의 형태를 재구성하면서 새로운 가능성을 모색한다. 하지만 「홍염」 · 「사선」 연작은 정치적 부르주아의 무기력함, 그리고 좀처럼 방향성을 찾지 못하는 기성세대의 현재적 상황을 드러내는 데 초점이 맞추어진다. 그런데 이러한 차이는 문학적 성취의 문제로 해명되는 것은 아니다. 염상섭은 한국전쟁, 특히 인공치하의 삶을 동일하게 다루면서도 각각의 작품을 통해 말하고자하는 바가 달랐다. 그로 인해 같은 시공간을 소설적으로 재현하면서도 완전히 다른 방식의 형상화가 이루어졌던 것이다.

앞서 염상섭은 한국전쟁을 경험하면서 여타의 우파 문인들과 달리 반공문학이나 전쟁문학으로 휩쓸려들지 않고, 민족문학의 신경지를 개척하려고 애썼음을 강조한 바 있다. 그 첫 번째 계기로 염상섭은 문학을 통해 한국전쟁의 전모와 성격을 분석하는 가운데, 전쟁을 야기한 당대 부조리한 현실을 고발하고자 했다. 그리하여 그는 '악취를 풍기는 썩은 국민정신'이 있다면 그것을 여실히 드러내면서 반성하는 가운데 새로운 진로를 모색하고자 했다. 그리고 두 번째 계기는 그러한 부조리한 현실을 극복하고 삶과 일상을 새롭게 정초할 원리를 형상화하는 것과 관련이 깊다. 다소 도식적인 위험을 무릅쓰고 말하면 「홍염」 · 「사선」 연작의 창작의도는 첫 번째 계기에 좀 더 가깝다고 할 수 있으며, 그렇다면 『취우』는 두 번째 계기에 해당한다고 해도 좋을 것이다. 그런 맥락에서 『취우』의 시간은 앞으로 계속해서 열릴 수 있었고 「새울림」 · 「지평선」 등의 연작으로 이어지게 된다. 하지만 「홍염」 · 「사선」 연작은 반성과 부조리의 시간에 초점이 맞춰지면서 한국전쟁 당시의 시공간에서 멈추게 되었던 것 같다. 다시 「사선」이 연재되는 1956~1957년은 전쟁 당시의 문제보다는 '전쟁미망인'과 같은 전후의 문제가 더 첨예하게 부각되는 시기였다. 염상섭이 「사선」을 미완결로 남겨둔 채 「화관」(『삼천리』, 1956.9~1957.9) 연재에 집중한 것은 이러한 맥락에서 이해할 수 있을 듯싶다.[30] 그는 언제나 현재의 시간을 살아가는 작가였다는 점을 다시 한 번 상기해본다면 쉽게 이해할 수 있을 것이다.

그런 의미에서 「홍염」 · 「사선」 연작은 문학적 성취에 관한 문제나 작가의 세계관과 지향이 투사되지 않은 세태소설에 머물고 말았다는 방식으로 접근되어서는 그 작품이 지닌 가능성이 온전히 드러나지 않는다. 한국전쟁기 염상섭의 소설 세계 전체를 복원하고 재구성하는 데 있어 「홍염」 · 「사선」 연작은 누락되어서는 안 되는 중요한 작품이다. 어쩌면 『취

---

30) 염상섭은 살아생전 마지막으로 쓴 「횡보문단회상기」에서 평생에 걸친 자신의 창작활동을 갈무리하면서 「홍염」 · 「사선」의 연재에 대해서도 간략하게나마 언급한다. 그는 「사선」이 미완으로 끝난 이유를 『자유세계』가 "휴간이나 정간된 때문일 것"이라고 추정하기도 하였다.[염상섭, 「횡보문단회상기」(전2회, 『사상계』, 1962.11~12), 『염상섭 문장 전집Ⅲ』, 600~601쪽 참조] 염상섭의 이러한 추정은 다소 부정확한 것이기도 하다. 당시 『자유세계』는 1957년 1~2월호를 발간하지 못하고 3 · 4월호를 합병호로 내는 등 월간지에 걸맞은 정기적인 간행을 보여주지는 못했지만, 필자가 확인한 바에 따르면, 1958년 7월호까지는 간행을 지속하였다. 이러한 점을 고려할 때 「사선」의 미완결은, 한편으로는 『자유세계』의 불규칙한 간행으로 인한 것일 수도 있겠지만, 더 근본적으로는 언제나 당대의 현실을 문학적으로 형상화하면서 현재의 시간에 충실하고자 했던 염상섭의 삶의 자세에서 말미암은 것으로 보인다.

우』를 중심으로 해명해온 이 시기 염상섭의 소설 세계는 부분적이거나 일면적인 것이었는지도 모른다. 「홍염」·「사선」 연작은 『취우』와 서로 연결되어 있으면서도 다른 계열을 형성하는 이중나선 구조를 이루고 있다고 할 수 있다. 두 계열의 소설 모두 '인공치하'의 작가의 실제 경험에 기반을 두고 창작되었지만, 염상섭이 각 계열에 배분하고 있는 역할과 형상화의 주안점 그리고 주제의식은 명확히 구별된다. 이러한 냉전체제하의 한국전쟁을 입체적인 복안(複眼)으로 응시하며 문학적으로 형상화했던 염상섭의 시선과 사유는 우리의 새로운 해석을 여전히 기다리고 있다.

염상섭(1897~1963)

한국근대문학이 계몽주의적 성격을 벗어나기 시작한 1920년에 처녀작을 발표한 염상섭은 분단된 남한 사회에서 1963년에 작고하기 전까지 동시대 삶을 증언하면서 내일을 꿈꾸었던 탁월한 산문정신의 소유자였다. 식민지 현실과 분단 현실의 한복판에서 생의 기미를 포착하면서도 세계 속의 한반도를 읽었기에 우리의 삶을 이상화시키지도 세태화시키지도 않았다. 처녀작 「표본실의 청개구리」를 비롯하여 「만세전」, 「삼대」, 「효풍」 등은 이러한 성취의 산물로서 우리 근대 문학의 고전으로 자리 잡은 지 오래다. 제국주의적 지구화의 과정에서 동아시아 및 비서구가 겪는 다양한 문제를 천착하여 보편성을 얻었던 그의 문학세계는 이제 더 이상 한국인만의 것은 아니다.

작품 해설 **이종호**

성균관대학교 국어국문학과 초빙교수.
박사논문으로 「염상섭 문학의 대안근대성 연구」(성균관대학교, 2017),
저서로는 『저수하의 시간, 염상섭을 읽다』(공저, 소명출판, 2014), 『검열의 제국 ─ 문화의 통제와 재생산』(공저, 푸른역사, 2016) 등이 있음.

초판 1쇄 인쇄 2018년 3월 15일
초판 1쇄 발행 2018년 3월 26일

지 은 이 염상섭
펴 낸 이 최종숙
펴 낸 곳 글누림출판사

책임편집 문선희
편　　집 이태곤 권분옥 홍혜정 박윤정 추다영
디 자 인 안혜진 홍성권
마 케 팅 박태훈 안현진 이승혜

주　　소 서울시 서초구 동광로46길 6-6(반포4동 577-25) 문창빌딩 2층(우 06589)
전　　화 02-3409-2055(대표), 2058(영업), 2060(편집)
팩　　스 02-3409-2059
전자메일 nurim3888@hanmail.net
홈페이지 www.geulnurim.co.kr
블 로 그 http://blog.naver.com/geulnurim
북트레블러 http://post.naver.com/geulnurim
등록번호 제303-2005-000038호(2005.10.5)

정가 20,000원
ISBN 978-89-6327-510-9 04810
　　　 978-89-6327-327-3(세트)

출력/**인쇄**·성환C&P **제책**·동신제책사 **용지**·에스에이치페이퍼

* 이 도서의 국립중앙도서관 출판예정도서목록(CIP)은 서지정보유통지원시스템 홈페이지(http://seoji.nl.go.kr)와 국가자료공동목록시스템(http://www.nl.go.kr/kolisnet)에서 이용하실 수 있습니다. (CIP제어번호: CIP2018007551)